Verbrechen

恶

Schuld

行

Strafe

〔德〕费迪南德·冯·席拉赫 著

黄超谟 译

南海出版公司

新经典文化股份有限公司
www.readinglife.com
出 品

目 录
CONTENTS

‖‖‖‖ 罪 行 ‖‖‖‖
V E R B R E C H E N

前言	3
费纳	5
棚田的茶碗	15
大提琴	31
刺猬	44
幸运	56
夏令时	65
正当防卫	89
绿色	104
刺	119
爱情	130
埃塞俄比亚男子	137

罪责
S C H U L D

庆典	155
DNA	162
光明会	167
孩子	182
解剖学	189
那个男人	192
手提箱	203
渴望	210
雪	214
钥匙	223
孤独	243
司法	248
补偿	251
家人	263
秘密	268

罪罚 STRAFE

参审员	273
错误的一边	284
浅蓝色的一天	302
莉迪娅	307
邻居	315
矮小的男人	322
潜水员	333
臭鱼	342
湖景屋	346
苏博尼克	359
网球	379
朋友	384

我们所能谈论的现实,从来不是现实本身。

——维尔纳·海森堡

前言

电影导演吉姆·贾木许曾说,他宁愿拍一个遛狗的男人,也不拍中国的皇帝。我深有同感。我曾为七百多起案子做辩护,我在这本书中表面上写的是刑事案件,实际上写的是人——人的失败、罪责与伟大。

我有个叔叔,曾任大刑事审判庭的首席法官,审理的都是命案,涉及谋杀罪与杀人罪之类。小时候,他会跟我们讲我们能听懂的案例,开头永远是:"世事大多错综复杂,罪责也是如此。"

他是对的。我们在真相后面紧追不舍,可它跑得比我们还快,我们始终无法追上。我写的是杀人犯、毒贩、银行抢劫犯和妓女的故事。他们各有各的遭遇,和我们没有多大不同。我们的人生就像在一层薄冰上跳舞,冰下极冷,一旦掉落会立即丧命。冰层承载不住一些人,他们掉了下去。我最关心的就是这一时刻。如果足够幸运,这样的事就不会发生,我们可以继续跳舞。如果我们足够幸运。

我的那位法官叔叔战时曾在海军服役，左臂和右手均被炮弹炸毁。尽管如此，他很长一段时间里都没有自暴自弃。大家称赞他是个好法官，有人情味，正直、公允。他喜欢打猎，有一个自己的小猎场。一天早上，他走进森林，把双管猎枪塞进嘴里，用残缺的右臂扣下了扳机。他穿着一件黑色高领毛衣，西装外套挂在了树枝上，脑袋被打爆了。很久以后我才看到那些照片。他给最好的朋友留下一封简短的信，说他活够了。信的开头写道："世事大多错综复杂，罪责也是如此。"我至今仍然怀念他。无时无刻不怀念。

本书讲述的就是这样一些人以及他们的故事。

费纳

弗里德海姆·费纳在罗特韦尔当了一辈子全科医生，每年开具两千八百份诊疗单，诊所就位于城里的主街上。他是埃及文化协会的主席、国际狮子会的成员，无犯罪记录，连违规行为都没有。除了自住的房子，他还有两栋房屋用于出租，一辆车龄三年、带有皮革内饰和自动空调系统的奔驰E级轿车；持有价值约七十五万欧元的股票、债券及一份人寿保险。费纳没有儿女，唯一在世的亲人是小他六岁的妹妹，她和丈夫及两个孩子生活在斯图加特。费纳的人生本来没什么可讲述的。

除了与英格丽德的故事。

二十四岁那年，费纳在父亲六十岁的生日宴会上认识了英格丽德。他的父亲也在罗特韦尔行医。

罗特韦尔是个典型的中产阶级城市。外来游客即使不主动问，也会被告知这座城由斯陶芬家族创建，拥有巴登-符腾堡州最悠久的历史。在这儿，你能邂逅中世纪的凸窗和源自十六世纪的精美店牌。费纳一家世代定居于此，是城里所谓的初代家族。家族成员从事医生、法官及药剂师等职业，受人敬重。

弗里德海姆·费纳长相酷似小约翰·肯尼迪。他长相和善，给人一种无忧无虑的印象，做什么事都得心应手。只有仔细观察，才能从他脸上察觉一丝忧伤、沧桑和阴暗的痕迹。这种特征在黑森林和施瓦本山脉之间的地带并不罕见。

英格丽德的父母是罗特韦尔的药剂师，他们带女儿参加了那场生日宴会。她比费纳大三岁，拥有山区特有的美貌：丰腴的胸脯，水蓝的眼睛，乌黑的头发，白皙的皮肤。她对自己的外貌颇为自信。她那少有的高亮嗓音如金属般尖利，讲话时总是一个声调，有时惹得费纳颇为烦躁。只有当她轻声说话时，语调才有了起伏。

她实科中学①都没读完就去餐馆当了服务员。"这只是临时的工作。"她对费纳说。他不在意这些。至于费纳更在意的那个方面，她远比他成熟。在此之前，费纳只跟女人有过两次短暂的性经历，而且都不太成功。他立即爱上了英格丽德。

生日宴会的两天之后，他们外出野餐，她引诱了他。他们在一处避雨的小木屋做了，她床上功夫很好。费纳意乱情迷，一周后就向她求婚，她毫不犹豫地接受了。费纳是所谓的理想伴侣，在慕尼黑读医学，魅力十足，温柔体贴，正在准备第一次国家考试。最重要的是，他认真的态度吸引了她。她说不出那种感觉，

---

① 德国中学的一种，与文理中学共同组成德国中等教育体系。实科中学为六年制，学生毕业后取得中级文凭，可进入职业学校或考试进入文理中学；文理中学为九年制，学生通过毕业考试取得大学的入学资格。——编者注（若无特殊说明，本书注释均为编者注）

但告诉好友,费纳绝对不会抛弃她。四个月后,他们同居了。

依照他的意愿,他们去了开罗度蜜月。后来有人问起那次埃及之旅,他会形容它"有点缥缈",即便知道没人会理解他的意思。在埃及时,他就像那位年轻的帕西法尔[①],一个纯洁的傻子,但很开心。那是他人生中最后的欢乐时光。

返程前夜,他们躺在旅馆房间里。窗户都打开了,室内依旧闷热,热气凝聚在狭小的房间里久久不散。这是一家廉价旅馆,充斥着腐烂水果的气味,楼下街道的噪音清晰可闻。

尽管暑气难耐,他们还是做了爱。费纳平躺在床上,双眼盯着天花板上转动的吊扇,英格丽德则在抽烟。她转过头,一手托着下巴,看着他。他微微一笑。两人沉默许久。

然后,她打开了话匣,讲到她在费纳之前交的男朋友,诉说她的心灰意冷和种种过错,特别是那位让她怀孕的法国中尉,堕胎差点要了她的命。她哭了起来。他被吓到了,把她抱进怀里,胸膛感受到了她的心跳,觉得束手无策。他想,她把自己全盘交托给我了。

"你得向我发誓,你会照顾好我。永远不准抛弃我。"英格丽德的声音在颤抖。

他深受触动,想安抚她,说他在教堂婚礼上已经许下诺言,他跟她在一起很幸福,他会……

她粗暴地打断他,提高嗓门,那个金属般尖锐的声音又来了。"向我发誓!"

突然间他明白了。这不是爱人之间的谈话。头顶的吊扇,开

[①] 德国古典作曲家瓦格纳创作的歌剧中的傻瓜角色。

罗，金字塔，旅馆房间的热气——一切幻想骤然消散。他把她往前推了推，好望着她的眼睛说出誓言。他说得很慢，知道自己的话意味着什么。"我发誓。"

他又拥她入怀，吻了吻她的脸颊。他们又一次做爱。这次不一样了。她骑在他身上，随心所欲地索取。他们之间变得严肃，陌生，孤独。高潮来临时，她给了他一巴掌。事后，他久久无法入睡，一直盯着天花板。旅馆停电，吊扇再也不转了。

———◆———

他毫无意外地以优异的成绩通过了国家考试，取得博士学位，成功入职罗特韦尔地区医院。他们租了一套带浴室的三居室公寓，可以望见森林边缘。

收拾慕尼黑的家当时，她扔掉了他收藏的唱片，他直到搬进新房后才发现。她说，那些唱片都是他跟其他女人一起听过的，她受不了。费纳很愤怒。接下来的两天他们几乎没和对方说话。

费纳喜欢包豪斯的简约风格。她却购置了橡木和松木家具，挂上窗帘，买了五颜六色的床上用品，甚至添置了针织杯垫和锡质水杯。他都忍了。他不想约束她。

几周之后，英格丽德说，他拿餐刀的样子让她很不舒服。一开始他还大笑着说她幼稚。可第二天她又重复了同样的话，接下来几天也不消停。见她如此在意，他改了拿刀的方式。

英格丽德接着指责他不把垃圾拿下去扔。他安慰自己，他们刚在一起，这只是磨合期的小插曲。不久之后，她又控诉他回家太晚，还跟其他女人调情。

她的指责没完没了，后来他每天都能听到。她埋怨他没有条理，把衬衫搞得很脏，弄皱了报纸，有体味，只顾自己，废话连篇，满嘴谎言。费纳几乎从不反驳。

几年后她开始辱骂他。一开始还算克制，后来愈发出格。她骂他混蛋，说他只会折磨人，叫他蠢货。接着便是不堪入耳的污言秽语和大声嘶吼。他选择了屈服。他开始深夜爬起来读科幻小说，恢复了大学时期每天慢跑一小时的习惯。他们很久之前就已分床而睡。其他女人追求过他，但是他从未有过婚外情。三十五岁那年，他接手了父亲的诊所。四十岁时他头发已经花白。费纳觉得累了。

费纳四十八岁那年，父亲离世，五十岁时母亲也走了。他用父母的遗产在市郊买了一栋木桁架屋，配有一座小花园，园中有荒芜多年的灌木花丛、四十棵苹果树、十二棵栗子树和一个池塘。花园成了费纳的避难所。他购置相关图书，订阅专业杂志，阅读一切关于灌木花丛、池塘和树木的资料。他还买了最好的工具，钻研灌溉技术，以他特有的严谨态度倾力学习。渐渐地，花园里鲜花盛开，灌木花丛也变得远近闻名，费纳经常见到路人驻足，在苹果林里拍照。

工作日的大部分时间他都待在诊所。作为一名医生，他严谨且富有同情心，受到病人的信任与尊敬。他的诊断也成了罗特韦尔的标杆。他一般在英格丽德睡醒前出门，晚上九点后才回来，默默忍受晚餐时桌上不绝于耳的指责，任凭一连串羞辱谩骂借由英格丽德金属般的尖利嗓音不断蹦出。她胖了，白皙的皮肤随着年岁增长染上一层淡红色，脖子不再紧致，有了双下巴，下颌脂肪会随着咒骂来回晃动。她患上了呼吸困难症和高血压。费纳也越来越消瘦。一天晚上，他苦口婆心地劝英格丽德去找他认识的神经科医生治疗。她抄起炒锅就往他身上砸去，怒斥他是个不知好歹的混蛋。

六十岁生日前夕，他整夜无法入睡，找出了那张褪色的在埃及拍的照片：英格丽德和他站在金字塔前，背景是骆驼、供游客观赏的贝都因人部落和沙漠。她把结婚相册扔掉时，他从垃圾桶里捡回了这张照片。自那之后，他就把照片藏在了柜底深处。

那天夜里，他意识到自己永远会是一名囚徒，直至生命的尽头。他在开罗许下了承诺，就必须信守到底，特别是在当下这样艰难的日子里，因为世上从来没有只求同享好日子的誓言。他眼前的照片逐渐模糊起来。他脱下衣服，裸身站在浴室的镜子前，看了自己很久，然后坐到了浴缸边沿。这是他成年后第一次哭泣。

费纳在花园里劳作。他已经七十二岁，四年前把诊所转让了

出去。如往常一样，他六点起床，轻轻出了房门——多年来他一直睡在客房。英格丽德还没醒。这是一个阳光明媚的九月早晨，雾气散去后空气清新，还有点冷。费纳拿着锄头给灌木花丛除草。这项工作费力而单调，但是费纳怡然自得。他期待在九点半喝上一杯咖啡，那是他每天固定的咖啡时间。费纳想起了春天种下的高翠雀花。它会在深秋迎来第三次盛放。

突然间，英格丽德打开阳台门，大声咆哮道："你又忘了关客房的窗，真是个白痴。"那声音尖利刺耳，如金属一般。

费纳之后也无法准确描述出他当时的感受。在他内心深处，一道刺眼的强光闪过。光芒之下，一切都变得无比清晰。

他叫英格丽德去一趟地下室，自己则从户外的楼梯走了下去。英格丽德喘着粗气走进那个他存放园艺工具的地方。里面的工具十分精致，是他常年积攒下来的，根据功能和尺寸分了类，或有序地挂在墙上，或清理干净后放在铁桶和塑料桶里。英格丽德很少来这里。她推门进来时，费纳一声不吭地从墙上取下一把砍树用的斧头。斧头产自瑞典，经手工锻造，上过防锈油，没有一点锈斑。他手上还戴着那双粗糙的园艺手套。英格丽德默不作声，一直盯着那把斧子，没有躲闪。第一劈就要了她的命——颅盖骨被劈开了，斧头沾着骨屑砍进大脑，将脸切成两半。她还没倒地就断了气。费纳想把斧头从头骨里拔出来，费了很大力气，最后用脚踩着她的脖子才成功。他用力劈砍了两次才把脑袋砍下。后经法医鉴定，费纳又砍了十七次，终于卸下她的四肢。

费纳呼吸沉重。他在平日种花草时用的小木凳上坐下。凳脚浸在血泊中。费纳有点饿了。不知过了多久，他站起身，在尸体旁边脱下衣服，到地下室的洗手盆边将头发和脸上的血迹冲洗干净。他锁上地下室，从室内楼梯走回屋内，在楼上换好衣服后才拨打了报警电话，先报上自己的名字和地址，然后逐字逐句说："我把英格丽德砍碎了。请您马上过来。"这通电话被录了音。没等对方反应过来，他就挂了电话。他的语气中没有一丝慌张。

几分钟后，警察就赶到了费纳家门口，沿途没有鸣警笛，也没亮警灯。其中一名警察已从警二十九年，他们一家都曾是费纳的病人。费纳站在花园大门前，把钥匙递给他，说，她在地下室。警察知道，眼下最好什么都别问。费纳穿着西装，没穿鞋也没穿袜子，整个人非常镇定。

庭审持续了四天。大刑事审判庭的首席法官资历深厚。他认识受他审判的费纳，也认识英格丽德。即使他不够了解情况，证人们也能提供足够的信息。所有人都替费纳惋惜，选择站在他那边。邮递员说费纳"是个圣人""他能忍受她，简直是个奇迹"。精神病司法鉴定人认为，费纳有一定程度的"情感堵塞"，但这不影响他的刑事责任能力。

检察官求刑八年。他陈述了很长时间，讲完作案过程后，又重点描述了地下室里的那摊血。然后他说，费纳不是别无选择，他本可以离婚。

检察官错了，离婚正是费纳做不到的。当时，最新修订的《刑事诉讼法》废除了证人出席刑事诉讼时必须宣誓证词为真的规定。我们早就不相信誓言了。如果证人要说谎，谁也无法阻止。没有法官真的认为宣誓能改变什么。现代人似乎早已不再看重誓言。但是——正是这个"但是"背后藏着另一个世界——费纳不是这样的现代人,他的承诺是认真的。它捆绑了他一辈子,甚至让他成了一名囚徒。费纳不能解除誓言,否则就是背信弃义。他一辈子都困在誓言中,这次暴力宣泄就像高压容器的炸裂。

费纳的妹妹请我为她哥哥辩护。此刻她正坐在旁听席,流下了眼泪。费纳诊所的老护士紧紧握着她的手。进了看守所后,费纳更加消瘦了。他一动不动地坐在被告席的深色木椅上。

就犯罪事实而言,这个案子没什么可辩护的。此案的关键在于法理学问题:刑罚的意义是什么?我们为什么要给人判刑?我试图在总结陈词中给出答案。这方面的理论很多:判刑是为了震慑罪犯、保护无辜者、防止罪犯再度犯案、惩处不法行为。我们的法律整合了这些理论,但没有一条适用于此案。费纳不会再去杀人。他的行为显然触犯了法律,但其罪行的轻重难以衡量。另外,谁又想看到他遭受报应之刑呢?这段总结陈词很长。我讲述了费纳的故事,希望大家明白,费纳走进了死胡同。我不停地讲,直到认为法庭听进了我的话为止。一个参审员点了点头,我才坐了下来。

费纳有最后的发言机会。庭审结束前,法庭会听取被告人的陈述,法官们将结合他的陈词来考虑量刑。他鞠了个躬,双手交握,说出了下面这番并未事先背诵过的话,这是他人生的总结:

"我爱我的妻子,最后却杀了她。我依然爱着她,我曾承诺过,她永远都是我的妻子。这一点直到我死都不会改变。但我违背了诺言。我会背着这个罪过走完一生。"

费纳坐下来,陷入了沉默,低头盯着地面。审判庭内鸦雀无声，连首席法官都感到有些压抑。接着他宣布休庭，判决结果将在次日公布。

那天晚上，我又去看守所看望了费纳。我们没有什么可说的了。他从一个皱巴巴的信封里拿出那张度蜜月的照片，用拇指抚摸着英格丽德的脸。照片表面的保护膜早已脱落，她的脸几乎被磨白了。

费纳被判了三年，羁押令撤销，他得以从审前羁押的看守所中出来，在开放式监狱服刑。这意味着必须在监狱过夜，但白天可以自由外出，前提是他有一份工作。对于一位七十二岁的老人来说，重新找工作并不容易。最后还是他的妹妹想到了解决办法。她让费纳注册成为水果商户，售卖自己花园里种的苹果。

四个月后，一只装着十个红苹果的箱子送到了我的办公室。随附信封里只有一页纸，写着：

"今年的苹果很好。费纳。"

棚田的茶碗

他们正在柏林参加一个大学生公开派对。这种地方总有一些女孩喜欢来自克罗伊茨贝格和新克尔恩的男孩,只因他们与众不同。也许,是被他们身上的脆弱感吸引了。这回萨米尔似乎运气不错。他面前的女孩有一双蓝色的眼睛,还十分爱笑。

女孩的男朋友突然冒了出来,命令萨米尔要么消失,要么到街上做个了结。萨米尔不明白什么叫"做个了结",但嗅到了挑衅的气息。两人被簇拥着来到街头。一名高年级学生告诉萨米尔,对方是业余拳手,拿过高校比赛的冠军。萨米尔说:"关我屁事。"他只有十七岁,却已经历一百五十多次街头斗殴,这世上能让他害怕的事不多,打架并不在其中。

那个拳手肌肉发达,比萨米尔高一个头,身板也更壮硕,正冲他咧嘴坏笑。众人将两人团团围住。拳手脱下外套的那一瞬间,萨米尔抬起鞋尖直踢他的下体。鞋子内侧有钢片,拳手疼得低吼一声,痛苦地蜷起身子。萨米尔揪住他的头发往下拽,同时抬起右膝猛顶他的下巴。尽管街头嘈杂不已,在场的人还是听到了颌骨骨折的咔嚓声。拳手浑身是血地倒在了马路上,一手护着腿间，一手护住脸。萨米尔助跑两步，又是一脚，踢断了拳手的两根肋骨。

萨米尔觉得自己已经很守规矩了，至少没有直接踢对方的脸，也没用刀具。这场打斗很轻松，他几乎大气没喘一下。令他生气的是，那个金发女孩没跟他一起开溜，而是哭号着去照看那个倒地不起的男人了。"臭婊子。"他骂骂咧咧地回了家。

少年法庭判了萨米尔两周的监禁，强制他参加反暴力培训。萨米尔很愤怒。他试图向少年监狱的社工解释判决是错的，说是对方先动的手，他只不过出手更快。这种事不是游戏，足球可以玩玩，但没人把拳击当儿戏。法官根本没有理解这套规则。

两周后，厄兹詹去接萨米尔出狱。厄兹詹是萨米尔最好的朋友，今年十八岁，身材高大，行动迟缓，有一张面团似的脸。他十二岁时就有女朋友，常用手机拍摄两人的私密行为，这确保了他在哥儿几个中的地位。厄兹詹的阴茎极其粗大，每当站在小便池前，他总会想方设法让别人都看见。他特别向往纽约，尽管从未去过，也不会说英语，但就是对那座城市无比着迷。他总在人前戴一顶印有"N. Y."字样的深蓝色帽子，想在曼哈顿经营附带餐厅和情色舞女表演的夜总会，又或者是类似场所。他说不清为何偏偏钟情于纽约，也从未认真想过这个问题。他的父亲在电灯泡厂干了一辈子，当年从土耳其移民过来时，身上只带了一个行李箱。他把全部希望都寄托在儿子身上。他理解不了儿子关于纽约的想法。

厄兹詹告诉萨米尔，他认识了一个名叫马诺利斯的人，对方正计划做点什么。计划还行，只是那人"脑子有时不太清醒"。

马诺利斯生在一个希腊家庭，家里在克罗伊茨贝格和新克尔恩开了几家餐馆和网吧。他已经中学毕业，在大学攻读历史学，同时涉足毒品交易。几年前他出了一次意外，交货的箱子里装的不是可卡因，而是一堆纸屑和沙子。他驾车携款逃跑时，买家向他开了枪，不过枪法不好，九发子弹只命中一发。子弹射入马诺利斯的后脑，卡在颅内，他撞上一辆巡逻警车时它还一直卡在脑袋里。直到去了医院，医生才发现那个弹头。打那以后，马诺利斯就有点不正常了。他在手术后向家人宣布，自己从此就是芬兰人了，每年十二月六日还会庆祝芬兰国庆日。他试过学习芬兰语，但没有成功，身体也时时会出现问题。或许这就是他的计划不太完善的原因。

但萨米尔认为，这好歹也是个计划。马诺利斯的姐姐有个朋友在达勒姆的一栋别墅做清洁女工。她急需用钱，于是提议马诺利斯入室行窃，自己也从中分一杯羹。她知道警报装置和电子门锁的密码，也知道保险柜的位置。最重要的是，别墅的主人不久后会离开柏林四天。萨米尔和厄兹詹立即同意入伙。

行动前一晚，萨米尔睡得很不好，他梦见了马诺利斯和芬兰。等一觉醒来，已是下午两点。他骂了一句"该死的法官"，把女友从床上踢了下去。他下午四点还得参加反暴力培训。

深夜两点左右，厄兹詹开车去接他们。马诺利斯睡过了头，害得萨米尔和厄兹詹在门口干等了二十分钟。天气寒冷，车窗起了雾，三人途中还走错了路，为此大吵起来，快三点才来到达勒

姆。他们在车里套上了黑色羊绒面罩。面罩太大，不停地往下滑，还很扎脸，弄得他们汗流不止。厄兹詹嘴里沾了一团羊绒，他一口吐到了仪表盘上。他们戴上塑料手套，沿着碎石小径走向别墅大门。

马诺利斯在门锁键盘上输入密码，咔嚓一声，门开了。门口有个警报装置，马诺利斯又输入了一串数字，警报的红灯立刻变绿。厄兹詹忍不住大笑道："《十一罗汉》[①]。"他是个电影迷。紧张的气氛缓和下来。他们从来没遇到过这么顺利的情况。大门砰的一声关上，他们陷入一片黑暗。

他们没找到灯的开关。萨米尔踩空了台阶，左眉角撞上衣帽架。厄兹詹被萨米尔的脚绊倒，摔倒时整个人压在了萨米尔背上，压得他连连呻吟。马诺利斯站在原地没动，他忘了带手电筒。

待视力逐渐适应黑暗后，萨米尔擦了擦脸上的血，马诺利斯终于找到了电灯开关。房子装修成了日式风格，萨米尔和厄兹詹觉得没人会愿意住在这里。清洁女工的情报很准，他们只用几分钟就找到了保险柜。他们用撬棍把它从墙上撬下来，抬到了车上。马诺利斯有点饿了，还想回别墅厨房找些吃的。他们商量了很久，最后萨米尔说，这样太危险，他们待会儿可以找个小吃店。马诺利斯嘴里嘟囔个不停。

回到新克尔恩区的一个地下室，他们努力想要撬开保险柜。他们有过类似经验，但这次行不通。厄兹詹只好借来姐夫的大功率电钻。四小时后，保险柜开了。那一刻，他们就明白这一趟值了。柜里有十二万欧元现金和六块装在首饰盒里的手表，还有一

[①] 美国电影，主角奥逊（Ocean）是一名针对富豪行窃的大盗，他的名字与厄兹詹的名字（Özcan）发音相近。——译者注

个黑漆小木盒。萨米尔打开木盒，见红色丝绸内衬里放着一个旧碗。厄兹詹觉得碗很丑，想扔了，萨米尔则想把它送给姐姐。马诺利斯对这些都无所谓，他的肚子还是很饿。最后，他们决定把旧碗卖给麦克，对方经营着一家挂着大招牌的小店。他自称古董经销商，其实只有一辆小型货车，靠倒卖别人搬家留下的杂物为生。他花三十欧元收购了那只旧碗。

离开地下室时，萨米尔拍了拍厄兹詹的肩膀，模仿他说道："《十一罗汉》。"三人大笑起来。马诺利斯的姐姐替朋友收下了三千欧元。他们每人分到近四万欧元，萨米尔打算把手表卖给一个销赃贩子。这次入室行窃一切顺利且收获颇丰，想必之后也不会出什么大问题。

他们想错了。

棚田弘至站在卧室，打量着墙上的洞。他七十六岁了。数百年以来，他的家族在日本影响深远，势力遍布保险业、银行业和重工业。棚田没有怒吼，没有任何气急败坏的举动，只是一直盯着那个洞。不过，跟了他三十年的管家夜里跟妻子说，他从未见过棚田如此愤怒。

那天，管家忙得不可开交。警察来后提了很多问题，怀疑此事是家中雇员所为，因为警报系统被解除了，大门也没有暴力闯入的痕迹。但他们尚未找到确切的怀疑对象。棚田力保他的雇员。现场搜证一无所获，联邦州刑事犯罪调查局的技侦人员采集不到任何指纹，也没找到DNA痕迹。清洁女工在报警前就将房子里里外外打扫过了。管家很了解他的老板,回答警察的问题时,总有些闪烁其词、潦草简单。

棚田表示,眼下更紧要的是通知媒体及各大收藏家:他们家族持有那个被盗的茶碗已超过四百年,如果有人想要交易,他们愿出天价回购。棚田只求知道卖家的名字。

约克大街的那家发廊以老板的名字命名——"波科尔"。橱窗贴着两幅褪了色的八十年代威娜洗发水广告海报,上面有一个身穿条纹毛衣、秀发浓密的金发女郎和一个长着长下巴、留着小胡子的男模特。波科尔从父亲手里继承了这家发廊,年轻时亲自剪过头发,手艺是家传的。现在他还经营着几家合法或非法的赌场。他原样保留了发廊,包括那两张舒适的理发椅,整天就坐在那里喝茶、做生意。随着年岁增长,他逐渐发胖。他喜欢土耳其甜点,姐夫则在三栋房子开外的地方经营糕饼店,能做出全城最好吃的蜜糖苹果——一种用热油煎炸的蜂蜜苹果片。

波科尔生性易怒残暴,他知道,这是他的资本。外面流传着他跟一家餐馆老板的故事。那是在十五年前,他们互不相识,那个老板对波科尔说,他吃饭得付钱。听到这话,波科尔把饭菜摔到墙上,走回车子后备厢取来了一根棒球棍。最后,餐馆老板右眼失明,脾脏和左肾不得不摘除,下半辈子只能在轮椅上度过。波科尔因杀人未遂被判处八年监禁。宣判当天,餐馆老板连人带轮椅从地铁站的楼梯摔了下去,摔断了脖子。出狱后,波科尔外出吃饭再也没有付过账。

波科尔在报纸上看到了入室行窃案的新闻。给亲戚朋友、销赃贩子及其他生意伙伴打了十几通电话后,他搞清楚了是谁闯进了棚田的别墅。他派出一个干劲十足、甘愿为他卖命的年轻人去转告萨米尔和厄兹詹，自己想立即和他们谈谈。

两人很快来到了发廊，没人敢让波科尔久等。桌上有热茶和甜点，气氛轻松愉快。突然间，波科尔咆哮起来，揪住萨米尔的头发，将他从店这头拖行到另一头，堵到墙角一顿乱踢。萨米尔没有反抗，在拳打脚踢间提出愿意给波科尔百分之三十的分成。波科尔点点头，嘴里嘟囔着什么，不再理会萨米尔，转而抡起一块专门为这种场合准备的木板，朝厄兹詹的额头打去。之后，他冷静下来，坐回理发椅，把隔壁屋的女朋友喊了过来。

几个月前，波科尔的女朋友还是一名模特，上过《花花公子》九月刊的封面。她曾梦想在T台走秀，或者到音乐频道发展，直到波科尔发现了她。他把她当时的男朋友痛打了一顿，当上了她的经纪人，还把这种做法称为"采摘"。他出钱让她做了隆胸丰唇手术。一开始，她信任波科尔的计划，他也极力把她推荐给经纪公司。可当他日渐感到厌烦，就让她去迪厅跳舞，接着是表演脱衣秀，最后就是拍摄不符合德国法规的色情片。没过多久，波科尔给她注射了一剂海洛因，她现在只能依附于他、爱他。但自从他的朋友们在色情片中对着她撒了尿，他就再也不跟她发生性关系。之所以还留她在身边，是因为波科尔想把她卖到贝鲁特——是的，这种反向人口贩卖也是成立的[①]。无论如何，他得把整容花的钱挣回来。

波科尔的女朋友给厄兹詹包扎了伤口。波科尔开玩笑说，他现在看起来就像个印第安人，"你懂吗？那种红种人"。波科尔端

[①] 犯罪组织通常的做法是从经济较不发达地区往德国贩卖人口。

来新的热茶和甜点,把女朋友打发走,谈判继续进行。双方商定,现金对半分,手表和茶碗归波科尔。萨米尔和厄兹詹向他认了错,波科尔强调他对事不对人。告别时,波科尔拥抱了萨米尔,真诚地行了贴面礼。

两人离开发廊后,波科尔给瓦格纳打了电话。瓦格纳到处行骗,喜欢用谎言包装自己。他身高一米六,由于常年晒日光浴,皮肤有些发黄;头发染成棕色,但发根有几寸新长的白发。瓦格纳住的房子建于八十年代,分上下两层,楼上卧室摆有带镜子的衣柜、羊毛地毯和一张超大尺寸的床。楼下客厅则一片白色风光:白色皮革沙发、白色大理石地板、白色墙体及菱形小桌。瓦格纳喜欢一切闪闪发亮的东西,连无线电话都镶了玻璃石。

几年前,他申请了个人破产,财物都分给了亲戚。由于法院执行不力,直到现在他还能举债度日。实际上,瓦格纳一无所有,房子是前妻的,医疗保险已经断缴好几个月,女朋友做整容手术的账单也还没支付。他之前挣的快钱都挥霍在了豪车和伊维萨岛的可卡因香槟派对上。当时和他一起开派对的投行顾问如今早已销声匿迹,他甚至没钱给十年车龄的法拉利换新轮胎。长久以来,瓦格纳一直在等一个东山再起的机会。在咖啡馆,他总会向女服务员点一杯"拿铁"[①],调戏她们,然后自顾自地狂笑不止。瓦格纳一辈子都在为自己的无足轻重而苦恼。

一般的骗子只会自吹自擂,瓦格纳的手段更加高明。他自诩为"出身柏林底层家庭的坚韧男孩",通过顽强拼搏才"成功逆袭"。中产阶级出身的人很容易相信他,觉得瓦格纳虽然粗鲁、

---

① 在德语俚语中有"勃起的阴茎"之意。

聒噪，不讨人喜欢，但也因此更显朴实真诚。实际上，瓦格纳既不坚韧，也不真诚。即便以他自己的标准来衡量，他也没有"成功逆袭"。他只是诡计多端，因为自己是弱者，所以能看穿别人的软肋。就算没有任何好处，他也会占别人的便宜。

波科尔有时会用一用瓦格纳。他时不时揍瓦格纳一顿，原因可能是瓦格纳耍了滑头，或者太久没挨揍，又或者只是波科尔手痒了。除此之外，他都把瓦格纳当作一个废物。但就眼下这份差事而言，他觉得瓦格纳是最佳人选。因为波科尔知道，自己的出身和口音常让圈外人不把他当回事。

瓦格纳的任务是与棚田联系，告诉他茶碗和手表可以物归原主，但不透露更多细节。瓦格纳同意了。他找到棚田的联系方式，跟管家打了二十分钟电话。管家向瓦格纳保证，警察不会介入。瓦格纳挂了电话后心情激动，一边抚摸两只被他取名为多尔切和加巴娜的吉娃娃，一边想着怎么从波科尔手里多捞点钱。

———■▶

绞刑器是一种源自中世纪的刑具，由一根细铁丝和两端的木把手组成，直到一九七三年西班牙还在用它执行死刑。现在，它演变成了一种常见的杀人工具，配件可以在任何一家建材店买到，价格便宜，便于携带，用起来也顺手：只要拿铁丝从身后套住受害人的脖子，用力拉紧，对方就无法喊出声，很快会被勒死。

联系完棚田四个小时后，瓦格纳家的门铃响了。瓦格纳只开了一条门缝，但连腰间那把手枪都救不了他，对方一出手就锁住他的咽喉,令他无法呼吸。三刻钟后,绞刑器结果了他的性命,而他已受尽非人的折磨。

次日清晨,瓦格纳的清洁女工把采买的食物拿进厨房,看到了洗碗池里的两根手指。她立即报了警。瓦格纳躺在床上,两条大腿被夹钳夹在一起,左膝盖钉着两根木工铁钉,右膝钉了三根。脖子上还架着绞刑器,舌头从口中探出。瓦格纳死前尿了裤子。侦查人员很困惑,他到底向凶手泄露了什么,才会招致这样的下场。

两只狗的尸体躺在客厅大理石地板的墙角。凶手肯定是被狗吠声惹恼,把它们踩死了。痕迹鉴定专家试图从狗的身上提取鞋印,经过病理学分析后,却只提取到一片塑料。凶手显然给鞋套了塑料袋。

瓦格纳被害当晚,凌晨五点,波科尔从赌场把两大塑料桶的硬币搬回了发廊。他很累,弯腰开门时,听见一阵清脆的嗡嗡声。他听过这种声响,只是一时间没反应过来它是什么。直到甩棍快打到后脑勺的一瞬间,他才想起。

女朋友来发廊讨要海洛因时,发现了他的遭遇。他脸朝下趴在理发椅上,两条手臂环抱椅背,像在拥抱椅子。他的双手被扎线带捆绑在下方,肥大的身体卡在扶手之间。波科尔全身赤裸,肛门里插着一根折断的扫帚柄。法医解剖尸体后发现,由于用力过猛,扫帚柄把膀胱都刺穿了。波科尔的后背和脑袋上共有一百一十七处外伤,被甩棍打断了十四根骨头,致命伤已无法确定。波科尔的保险柜完好无损,两桶硬币也几乎分毫不差地摆在门口。他断气时,嘴里含着一枚硬币,食道里也有一枚。

调查毫无进展。波科尔店里采集到的指纹可以指向克罗伊茨贝格和新克尔恩的任意一个犯罪分子。扫帚柄酷刑显示阿拉伯人可能涉案，因为这被他们视为一种极端的羞辱方式。警方在周遭抓捕并审讯了一些可疑人士，认为案件跟黑帮争地盘有关，但没有确凿证据。此前，波科尔与瓦格纳从未同时受到警方调查，凶杀案调查组也没有找到两起案子之间的关联，最终，警方也没得出定论，只能做出一系列猜想。

波科尔的发廊及门前的人行道被红白警戒线封锁起来，探照灯照亮了整个门店。警方还在勘查现场，新克尔恩所有关心此案的人却都听说了波科尔是怎么死的。这回萨米尔、厄兹詹和马诺利斯真正感到了恐惧。上午十一点，他们带着现金、手表和茶碗混在发廊门前的人群中。买他们茶碗的古董经销商麦克，正在四条街以外的地方冰敷右眼。他归还了茶碗，支付了一笔赔偿金，同时被打得鼻青眼肿。毕竟，道上有道上的规矩。

马诺利斯说出了三人心中的担忧：波科尔受到了酷刑折磨，如果事情与他们有关，他一定已经把他们供了出去。那些人连波科尔都敢杀，他们现在怕是已经命悬一线。萨米尔说，茶碗的事必须马上解决，其他人点头赞同。最终，厄兹詹想到了找律师帮忙。

三个年轻人跟我讲了事情的经过。实际上是马诺利斯在讲，他没法集中注意力，不时把话头转到哲学上。整场谈话持续了很长时间。他们说，不确定棚田是否知道具体是谁闯进了他的家，然后把现金、手表和装茶碗的黑漆木盒放到会议桌上，请求我把这些东西物归原主。我尽量准确地给所有物件做了记录，没有拿现金，因为可能涉及洗钱。我和棚田的管家通了电话，约好下午见面。

棚田的别墅位于达勒姆一个安静的街区。门口没有门铃，隐形的光电传感系统被触发后，一记沉闷的锣声传来，让人感到如同身在禅宗寺庙。管家用双手指尖奉上名片，似乎有些多此一举，毕竟我人已经在这儿。接着我才想到，交换名片是日本的礼节，便也照做了。管家很有礼貌，但一脸严肃。他把我带到一个有着土色墙壁、黑色木地板的房间。我们在桌前的硬椅子上坐下。整个房间空荡荡的，只有壁龛上摆着深绿色的日本插花。间接照明的灯光温暖而柔和。

我打开公文包，把物件一一取出排开。管家把手表放到了提前准备好的皮革托盘里，但没碰装茶碗的密封木盒。我请他在我预制的签收单上签字。他起身离开，消失在推拉门之后。

房间一下子沉寂下来。

他再回来时，签收了手表和茶碗，然后他带走托盘，又把我一个人留在房间里。木盒仍然没有被打开。

棚田先生个头很小，有些干瘦。他用西式礼仪向我问好，心情明显不错，跟我提起了他在日本的家族。

过了一会儿，他走到桌前，打开木盒，取出了茶碗，一手托住碗底，一手缓慢将其转动着仔细端详。这是一只抹茶茶碗，可以用小茶筅在碗里搅拌鲜绿的抹茶粉。碗身是黑色的，深色的素烧坯上了一层釉。这种茶碗并非在转盘上拉坯，而是手工捏制成型，每只都独一无二。早期的陶艺工场会在陶器上印"乐烧"的标记。有位朋友告诉我，茶碗里蕴藏着古老的日本。

棚田先生小心翼翼地把茶碗放回木盒，说："这只茶碗是长次郎一五八一年为我们家族烧制的。"长次郎是乐烧技法的创始人。红色丝绸上的茶碗像一只正凝视着什么的黑色眼睛。"您可知道，这只茶碗曾引发过战争。那是很久以前的事了，战乱持续了近五年。我很高兴这次很快就结束了。"他啪的一声关上盒盖，回声在房间里回荡。

我告诉他，那笔现金也会尽快归还。他摇了摇头，问："什么现金？"

"您保险柜里的现金。"

"里面没有现金。"

我没立刻明白他的意思。

"我的委托人说……"

"如果里头真的有现金，那就是一笔黑钱了。"他打断我说。

"咦？"

"因为您得向警方出示签收单，到时候少不了被问到具体细节。我报案时可没提过有现金失窃。"

最后我们商定，我把归还茶碗和手表的事告知警方。棚田没有向我打听偷盗者的名字，我也没有问及波科尔和瓦格纳的事。警察向我提了问题，但为保护委托人，我只能以律师的保密义务为由拒绝作答。

萨米尔、厄兹詹和马诺利斯活了下来。

萨米尔接到一通电话，请他们三人到选帝侯大街的一家咖啡馆会面。与他们见面的男人彬彬有礼，用手机给他们看了波科尔和瓦格纳死前几分钟的影像，为拍摄画质太差而致歉，还要请他们吃蛋糕。他们没碰蛋糕，第二天就如数奉还了十二万欧元，还按道上的规矩额外付了两万八千欧元的"费用"。这是他们能筹到的所有钱。男人绅士地说，不用那么客气，然后把钱收进了口袋。

此后，马诺利斯隐退，接管了家族的餐馆，结了婚，话也少了很多。餐馆里挂着峡湾和渔船的照片，售卖芬兰伏特加。他打算带着全家移民芬兰。

厄兹詹和萨米尔成了毒贩，再也不偷任何来历不明的东西。

两年后，棚田家那位提供情报的清洁女工去了安塔利亚度假。她早把入室行窃的事忘了。某天，她去海边游泳，虽然当天风平浪静，她却一头撞到岩石上，淹死了。

我后来在柏林音乐厅又偶遇了棚田先生，他坐在我后四排的位置。我回过头时，他友好地向我点头致意，没有多言。半年之后，他去世了，遗体被运回日本，达勒姆的别墅出售，管家也回了家乡。

如今，那个茶碗成了棚田基金会建在东京的博物馆的镇馆之宝。

补遗

刚认识萨米尔和厄兹詹的时候，马诺利斯因涉嫌贩毒正在被警方调查。嫌疑没被坐实，法官签署的电话监听许可不久之后也被撤销了。但马诺利斯和萨米尔首次通话的录音却保存了下来。厄兹詹也通过手机外放参与了对话。

萨米尔："你是希腊人吗？"

马诺利斯："我是芬兰人。"

萨米尔："你听起来不像芬兰人。"

马诺利斯："我是芬兰人。"

萨米尔："你的口音像希腊人。"

马诺利斯："那又如何。不能因为我的母亲、父亲、祖父母以及其他所有亲人都是希腊人，我就得背着希腊人的身份过一辈子。我讨厌橄榄树、酸奶黄瓜酱和愚蠢的希腊舞蹈。我是芬兰人，从内到外都是芬兰人，精神上也是芬兰人。"

厄兹詹对萨米尔说："他看起来也像希腊人。"

萨米尔对厄兹詹说："如果他想做芬兰人，就当他是芬兰人吧。"

厄兹詹对萨米尔说："他连瑞典人都不像。"厄兹詹以前有个瑞典同学。

萨米尔："你为什么想成为芬兰人？"

马诺利斯："这跟希腊人有关。"

萨米尔："……"

厄兹詹："……"

马诺利斯："希腊人千百年来都是这个样子，你们想象一下，就像一艘船在不断地下沉。"

厄兹詹："为什么？"

马诺利斯："因为船漏水了或者船长喝醉了。"

厄兹詹："船为什么会漏水呢？"

马诺利斯："我只是举个例子。"

厄兹詹："呃。"

马诺利斯："船就是在不断地下沉，明白吗？"

厄兹詹："呃。"

马诺利斯："所有希腊人都淹死了，所有人，懂吗？只有一个希腊人幸存。他游啊游，终于游回岸上。他不停地吐出喝下的海水，从嘴里吐，从鼻子里吐，从每个毛孔里吐出来。吐干净后他累得半死，直接睡了过去。这家伙是唯一的幸存者。其他人都死了。他在海滩上呼呼大睡，醒来后才意识到只有自己活了下来。然后他站起身，杀死了他见到的第一个路人。事情就是这样。只有那个路人死了，宇宙万物才能保持平衡。"

萨米尔："？"

厄兹詹："？"

马诺利斯："你们听明白了吗？他一定得杀一个人，这样没被淹死的幸存者现在也死了。一个顶替另一个。死了一个，就有一个能活下来。明白了吗？"

萨米尔："没有。"

厄兹詹："船的哪个位置漏水了？"

萨米尔："我们什么时候见面？"

大提琴

　　塔克勒穿着浅蓝色晚礼服，内搭粉色衬衫。他的双下巴溢出衣领和领结，外套在腹部处绷得很紧，胸前起了褶子。他站在女儿特雷莎和自己的第四任妻子之间，两人都比他高。他那长满黑毛的左手紧紧托住女儿的臀部，就像一头深色的动物。

　　招待客人耗资不菲，但他认为值得，有头有脸的人物都来了：州长、银行家、权贵和俊男美女，尤其是那位著名的音乐评论家。此刻他什么都不愿多想。这是特雷莎的盛会。

　　特雷莎当时二十岁，是个典型的苗条美女，五官匀称到几近完美。她表现得镇定自若，只有脖子上那根纤细的血管显露出内心的紧张。

　　父亲简短致辞后，她在铺着红毯的舞台落座，给大提琴调音。弟弟莱昂哈德坐在旁边的椅子上，为她翻乐谱。姐弟俩反差明显。莱昂哈德比特雷莎矮一个头，继承了父亲的身材和脸形，却没有父亲刚强的个性。汗水沿着他的红发渗入衬衫，衣领边缘出现深色印痕。他朝观众微微一笑，亲切而温柔。

来宾坐在矮小的座椅上,渐渐安静下来,灯光也慢慢暗下去。我还在花园里犹豫是否返回大厅,特雷莎就开始了演奏,曲目是巴赫《六首无伴奏大提琴组曲》的前三首。几个小节过后我知道,我再也忘不了特雷莎。在那个温暖的夏夜,德国奠基时代风格的别墅大厅,高大的木门敞开,通向灯火通明的花园。那一次,我少有地感受到了一种纯粹的欢愉,那是只有音乐才能带来的享受。

塔克勒是第二代建筑企业家,和他父亲一样行事果决、头脑聪明,从法兰克福房地产业积累了大量财富。父亲生前总在右裤兜放一把左轮手枪,左裤兜装一叠现金。如今,塔克勒再也不需要枪了。

莱昂哈德三岁那年,他的母亲去参观丈夫新建的摩天大楼。封顶仪式在毛坯楼的第十八层举行,工人忘了加固其中一处安全护栏。塔克勒最后看到的妻子遗物,是她放在身旁高脚桌上的手提包和一个香槟杯。

接下来几年,两个孩子陆续换了好多"妈妈"。没有一个女人能够待在这里超过三年。塔克勒拥有一栋豪华别墅,配备一名司机、一名厨师、几名清洁女工和两名打理花园的园丁。塔克勒没有时间过问孩子的教育。唯一始终陪在孩子身边的是个上了年纪的保姆。塔克勒也是她带大的。她身上有一股薰衣草的香味,大家都叫她埃塔。她住在塔克勒家别墅的两居室阁楼里,对鸭子情有独钟，墙上挂了五个鸭子标本，就连那顶她出门必戴的棕色毡帽，装饰带上也插有两根蓝色的公鸭毛。她不是很喜欢小孩子。

埃塔一直待在别墅，早就成了家里的一分子。塔克勒认为，童年就是浪费时间，他几乎记不起自己的童年时光。他信任埃塔，因为他们的教育理念一致。孩子应该循规蹈矩，就像塔克勒所说，"不能骄傲自大"。有时，严加管教必不可少。

特雷莎和莱昂哈德都得自己挣零花钱。夏天，他们在花园挖蒲公英，每株可换半个芬尼。"但必须连着根，否则不算数。"埃塔说。她数蒲公英像数钱一样仔细。冬天，他们得去铲雪，埃塔以米为单位给钱。

九岁那年，莱昂哈德尝试离家出走。他爬到花园的冷杉树上，等着家人来找他，心想，埃塔和父亲会先后因他的出走而担惊受怕。可事实上，没有人担惊受怕。晚饭前埃塔开始喊他，说再不回去，不仅没饭吃，还得挨打。莱昂哈德乖乖下了树，衣服上沾满了树脂，回家后挨了一记耳光。

每逢圣诞节，塔克勒只会给孩子们买香皂和套头衫。只有一次例外。那年，一个跟塔克勒一起挣了不少钱的合作伙伴分别送了莱昂哈德和特雷莎玩具步枪和玩偶厨房。埃塔把玩具都收到了地下室，说："孩子们不需要这样的东西。"塔克勒根本没听他们说话，但同意她的做法。

埃塔认为，只要姐弟俩学好餐桌礼仪，能说一口标准的德语，平日里规规矩矩的，家庭教育就圆满了。她对塔克勒说，这两个孩子不会有什么大出息，他们太软弱，没有一点父亲或爷爷的样子，不像塔克勒家的人。这番话在塔克勒的脑海里挥之不去。

埃塔后来得了阿尔茨海默病，认知能力衰退，人也温和不少。她去世后，鸭子标本捐给了本地博物馆，但那里用不上，就把标本销毁了。只有塔克勒和两个孩子参加了她的葬礼。回来的路上，塔克勒说："好了，这件事也完成了。"

假期时，莱昂哈德跟着塔克勒打工。他本想跟朋友出去玩，但没钱。这正是塔克勒想要的。他把儿子带到工地，交给施工队的领班，吩咐"给他点苦头吃"。领班按老板的指示做了。第二天晚上，莱昂哈德因过度劳累呕吐不止。塔克勒却说，总会适应的，他在莱昂哈德这个年纪，有时还跟着父亲在工地过夜，同别的扎铁工人一样"蹲在户外拉屎"。他让莱昂哈德摆正态度，"不要觉得自己比别人娇贵"。

特雷莎也得在假期打工。她去了公司的会计部门，同莱昂哈德一样，只能拿平均工资的三成。"你们不是来帮工的，反而只会越帮越忙。你们拿的钱是我的打赏，不算什么工资。"塔克勒说。姐弟俩要是想去看电影，塔克勒就只给他们十欧元。可他们还得坐公交车，剩下的钱只够买一张票。他们不敢把实情告诉父亲。有时，塔克勒的司机会偷偷送他们进城，还塞给他们一些钱。司机自己也有孩子，他了解老板的性格。

塔克勒的妹妹也在公司上班，小时候会把每件心事都跟哥哥分享。除此之外，家中再无其他亲戚。两个孩子起初是害怕父亲，后来转变为憎恨，最后父亲的世界在他们眼中变得全然陌生，以至于彼此再也无话可说。

塔克勒并不鄙视莱昂哈德，但厌恶他的软弱。他觉得必须让儿子阳刚起来，用他自己的话来说，就是得"锻造"他一番。莱昂哈德十五岁时，在房间挂了一张芭蕾舞海报，那是他们班组织观看的演出。塔克勒从墙上撕下海报，呵斥他注意一点，不然更像同性恋了。塔克勒还说莱昂哈德太胖，永远都交不到女朋友。

特雷莎则把所有时间都花在和法兰克福的音乐教师排练大提琴上。塔克勒搞不明白她的事，也就没有干预她。只有一次例外。那是在特雷莎刚过完十六岁生日的夏天，当日万里无云，她在泳池里裸泳。从水里出来时，她发现塔克勒正站在泳池边上。他喝了酒，像看陌生女人一样打量自己的女儿，还拿起毛巾，为她擦身。碰到她的胸部时，他身上散发出了威士忌的酒气。她扭头跑回家里，从此再没来过这个泳池。

他们很少共进晚餐，为数不多的几次，话题也总由塔克勒主导，往往是关于手表、美食和汽车。特雷莎和莱昂哈德知道他每一辆车和每一块手表的价格。这只是虚无的逢场作戏。父亲有时会给他们看银行流水单、股票行情和公司年报，说："这一切将来都是你们的。"特雷莎这时会凑到莱昂哈德耳边小声说："他在引用电影台词。"塔克勒认为，精神生活都是胡扯的东西，毫无用处。

姐弟俩相依为命。特雷莎被音乐学院录取后，他们决定离开塔克勒。两人打算晚饭时说这件事，特地进行了排练，还设想了父亲的各种反应，准备据理力争。但当他们真正说起这件事时，塔克勒却说他有事要忙，离开了。他们又等了三个星期，特雷莎才找到机会。姐弟俩认为，塔克勒至少不会打他们。她告诉父亲，他们俩打算离开巴特洪堡。他们觉得"离开巴特洪堡"的说法听起来委婉些。特雷莎说她会带着莱昂哈德一起，无论怎样他们都能撑下去。

塔克勒没明白她的意思，一直埋头吃饭，还让特雷莎给他递一下面包。莱昂哈德不禁冲他大吼:"你折磨我们够久了。"特雷莎接着低声道:"我们不想成为你那样的人。"塔克勒手里的餐刀滑落到盘中,发出哐当一声。他一言不发地站起来,坐上他的轿车,去了女朋友家,直到凌晨三点才回来。

后半夜,塔克勒独自待在书房。镶嵌在书柜墙的电子屏幕上,播放着一段自制的无声影像,是从"超8摄影机"转录而来的。画面有点过度曝光:

他的第一任妻子牵着两个孩子,特雷莎大约三岁,莱昂哈德两岁。妻子说了些什么,嘴巴一张一合,但没有声音。她松开特雷莎的手,指了指远处。镜头顺着她指的方向拍去,虚化背景中立着一处古堡遗迹。然后镜头拉回到莱昂哈德身上,他正躲在母亲身后大哭。近景中,石头和草丛虚晃而过。摄影机一边拍摄,一边被交给了另一个人。镜头向上拉,画面里的塔克勒穿着牛仔裤和敞开的衬衫,露出胸前的体毛。他开怀大笑,没有声音,然后对着太阳举起特雷莎,吻了她一下,又冲着镜头招手。画面越来越亮,影像戛然而止。

那一晚,塔克勒决定为特雷莎安排一场告别音乐会。他的人脉够广,足以把她"捧上顶峰"。塔克勒不想做个讨人厌的父亲,于是给两个孩子各开了二十五万欧元的支票,放在早餐桌上。他觉得这样应该就够了。

音乐会后第二天,一家在全德国发行的报纸刊登了一篇热情洋溢的文章。那位著名的音乐评论家断言,作为大提琴演奏家,

特雷莎将拥有"耀眼的未来"。

特雷莎没有去音乐学院报到。她觉得凭自己的天赋,不用操之过急。现在还有其他事要做。接下来的近三年,姐弟俩游遍了欧洲和美国。她在一些私人音乐会上演出过,但其余时间只为弟弟演奏。塔克勒给的钱至少足够他们无忧无虑一段时间。两人亲密无间,不在乎外界的流言蜚语,几年来几乎没有分开过一天。他们好像获得了自由。

巴特洪堡音乐会过去快两年后,我在佛罗伦萨近郊的庆典活动上再次遇见了他们。庆典在卡斯特罗迪托尔纳诺酒店举办。那里原是十一世纪的古堡遗迹,位于大片葡萄园中间,四周种满了橄榄树和柏树。姐弟俩驾驶一辆六十年代的敞篷车前来,庆典主办方称他们为"时髦的富家子弟"。特雷莎亲了亲主办方的人,莱昂哈德则夸张又优雅地抬了抬头上那顶滑稽的博尔萨利诺草帽。

那天晚上,我对特雷莎说,离开她父亲的别墅后,我再没听过如此扣人心弦的大提琴组曲。她回应:"那是第一组曲的前奏曲,不是世人认为最重要、难度最大的第六组曲。不,第一组曲才是。"她喝了口酒,探过身子,在我耳边轻声说:"你知道吗?第一组曲的前奏曲只用三分钟就展现了整个人生。"说完便大笑起来。

第二年夏天快结束时,姐弟俩去了西西里岛,在一个原材料贸易商租来消夏的房子里借住了几天。那人对特雷莎有些动心。

莱昂哈德睡醒后有点低烧。他以为是头天晚上喝了酒的缘故。他不想生病,不想错过这样灿烂明媚的日子、这么美好的时光。但大肠杆菌正在他体内迅速蔓延,源头是两天前他在加油站喝的饮用水。

他们在车库里找到一辆老旧的韦士柏摩托,骑着去海边兜风。沥青路中间有个从运载车上掉落的苹果,滚圆,在正午的阳光下闪着光。特雷莎说了些什么,莱昂哈德想转过头听。摩托车前轮碾过苹果,车子一下子打滑横了过来。莱昂哈德失去了控制。特雷莎幸运地只是撞到肩膀,留下几处擦伤。莱昂哈德的脑袋却被夹在后轮和一块石头之间,破了个大口子。

入院的第一晚,他的伤情急剧恶化。没有人为他验血,医生都在忙其他事。特雷莎给父亲打了电话,塔克勒调用公司的里尔喷气机从法兰克福送来一名医生。但医生来晚了。莱昂哈德体内的毒素已经从肾脏扩散到了血液系统。特雷莎坐在手术室外的走廊等候。医生跟她说话时,一直紧握她的手。空调的声音很吵,特雷莎盯了几个小时的窗户蒙着一层灰尘。医生说,尿脓毒血症伴随多器官衰竭。特雷莎听不懂。体内尿液排不出去,莱昂哈德活下来的概率只有两成。医生不停地往下说,他的声音听起来越来越遥远。特雷莎已经近四十个小时没合过眼。医生再次走进手术室时,她闭上了眼睛,对方提到的"死亡"一词化作黑色的字母在她眼前浮现。她完全无法把这个词和弟弟联系起来。她说"不会的",不停地念叨"不会的",再讲不出别的话。

入院第六天,莱昂哈德的病情逐渐稳定,可以转送回柏林的医院了。抵达夏洛特医院时,他全身布满了黑色的皮革状坏疽,表明细胞组织已经坏死。医生对他进行了十四次手术,截除了他左手的大拇指、食指和无名指。同时,左脚脚趾自根部关节处被切断,右脚前足掌和一部分后足掌也被切除,整个人成了变形的肿块,几乎无法承重,挤压皮肤的骨头和软骨清晰可见。莱昂哈德进入了人工昏迷状态。他活了下来,但大脑损伤情况尚未得到评估。

大脑颞叶中有个古老的结构叫海马体,其名称来自波塞冬的坐骑,希腊神话中一种半马半虫的海怪。海马体能把短时记忆转化为长时记忆。莱昂哈德的海马体受损了。九个星期后,他从人工昏迷中醒来,问特雷莎是谁,自己又是谁,完全失去了记忆能力,记不住三四分钟之前的事。经过无数次检查后,医生试图向他解释,他得了失忆症,包括顺行性和逆行性失忆。莱昂哈德听懂了医生的话,但三分四十秒后,他又忘了,连自己失忆的事都不记得。

特雷莎照料他时,他看到的只是一个美丽的女子。

────

两个月后,姐弟俩搬入父亲在柏林的公寓。护士每天过来护理三个小时,其余时间都是特雷莎负责照料。起初她还邀请朋友过来吃晚饭，渐渐地再也无法忍受外人看莱昂哈德的目光。塔克勒每个月来探望他们一次。

那是一段孤独无助的日子。特雷莎日渐消沉，头发变得毛燥，气色也越来越差。一天晚上，她从琴箱里取出已经好几个月没碰过的大提琴，在半明半暗的房间里演奏起来。莱昂哈德躺在床上打盹。不知何时起，他掀开被子，开始自慰。她停止演奏，扭头望向窗外。他让她到床边来。特雷莎看着他。他直起身，想吻她。她摇了摇头。他又躺了回去，说，她至少该把上衣脱了。

他结疤的右脚残肢像一坨摆在白色床单上的肉。她走到他跟前，抚摸他的脸颊，然后脱下衣服，坐回椅子上，闭上眼睛开始演奏。等到他入睡，她才起身用毛巾擦干净他腹部的精液，帮他盖好被子，亲了一下他的额头。

她走进洗手间，吐了起来。

尽管医生认为，莱昂哈德恢复记忆的可能性已经不大，但大提琴似乎能够触动他。她演奏时，仿佛能与往昔生活建立起一种模糊而不可言状的连接，感受到她怀念的亲近关系留下的微弱余温。有时，莱昂哈德第二天还能记起大提琴。他会谈起它，即便记不清事情的来龙去脉，但有些东西好像停留在了他的记忆里。特雷莎每晚都为他演奏，他几乎每次都自慰。事后，特雷莎总会蹲在洗手间抱着脑袋痛哭。

做完最后一场手术的六个月后，莱昂哈德的伤疤开始疼起来。医生说必须进一步截肢。CT结果出来后，医生说他很快就会丧失语言能力。特雷莎知道，她再也撑不下去了。

十一月二十六日，一个阴冷灰暗的秋日，天早早就黑了。特雷莎在桌上点了蜡烛，用轮椅把莱昂哈德推到桌前。她从卡迪威百货买来食材，做了他以前爱喝的鱼汤，在鱼汤、炒豌豆、煎鹿肉、巧克力慕斯甚至红酒里都掺入鲁米那，一种巴比妥类安眠药。因为要给莱昂哈德止痛，她很容易拿到这种药。她放的剂量很小，以免令他呕吐。她自己什么都没吃，只是坐在边上等待着。

莱昂哈德开始昏昏欲睡。她把他推入浴室，给大浴缸放满水，帮他脱下衣服。他几乎连扶着浴缸新装的把手进入浴缸的力气都没有。然后，她也脱了衣服，跟他一起泡在热水里。他坐在她身前，头靠着她的胸部，呼吸平稳均匀。小时候，因为埃塔不想浪费水，他们常在浴缸里一起洗澡。特雷莎紧紧抱住他，头靠到他肩上，等他睡着后，吻了吻他的脖子，松手让他滑入水中。莱昂哈德深吸了一口气，没有挣扎，因为安眠药让他丧失了行动能力。他的肺部灌满了水，最终溺亡。他的头浮在她双腿之间，双眼紧闭，长发漂浮在水面。两个小时后，她从已经凉透的水中起身，将浴巾盖在死去的弟弟身上，然后给我打了电话。

她对一切供认不讳，但不仅是在供认罪行。她在两名警官面前坐了近七个小时，口述了自己的一生，被记录在案。她讲述了事情的前因后果，从童年经历到弟弟去世，没有遗漏任何细节。

她没有哭泣，也没崩溃，坐姿笔挺，语速平稳，用词精练。完全不需要插话提问。记录员打印她的供词时，我们到旁边的房间抽烟。她说，从现在起她不会再谈这件事，该说的都说完了。"我没别的可讲了。"

法院对她下达了涉嫌谋杀的羁押令。我几乎每天都去看守所看她，应她请求给她带去很多书。自由活动时间她也待在牢房里，阅读是她自我麻醉的方式。我们见面时，她不愿再谈弟弟的事，对即将到来的庭审也毫不关心。她更愿意给我读书中的内容，一些她在牢里挑选出来的篇章段落。那是看守所里的朗读会。我喜欢她温暖的嗓音，但我当时没有意识到：她已经失去其他自我表达的机会。

十二月二十四日，我一直陪着她，直到探视时间结束。装甲玻璃门在我身后关上。圣诞节到了，外面下起了雪，到处一片祥和。特雷莎又被带回了她的牢房。她坐到小桌前，给父亲写了一封信，然后撕烂床单，拧成绳子，在窗户把手上自缢了。

十二月二十五日，塔克勒接到了当值检察官的电话。挂断电话后，他从保险柜中取出父亲留下的左轮手枪，把枪口塞进嘴里，扣下了扳机。

━━━◆━━━

看守所管理部门把特雷莎的物品存在了储物室里。我们的刑事诉讼委托书规定，作为辩护人，我有权接收委托人的物品。一天，司法部门寄来一个包裹，里面是她的衣物和书籍。我们把这些物品转寄给了她在法兰克福的姑姑。

我留下了其中一本书,她在书的第一页写了我的名字。那是菲茨杰拉德的《了不起的盖茨比》。书在我的书桌上放了两年,我才有勇气再次翻开它。她用蓝笔标出了想读的地方,旁边还用小字做了批注。只有一句是用红笔标注的,那是全书的最后一句话。我读到它时,仿佛仍能听见她的声音:

"我们奋力前行,小舟逆水而上,不断地被浪潮推回到过去。"[1]

---

[1] 译文出自《了不起的盖茨比》,[美]斯科特·菲茨杰拉德,南海出版公司,2012。

刺猬

法官们在审议室换上长袍,一位参审员迟到了几分钟,当值的法警还因牙痛换了班。被告人瓦利德·阿布·法塔里斯是个粗笨的黎巴嫩人,自始至终保持沉默。证人依次出庭,受害人有些夸大事实;物证也受到了评估。这是一起普通的抢劫案,量刑在五到十五年之间。法官们达成一致意见:鉴于被告人有前科,对其犯罪事实及刑事责任能力也无异议,法庭决定判处他八年监禁。庭审进行了一整天,没什么特别的事发生,不过本来也没有什么值得期待。

下午三点,庭审就要进入尾声。当天的议程快要进行完毕。首席法官看一眼证人名单,只剩被告人的弟弟卡里姆还没有出庭。"好吧,"首席法官想,"大家都知道亲属提供的不在场证明是怎么一回事。"他透过老花镜看着卡里姆,只有一个问题想问他,即是否真要作证,表明瓦尔塔大街的典当铺遇劫时,他的哥哥瓦利德一直待在家里。法官尽量用简单的语言提问,还问了两遍卡里姆是否听懂了。

没人指望卡里姆开口说话。首席法官告知过他,作为被告人的弟弟，他有权保持沉默，这是法律明文规定。法庭上的所有人，包括瓦利德及其辩护律师，都为他出庭作证感到惊讶。现在，人人都在等待他的答案，它可能影响他哥哥的命运。法官们有点不耐烦，辩护律师也觉得有些无聊，一名参审员在不停地看表，他还要赶五点的火车去德累斯顿。卡里姆是这场庭审的最后一名证人，这也意味着他无关紧要。卡里姆知道自己在做什么。他一直都知道。

卡里姆生长在一个犯罪家族。他有个叔叔在黎巴嫩因为一箩筐西红柿开枪打死了六个人，该事件广为流传。卡里姆的八个兄弟有一连串犯罪记录，法庭要用半个小时才能读完。他们偷盗、抢劫、诈骗、勒索、作伪证，只有谋杀罪和杀人罪没有犯过。

他们家族世代以来都有堂表兄妹之间通婚的情况。卡里姆上小学时，老师们都抱怨："又来一个阿布·法塔里斯。"然后把他当智障儿童看待。卡里姆只能坐在教室的最后一排。班主任告诉六岁的他，不要惹是生非，不能打架斗殴，最好安静待着。所以他一直很安分。他很早就意识到，自己不能表现出与众不同。哥哥们听不懂他说的话，老敲他的后脑勺。因为他们城市推行的移民融入项目，一年级班里百分之八十的学生都有移民背景。每当他试图向同学们解释些什么，总会遭到取笑。这还是最好的情况。如果他表现得过于与众不同，同学们还会揍他。于是卡里姆的成绩很差。他没有别的选择。

十岁时，他从教师图书馆偷了一本教材，自学了概率、微积分和解析几何。在学校考试时，他会估算自己得错多少道简单得可笑的题目，才能刚好拿到一个毫不起眼的及格分数。遇到教材认为无解的数学题，他会有种大脑嗡嗡作响的感觉。那是独属于他的快乐时刻。

父亲在他出生不久后便去世了。他跟哥哥们同母亲住在一起，包括已满二十六岁的大哥。他们在新克尔恩的公寓只有六个房间，却挤了十个人。他年纪最小，被分到了储物间，只有一个磨砂玻璃的天窗，还放了一个云杉木置物架以及一堆没人要的杂物：缺了手柄的扫帚、没了提手的清洁桶、找不到适配电器的电线。他整天坐在电脑前，母亲以为他也和人高马大的哥哥们一样，是在玩电子游戏。实际上，他是在古登堡网站阅读文学经典。

十二岁那年，他最后一次尝试走哥哥们的老路。他编了一个程序，可以骗过邮政银行的电子加密系统，神不知鬼不觉地从数百万个账户中分别划走几分钱。哥哥们没有意识到自己口中的"傻子"能给他们带来什么，反而又敲了他的后脑勺，把装程序的光盘扔了。只有瓦利德觉得卡里姆比他们更有头脑，会在那帮粗鲁的兄弟前护住他。

年满十八岁之后，卡里姆离开了学校。如计划的那样，他以勉强及格的分数通过了实科中学毕业考试。他们家还没有人走到这一步。他向瓦利德借了八千欧元，对方还以为他想贩毒，欣然把钱给了他。卡里姆很了解股市，通过互联网在外汇市场做交易，一年就挣了近七十万欧元。他在一个中产阶层社区租了一套小户型公寓，每天早上出门去往那里都要故意绕很多弯路，确保无人跟踪。他打造了自己的庇护所，买了数学书和一台速度更快的电脑，把时间都花在证券交易及阅读上。

家里人以为这个"傻子"在贩毒,对他十分满意。当然,他太弱小了,无法成为一个真正的阿布·法塔里斯。他从不去拳击俱乐部,但至少也像其他兄弟一样戴大金链子,穿花里胡哨的缎面衬衫和黑色的纳帕皮夹克。他会说新克尔恩的俚语,还因从未被警察抓到过而赢得了一点名声。但哥哥们不太把他当回事。如果有人问起他,他们就会说,他只是家里的一个兄弟。没人真的关心他在做什么。

无人注意到他的双重生活。没人知道卡里姆还有另一个衣柜,上夜校轻松通过高考,现在每周在理工大学上两节数学课。他积累了一小笔财产,依法纳税,还交了个漂亮的女朋友。她在大学修读文学,对新克尔恩的事一无所知。

卡里姆读了针对瓦利德的刑事诉讼卷宗。家里所有人都见过这份材料,但只有他能看懂内容。瓦利德闯进一家当铺,抢走一万四千四百九十欧元后飞奔回家,想制造不在场证明。受害人立即报了警,准确描述了嫌疑人的体貌特征。两名警察马上认出那人是个阿布·法塔里斯。然而,他们兄弟几个长得惊人地相似,这让他们多次逃过法律制裁。证人常常分不清他们谁是谁,监控录像中也很难看出区别。

这一次,警察迅速采取了行动。瓦利德在路上藏起了赃物,把作案凶器扔进了施普雷河。警察破门而入时,他正坐在沙发上喝茶,身穿一件苹果绿短袖T恤,上面有一串亮黄色的英文"FORCED TO WORK"。他不懂那是什么意思,但觉得很酷。警察逮捕了他,并以"情况紧急,一旦拖延便会危及取证"为由,进行了一次"混乱的大搜查":割开沙发,将抽屉倒翻在地,推倒橱柜,甚至因为怀疑有暗格而拆了墙脚的踢脚板。但他们一无所获。

尽管如此,瓦利德还是被关了起来,因为当铺老板准确地描述了他穿的那件T恤。两名警察很高兴,他们终于逮到一个阿布·法塔里斯,这次至少可以关他五年。

卡里姆坐在证人席上,抬头看着法官席。他知道,如果只是简单地给瓦利德做不在场证明,法庭上不会有一个人相信。他毕竟是个阿布·法塔里斯,全家人早被检察院列为惯犯。这里的每一个人都预设他会说谎,所以这样是行不通的,瓦利德将在监狱待上好几年。

卡里姆想到奴隶之子阿尔基洛科斯的一句话,其核心思想为:"狐狸多知,而刺猬有一大知。"如果法官和检察官是狐狸,他就是刺猬。他掌握了刺猬的智慧。

"法官先生……"他边说边抽泣起来。他知道这样打动不了任何人,但可以吸引一些关注。卡里姆努力让自己显得愚笨却可信。"法官先生,瓦利德整晚都待在家里。"他故意停顿了一下,等待这句话发酵。他用余光看到检察官正在写文件,打算控告他作伪证。

"哦,是吗,他整晚都在家……"首席法官向前探了探身,"但受害人准确无误地指认了瓦利德。"

检察官摇了摇头，辩护律师埋头继续翻看卷宗。

卡里姆看过卷宗里证人指认时用的照片。上面有四个看起来很像警察的人：留着金色小胡子、系着腰包、穿着运动鞋。瓦利德比他们高出一个头，体格也壮硕两倍，皮肤黝黑，身穿印着黄色英文的绿色T恤。即便是让一个不在现场、老眼昏花的九十岁老奶奶来认，也能"准确无误地指认"出来。

卡里姆又开始抽泣，还用外套袖口擦了擦鼻子，沾到了些鼻涕。他看着袖口说："不对，法官先生，那个人真的不是瓦利德。请相信我。"

"我再次提醒您，在法庭上作证，您必须说实话。"

"我说的就是实话。"

"您这样会被判重刑，可能要坐牢。"法官说，尽量用卡里姆听得懂的话提出警告。接着他高高在上地说："如果不是瓦利德，那是谁干的？"他环顾了一下四周，检察官也笑了。

"对啊，是谁？"检察官重复了一遍。他捕捉到首席法官责备的目光——这是法官的问话环节。

卡里姆故意迟疑了一会儿。在心里数到五后，他开口说：

"伊马德。"

"什么？'伊马德'是什么意思？"

"那个人是伊马德，不是瓦利德。"卡里姆说。

"伊马德是谁？"

"我的另一个哥哥。"卡里姆说。

首席法官吃惊地看着他，连辩护律师也一下子清醒了。在场的所有人心里都直犯嘀咕："这个阿布·法塔里斯不守规矩，连自己家人都指认？"

49

"但伊马德在警察来之前就跑了。"卡里姆补充。

"是吗？好吧。"首席法官有点生气。他想，真是一句屁话。

"他交给我的东西还在这里。"卡里姆说。他很清楚，单凭证词完全不够。等待开庭的几个月里，他从个人账户分批取了好几笔钱。现在，这些钱正装在一个棕色信封里，刚好与瓦利德抢的数额相当。他把信封递给首席法官。

"信封里装了什么？"法官问。

"我不知道。"卡里姆说。

法官撕开信封，取出钱，没有在意指纹，即使在意也不可能在上面找到。他大声而缓慢地数着钱："一共一万四千四百九十欧元。这就是伊马德四月十七日晚上交给您的东西？"

"是的，法官先生，就是这样。"

首席法官思考片刻后，又语带嘲弄地提了一个问题为难卡里姆："证人先生，您还记得伊马德给您信封时穿的什么衣服吗？"

"唔，我想想。"

法官席上的所有人都松了口气，首席法官向后靠了靠。

现在必须慢一点，沉住气，得逼自己停一下。卡里姆心想。他回答："牛仔裤，黑色皮夹克，T恤。"

"什么样的T恤？"

"啊，这我真不记得了。"卡里姆说。

首席法官满意地看了看将在庭审结束后负责撰写判决书的主笔法官。两人都冲对方点了点头。

"嗯……"卡里姆挠了挠头，"啊，有了，我想起来了。我们兄弟几个都有一件这样的T恤，是我们舅舅送的。衣服很便宜，他买给我们当礼物。上面写了些字，是英语，意思好像是我们必须工作之类的。特别搞笑。"

"您说的是您哥哥瓦利德在照片中穿的那件 T 恤吗？"首席法官从文件夹中取出一张照片给卡里姆看。

"是的，是的，法官先生。没错，就是这件。这种 T 恤我们家里有很多。我现在还穿着一件呢。但照片上的人是瓦利德，不是伊马德。"

"是的，这我也知道。"法官说。

"请给我看看。"检察官说。

终于是时候了。卡里姆心想。他回答："要怎么看呢？T 恤都放在家里。"

"不是，我说的是您现在穿的那件。"

"现在就看？"卡里姆问。

"是的，没错，快点。"首席法官说。

检察官表情严肃地点点头，卡里姆耸了耸肩，尽可能表现出无所谓的样子，然后拉下皮夹克拉链，敞开外套。他穿的 T 恤跟卷宗里瓦利德穿的一模一样。卡里姆上周在打印店遍布的克罗伊茨贝格印了二十件 T 恤，分发给所有的兄弟，还在家里留了十件以备警方再来搜查。

庭审中断，卡里姆被请到庭外。出去之前，他听到法官对检察官说，没有其他证据，只能进行对质辨认了。"第一回合很顺利。"他想。

再次被传唤上庭时，卡里姆被问到是否有犯罪前科。他说没有。检察官拿到的一份犯罪记录查询结果证实了这一点。

"阿布·法塔里斯先生，"检察官说，"您是否意识到自己的供词不利于伊马德。"

卡里姆点了点头，羞愧地低头看着自己的鞋子。

"您为什么要这样做？"

"是这样的，"他磕巴起来，"瓦利德也是我的哥哥。我年纪最小，他们总嘲笑我是最笨的。但瓦利德和伊马德都是我的哥哥。您明白吗？如果确实是伊马德做的，就不能让瓦利德顶替他入狱。要是这事是其他人做的，不是我们家的人，就更好了……但的确是我哥哥做的。是伊马德。"

现在，卡里姆准备发动最后一击。

"法官先生，"他说，"真的不是瓦利德干的。他和伊马德确实长得很像，你们看这个。"他从脏兮兮的钱包里掏出一张皱巴巴的全家福，九兄弟一个不缺。他快把照片贴到首席法官的鼻子上了，对方抓过照片，气恼地放在桌上。

"照片里的第一个人就是我。法官先生，第二个是瓦利德，第三个是法鲁克，第四个是伊马德，第五个是……"

"我们可以先保管这张照片吗？"年长而温和的义务辩护律师打断了他的话，觉得这个案子突然有了希望。

"您之后再还我就行，我也只有这一张。这是我们半年前专门给黎巴嫩的哈利马舅妈拍的，九兄弟站成一排，您明白吗？"卡里姆望着在场的诉讼参与人，想知道他们听懂了没有。"这样舅妈就能认出我们所有人了。但最后我们还是没把照片寄出去，因为法鲁克说把他拍得很傻。"卡里姆又看了看那张照片，"他瞧上去确实有点傻，法鲁克，但他其实一点也不……"

首席法官挥手让他回去。"请坐回座位，证人先生。"

卡里姆在证人席坐下后又说了起来："法官先生，我再重复一次。第一个是我，第二个是瓦利德，第三个是法鲁克，第四个……"

"谢谢,"法官生气地说,"我们知道了。"

"好吧,每个人都会搞混的,学校老师也分不清。有一次生物课堂测验,因为瓦利德的生物成绩很差……"卡里姆还在喋喋不休。

"谢谢。"法官大声打断。

"不,我只是要跟你们说一下生物测验的事……"

"不必了。"法官说。

证人卡里姆按要求离开了法庭。

当铺老板坐在旁听席上。他已经陈述完毕,但想见证判决的过程,毕竟他是受害人。现在他又被叫上前去看那张全家福。他刚才听清了,是"第二个人",他必须指认出来。他说,案犯"无疑就是照片中的第二个人",之后才意识到自己有点过于草率——他一口咬定"第二个人"就是案犯,毫无疑问。法庭稍稍平静下来。

庭外的卡里姆此时却在计算着,法官们要多久才能完全搞清楚状况。他知道,首席法官不会等很久,一定会再次询问当铺老板。卡里姆掐准时间,四分钟后未经传唤便再次返回法庭,见当铺老板正站在法官席前看那张照片。一切都在他的掌握之中。卡里姆大声嚷嚷起来,说他忘了一些事,法官必须再听他说一次。他说,很快的,这件事很重要。首席法官不喜欢被打断,烦躁地说:"好吧,还有什么事?"

"对不起,我犯了个错误,一个愚蠢的错误,法官先生,真的很不好意思。"

卡里姆马上引起了整个法庭的注意。所有人都以为他要收回对伊马德的指控。这种事经常发生。

"法官先生,我说的伊马德,其实是照片上的第二个人。瓦利德不是第二个,他是第四个。对不起,我搞混了。真的十分抱歉。"

首席法官摇了摇头,当铺老板的脸一下子红了,辩护律师咧嘴一笑。"第二个,嗯?"法官愤怒地说,"第二个是……"

"是的,是的,就是第二个。法官先生,我跟您说,"卡里姆说,"为了让舅妈知道谁是谁,我们在照片后面写了名字,因为她也认不全我们几个。她想见见所有人,但因为入境问题又来不了德国,我们家兄弟还那么多。法官先生,请您把照片翻过来。您看到了吗?背面按顺序写了名字,跟照片上的人是对应的。我想问问,我什么时候才能拿回照片呀?"

法院从档案中找出伊马德的证件照进行勘验取证,不得不宣布瓦利德无罪释放。

伊马德被捕了。但如卡里姆所料,出入境记录能够证明案发期间伊马德其实在黎巴嫩。两天后,他也被无罪释放。

最后,检察院针对卡里姆涉嫌作未经宣誓的虚伪陈述及诬告伊马德一事进行了调查。卡里姆跟我讲了整件事的经过,我们决定让他保持沉默。他的哥哥们作为近亲,可以行使拒绝作证权。检察官也没有更多的证据。到头来,卡里姆只是有重大嫌疑,但不会遭到起诉,他早已预见这一结果。毕竟有太多种可能性存在,比如瓦利德把钱转交给了伊马德,或者另一个兄弟拿着伊马德的护照出入境——这兄弟几个长得实在太像了。

当然，他们又敲了卡里姆的后脑勺，不知道卡里姆不仅救了瓦利德，还打了法庭一记响亮的耳光。

卡里姆默不作声。他想到了刺猬和狐狸。

幸运

　　她的客人已经从政二十五年。他一边脱衣服，一边说他是如何一步步爬上高位的。他亲自张贴竞选海报，在小酒馆后面的房间里演讲，组建自己的选区，最后从候选名单的中段脱颖而出，连续三个任期当选议员。他说他人脉很广，还领导着一个调查委员会，尽管不是什么重要的委员会，但自己好歹也是个主席。他只穿着内裤站在她面前。伊琳娜不知道什么是调查委员会。

　　胖男人觉得房间太小了。他汗流不止。他今天得在早上做，十点钟还有个会。女孩说，没有问题。床铺看起来十分整洁，她也很美。她还不到二十岁，有着漂亮的胸部、丰满的嘴唇，身高至少一米七五。跟大多数东欧女孩一样，她的妆过于浓艳。但胖男人喜欢。他从钱包里拿出七十欧元，然后坐到床上，小心翼翼地把衣服搭上椅背，以免弄皱。女孩为他脱下内裤，把他垂下来的肚子往上推。他只能看见她的头发，知道她会花上一些时间。"这是她的工作。"他想着，身体往后靠。最后一刻，胖男人感受到胸口一阵刺痛。他想抬手让女孩停下来，但嘴里只发出了咕噜声。

伊琳娜把那声音理解为满足的意思，又继续做了几分钟，直到意识到男人没了声音。她抬起头，见他脑袋偏向一边，口水流到枕头上，眼睛向上翻，望着天花板。她对着他大喊，但他一动不动。她从厨房取来一杯水，泼到他脸上。男人还是没有反应。他还穿着袜子，就这么死了。

伊琳娜已经在柏林住了一年半。她其实更想留在自己的国家，她在那里上的幼儿园和中小学，有亲人和朋友。那里的语言能给她归属感。伊琳娜在家乡时是名裁缝，有一套漂亮的公寓，屋里应有尽有：家具、图书、CD、植物、相册，以及一只黑白相间的黏人小猫。人生正在起步，她满怀期待。她设计时尚女装，做过几条裙子，还卖出去两条。她的设计草图简洁轻盈、一目了然。她梦想着能在市中心主街开一家小店。

但她的国家陷入了战争。

那个周末，她去乡下看望哥哥。哥哥接手了父母的农场，因此免于服兵役。她提议去农场附近的小湖边走走。两人坐在码头上享受着午后阳光。伊琳娜跟他讲了自己的计划，给他看素描本上新画的设计图。他听了很开心，伸手搂住她的肩膀。

等他们回来时，一伙士兵站在院子里。他们开枪杀了哥哥，然后轮奸了伊琳娜。他们一共四个人，其中一个趴在她身上时，朝她脸上吐口水，骂她妓女，还打她的眼睛。她没有再反抗。他们离开后，她一直躺在厨房的桌子上。她用红白相间的桌布把自己裹了起来，闭上双眼，希望永远不要再睁开。

第二天早上,她又来到湖边。她以为投湖自杀很容易,但她做不到。重新浮出水面时,她张嘴大口呼吸,肺里吸满了氧气。她赤裸地站在水里,陪伴她的只有岸边的树木、芦苇和天空。然后,她放声大喊,喊到全身没了一丝力气,以这样的方式与死亡、孤独和痛苦对抗。她知道自己得活下去,也知道这里不再是她的家园。

一周后哥哥下葬。坟墓很朴素,上面只插了一个木质十字架。牧师讲了些关于罪过和宽恕的话,市长低头盯着地面,拳头紧握。她把农场的钥匙交给住得最近的邻居,把几头牛和家里所有的东西都送给了他们。然后她提上小行李箱和手提包,坐巴士去了首都,头也不回,素描本也没带走。

她在大街上和酒馆里打听到了能把她送到德国的方法。中间人很狡诈,要走了她所有的钱。他知道她在寻求庇护,愿意为此付出大价钱。他见过太多像伊琳娜这样的人,做他们的生意来钱很快。

伊琳娜和其他偷渡者坐上一辆向西行驶的小巴士。两天后,他们在森林里的一块空地下车,徒步走了一整夜。那个带领他们穿越溪流和沼泽的人不怎么说话。他们就要支撑不下去时,他说,现在已经到德国境内了。又一辆巴士载着他们前往柏林,最后在郊区的某个地方停下。天气寒冷,雾气弥漫,伊琳娜很累,但是她知道现在安全了。

接下来几个月,她认识了其他同乡,有男有女。他们给她介绍了柏林的基本情况、政府部门及相关法律。伊琳娜需要钱。她不能合法工作,甚至无权留在德国。最初几周,女人们接济了她。她在选帝侯大街打听到了口交和阴道性交的价格，感觉身体不再属于自己，而是成了一种工具。她想活下去，即便不知为了什么。她再也感受不到自己的存在。

———————

他每天都在人行道上坐着。她坐上男人们的车时会看到他，早晨回家的路上也会看到他。他面前摆着一个塑料杯，有时路人会往里面扔钱。她已经习惯了他的目光，他总在那里冲她微笑，几周过后，她也以微笑回应。

冬天来了，伊琳娜在二手商店给他买了一条毯子。他很高兴。"我叫卡勒。"他边说边让他的狗坐在毯子上，把狗裹起来，轻轻挠它耳朵后面，自己则又蹲到一堆报纸上。卡勒穿着单薄的裤子，自己很冷却要帮狗取暖。伊琳娜的双腿发起抖来，她快步走开，在拐角处的长椅坐下来，缩起双膝，埋下头。她十九岁了，一年以来却没有人拥抱过她。这是家乡那个午后以来，她第一次哭泣。

他的狗被车碾过时，她正站在街对面，像看电影的慢镜头一样，看着卡勒冲过街，在一辆汽车前跪下，把狗抱了起来。司机冲他怒吼，但卡勒就这样抱着狗横穿马路，头也不回。伊琳娜跟在他身后跑，她理解那种切肤之痛，也突然意识到，他们有着同样的命运。他们一起把狗埋在城市公园，伊琳娜牵起了卡勒的手。

一切就这样开始了。不久后，他们决定一起生活。伊琳娜搬出脏乱的膳宿公寓，两人找了个单间公寓住下，陆续添置了洗衣机、电视机和其他家具。那是卡勒多年来第一次住公寓。他十六岁离家出走,之后一直露宿街头。伊琳娜为他理发,给他买了长裤、T恤、套头衫和两双鞋。他找了工作,白天分发传单,晚上到酒馆里帮工。

现在是男人们来家里,伊琳娜不用再去站街。早晨没有客人的时候,他们就从衣柜里拿出自己的床单,一丝不挂地躺下,紧紧相拥,一动也不动,只听得见对方的呼吸,把外面的世界抛在脑后。他们从不谈及彼此的过往。

伊琳娜很害怕死去的胖男人,也怕被关进遣返拘留所,最后被驱逐出境。她打算先去朋友那儿等卡勒回来,拿上手提包便跑下了楼。她把手机忘在了厨房。

同每个早上一样,卡勒骑着带有小拖车的自行车来到商业街。但是派活的人今天没分给他工作。三十分钟后卡勒又回了家,搭乘电梯上楼,路上好像听到了伊琳娜的鞋子踩在楼梯上发出的嗒嗒声。他打开公寓的门时,她正好冲出楼下大门,往公交车站的方向跑去。

卡勒在一把木椅上坐下,打量着胖男人的尸体和他身上亮白色的背心。他把买回来的小面包放到了地上。那是夏天,房里很热。

卡勒努力让自己集中精神。伊琳娜会进监狱,然后被遣送回国。也许是胖男人打了她,否则她不会无缘无故这样做。卡勒想起他们一起坐火车去郊外的日子。他们冒着酷暑躺在草地上，伊琳娜看起来就像个孩子。他那天感到很幸福，觉得现在是时候报恩了。卡勒想到了他的狗。他偶尔还会去公园里埋狗的那个位置，看看有没有被人动过。

半小时后，卡勒意识到这不是个好主意。他只穿了一条内裤，汗水流进了浴缸的血水里。他用塑料袋套住男人的脑袋，以免在动手时看到他的脸。一开始他用错了方法，试图以蛮力砍断骨头，后来才想起杀鸡的技巧，于是从肩膀处拧转胖男人的手臂。这下容易多了，只要切开肌肉和纤维组织就行。过了一会儿，手臂被卸了下来，放在黄砖地板上，手腕上还戴着手表。卡勒扭头朝着马桶又吐了起来。他往洗手池里放水，将脸沉入水中，把嘴漱了一遍。冰凉的水把他的牙龈都冻疼了。他盯着镜子，分不清自己是在镜中还是镜外。仿佛只有镜子里的人动的时候，他才会动。洗手池的水溢了出来，流到脚上，卡勒才回过神来。他又跪到地上，拿起了锯子。

三小时后，他锯下了男人的四肢，然后去杂货店买黑色垃圾袋。收银员用奇怪的眼神看着他。卡勒努力不去想该怎么处理男人的脑袋，但那个念头怎么都挥之不去。"如果不把脑袋从脖子上锯下来，就没法把他弄到拖车上，"他想，"我就是搞不定啊。"他走出商店，人行道上有两个主妇打扮的女人在交谈，城市快铁穿梭而过，一个男孩把苹果踢到了马路上。卡勒一下子无比愤怒。"我又不是杀人犯。"路过一辆婴儿车时他大喊出声。那个推婴儿车的母亲转身看了他一眼。

他咬牙继续坚持。狐尾手锯的把手有些松动，卡勒割伤了手指。他像个孩子一样号啕大哭，哭出了鼻涕泡，但还是闭上双眼继续锯,边哭边锯,边锯边哭。他用胳膊夹住胖男人的脑袋,套头的塑料袋变得又湿又滑,一再从他胳膊底下滑落。等他终于把脑袋从躯干上锯下来,脑袋的重量把他吓了一跳。就像一袋烧烤用的木炭,他想,奇怪自己为什么会想到木炭。卡勒从来没有烧烤过。

他先把最大的袋子拖进电梯,堵上电梯门,再回去搬剩下的东西。垃圾袋很结实,他装尸体躯干时套了两层。他把自行车骑到走廊里,没有人注意到他。一共四个黑色垃圾袋,拖车已经装满,卡勒只能把两条手臂塞进背包,否则就会掉出来。

卡勒换上了干净的衬衫,花了二十分钟才来到城市公园。他脑海里不断浮现出男人的脑袋、稀疏的头发和两条手臂,后背感觉到男人湿漉漉的手指。他跳下自行车,扯掉背包,躺倒在草地上,等着路人跑过来尖叫,但没人过来。什么都没有发生。

卡勒躺在那里,望着天空,静静等待着。

他把胖男人埋在了城市公园。铁铲的手柄断了,他就跪在地上用手拿着铲头继续挖,把所有袋子都塞进坑里,离埋狗的位置只有几米远。他挖的坑不够深,只能使劲把垃圾袋踩进去。新换的衬衫又弄脏了,手指又脏又黑,沾着血渍,皮肤开始瘙痒。他把坏掉的铁铲扔进垃圾桶,然后在公园的长椅上呆坐了近一个小时,盯着那些玩飞盘的大学生。

伊琳娜从朋友那儿回来后,发现床上的人没了,但西装外套和折好的长裤还挂在椅子上。她走进浴室一看,立即捂住嘴,不

让自己叫出来。她瞬间明白了一切：卡勒想要帮她。警察会找到他，认为是他杀了那个胖男人。她想，德国人会彻查每一桩谋杀案，她在电视上看到过。卡勒会被捕入狱。胖男人外套里的手机响个不停。她必须做点什么。

她走进厨房，打电话报了警。警察几乎没听懂她在说什么。他们赶到后查看了浴室，立即逮捕了她。他们问尸体在哪儿，伊琳娜说不知道，还一直说胖男人是"正常死亡"，心脏病发作。警察当然不相信。她戴上手铐走出屋外时，卡勒刚好骑车回来。她盯着他，摇摇头。卡勒不明白她的意思，跳下自行车冲到她身边，中途绊了一下。警察把他也逮捕了。后来他说，这样也好，反正没有伊琳娜在身边，他也不知道该怎么办。

卡勒始终保持沉默。他早就学会了这一招，看守所吓不到他。他之前因为入室抢劫和盗窃进来过很多次，在看守所里听说了我的名字后，请我为他辩护。他想知道伊琳娜会不会有事，他自己倒是无所谓。他说他没有钱，让我去料理他女朋友的案子。

如果卡勒愿意说出实情，他就会没事，但我很难说服他。他只是问我这样会不会对伊琳娜不利，颤抖着捏着我的前臂，说他不想犯错。我让他冷静下来，答应为伊琳娜找名律师。最后他同意了。

他带警察来到城市公园里挖坑的地方，在边上看着他们挖出胖男人，给身体的各部位分类。他也给警察指了指埋狗的位置，引起了一点误会。警察挖出狗的骨架后一脸疑惑地看着他。

法医发现，所有外伤都是死后造成的。胖男人的心脏被送去化验，结果显示他确实死于心脏病发作。谋杀的嫌疑解除。

最后，检方可指控的就只剩下肢解尸体的行为。检方想以扰乱死者安宁的罪名发起指控。法律禁止故意毁坏尸体。检察官说，分尸掩埋是十分严重的违法行为。

检察官的观点不无道理。但我们不能只看行为本身，还要看被指控人的目的。卡勒的目的是救伊琳娜，而不是亵渎尸体。我说："这是因爱而生的滋扰行为。"并提交了一份联邦最高法院的判决案例，该判例有利于卡勒。检察官挑了挑眉，合上了手里的文件。

羁押令被撤销，两人得以无罪释放。伊琳娜在律师的帮助下申请了难民庇护，获准暂时留在柏林，没有被送到遣返拘留所。

他们坐在床上，挨在一起。衣柜门的铰链在警察搜查的过程中被弄坏了，门歪歪扭扭地挂在铰链上。其他一切如初。伊琳娜握着卡勒的手，两人望着窗外。

"现在我们得重新开始了。"卡勒说。伊琳娜点了点头，心想，他们是多么幸运啊。

夏令时

孔苏埃拉一直惦记着孙子的生日,她今天得给他买部游戏机。她早上七点开始上班。客房清洁的工作虽然辛苦,但有保障,好过她以前做过的大部分工作。这家酒店在全市首屈一指,给的工资比行业标准高一些。

她还剩二三九号房没有打扫,到达门口时,在工作表中填了时间。虽然她按打扫的房间数量领取工资,但酒店管理层还是要求填时间表。孔苏埃拉完全照他们的要求做,她不想丢了这份工作。她在表格上写道:十五点二十六分。

孔苏埃拉按了下门铃。无人应答。她敲了敲门,又等了一会儿,然后才用门卡打开电子锁,把房门推开到一个巴掌宽。照培训时所学,她喊了一声"客房保洁"。还是没有回应。她这才走进房间。

这是一间三十五平方米的套房,内饰以温暖的棕色调为主。墙上贴着米色墙布,镶木地板上铺着浅色地毯。床铺上一片凌乱,床头柜上放着个开了盖的水瓶。两把橙色长椅间躺着一名赤裸的年轻女子,孔苏埃拉看到了她的胸部,她的头则被遮住了。

血渗入浅色地毯边缘,在羊毛纤维上留下锯齿形印迹。孔苏埃拉屏住呼吸,心跳加速,小心翼翼地往前走了两步。看清女子的脸后她立即尖叫起来。那是一团模糊的血肉,骨头、头发和眼睛粘在一处,脑袋被砸碎了,白色脑浆溅到深色的镶木地板上。而孔苏埃拉每天擦拭的沉重铁灯架血迹斑斑,正直直压在女子的脸上。

———◆———

阿巴斯松了口气。他坦白了一切。狭小的公寓里,斯蒂芬妮正坐在他身旁哭泣。

他在贝鲁特一个名叫夏蒂拉的巴勒斯坦难民营长大,童年的游乐场就位于有着波纹铁门的营房、布满弹孔的五层建筑和从欧洲运来的报废汽车之间。孩子们身穿印有西方字母的运动套装和T恤,五岁的小女孩于酷暑中戴着头巾,食物是装在薄纸袋里的温热面包。阿巴斯出生的四年前,难民营还发生过一次大屠杀:黎巴嫩的基督教民兵组织伤害及屠杀了成百上千名难民,妇女遭到奸淫,儿童死在枪口之下。事发后,无人能准确统计出遇难人数,恐惧笼罩至今,如影随形。房屋之间牵着许多输电线和电话线,纠缠不清,将天空切割开来。有时候,阿巴斯就躺在门口的土路上一根根地数电线。

他的父母给了偷渡组织者一大笔钱,希望孩子能到德国过上好的生活。他那年十七岁,无法申请难民庇护,也没有得到工作许可。他只能靠政府救济生活,除此之外什么也做不了,去不了电影院,也去不了麦当劳,既没有游戏机,也没有手机。德语是在街头学的。他长相英俊，但找不到女朋友，甚至没法请女生吃饭。阿巴斯只能一个人待着，整整十二个月里无所事事，不是拿石头砸鸽子，就是在收容所看电视，或者游荡到选帝侯大街的橱窗前。他感到无聊透顶。

不知何时起，他开始入室盗窃，经常被逮到。三次警告后，少年法庭法官首次判他拘禁。那是一段不错的时光，他在监狱结交了很多朋友。出狱后他明白了一些事。狱友告诉他，很多跟他一样的人只有贩毒这一条出路。

要走这条路很容易。一个不再亲自上街贩毒的小头目雇了他。阿巴斯被分到一个城市快铁站，与另外两人合作。一开始他只能充当"藏毒掩体"，即运毒的人形保险柜，负责把密封的小袋毒品含在嘴里，一名同伙谈价格，另一名同伙收钱。他们把这叫作工作。

瘾君子的暗语是"来点棕的"或"给点白的"，他们通常支付十欧元或二十欧元纸币，往往是靠偷盗、乞讨或卖淫得来。交易过程很迅速。有时，女人会用身体跟毒贩做交易。如果对方长得不赖，阿巴斯不会拒绝。刚开始他乐在其中，因为女人会做他要求的所有事。但后来他再也受不了她们眼中的贪婪，她们想要的不是他，只是他口袋里的毒品。

如果警察来了，他就得飞速逃跑。他很快学会了如何认出警察，他们即使穿便衣，也和制服没两样：运动鞋、腰包和长及臀部的夹克，还都留着同款发型。阿巴斯会一边跑，一边吞下毒品包装袋。如果他能成功在被逮到之前吞下去，他们就很难抓到证据。警察有时会使用催吐剂，坐在旁边等着他把袋子吐到滤网上。他不时有新认识的朋友意外身亡，因为胃酸过早地溶解了包装袋。

做这一行风险大，但来钱快、收入高。阿巴斯如今有了钱，会定期给家里寄一大笔。他再也不会感到无聊。他现在喜欢的女孩叫斯蒂芬妮。他在舞厅观察她跳舞很久了。她转头看向他时，这位大毒贩、街头老大的脸一下子就红了。

当然，她对他贩毒的事一无所知。阿巴斯每天早上都会在冰箱上给她留一封情书。他跟朋友们说，她喝水的时候，他能看见水是如何流过她的喉咙的。她成了他的港湾。除了她，他一无所有。他想念母亲、兄弟姐妹和贝鲁特夜空的繁星。他也想到了父亲，他曾扇过他一记耳光，只因他偷了水果摊上的一个苹果。他那年才七岁。"我们家没有犯罪分子。"父亲呵斥道，然后带他回到水果摊，付了那个苹果的钱。阿巴斯曾经梦想成为汽车维修工、画家或者木匠，又或者别的什么。但他却成了毒贩。现在，他恐怕连毒贩都做不成了。

一年前，阿巴斯开始接触赌场，起初只是跟朋友们一起，他们总喜欢效仿《007》中的詹姆斯·邦德，幼稚地围着漂亮的女服务员打转。后来他就一个人去，即便所有人都警告过他。他迷上了赌博机，开始跟它们说话，每台机器都有自己的性格，像上帝一样主宰了他的命运。他知道自己染上了赌瘾。一连四个月他每天都在输钱，做梦都能听到赢钱时机器发出的音乐声。他无法自拔，一心只想赌钱。

朋友们不再带他贩毒，在他们看来，他已彻底沦为赌徒，跟买毒品的瘾君子没什么两样。他们怕他偷钱，也能预见他的下场。阿巴斯知道他们是对的。但这还不是最致命的。

最致命的是，他和丹宁格牵扯上了。阿巴斯向他借了五千欧元，但得还七千欧元。丹宁格是个和善的男人，他说，每个人都有困难的时候。阿巴斯也不怕，相信自己一定能把钱赢回来，赌博机不会让他一直输下去。但他在自欺欺人。到了还款日，丹宁格来了，跟他握了握手。接着，事情就发生在一瞬间。丹宁格从兜里掏出老虎钳，阿巴斯看到钳柄的黄色塑胶套在阳光下闪了一下，他右手的小指就掉到了地上。阿巴斯疼得大叫，丹宁格则递给他一条手帕，给他指了去医院最近的路。丹宁格一如既往地和善，但告诉他，欠款金额现在涨到了一万欧元。如果阿巴斯三个月内无法还清，他就只能切掉他的拇指，然后是手掌，一直到脑袋。丹宁格说他很抱歉。他喜欢阿巴斯，觉得他是个很棒的小伙子。但规矩就是规矩，无人能改。阿巴斯丝毫不怀疑丹宁格是认真的。

斯蒂芬妮更多是为他的手指而哭，而不是为输掉的钱。他们不知道该怎么办。但至少现在他们是两个人，一定可以想到办法。过去两年里，所有事他们都能共同面对。斯蒂芬妮说，阿巴斯必须尽快接受戒赌治疗，但钱的问题还没解决。斯蒂芬妮想再回去当服务员。加上小费，她每个月能挣一千八百欧元。阿巴斯不想她去啤酒馆打工，他会吃那些客人的醋。但他们没有别的选择。他现在没法回去贩毒，他们只会对他拳打脚踢，然后把他赶走。

一月后，他们意识到，这样下去肯定凑不够钱。斯蒂芬妮很绝望。她很担心阿巴斯的安全，得另外想个办法。她对丹宁格一无所知，但过去两周里，她每天都要给阿巴斯的手换药包扎。

斯蒂芬妮喜欢阿巴斯。他不同于她之前认识的男生，更加认真，也更有神秘感。阿巴斯对她很好，即使她的朋友们总是说三道四。她得做点什么救救他，甚至觉得这个念头有一点浪漫。

斯蒂芬妮没有什么可卖的。但她知道自己长得好看。和她的女性朋友们一样，以前读到都市报上刊登的那种广告时，她常放声嘲笑。但她现在就要回应其中一则了，为了阿巴斯，为了他们的爱情。

第一次跟男人在豪华酒店见面时，她紧张到全身发抖。她对他很抗拒，但男人很有礼貌，完全不是她想象的那样，甚至有点帅气，仪表也很得体。他碰她的身体、让她满足他的性欲时，她感到一阵恶心，但挺了过来。他跟她在阿巴斯之前认识的男人没有什么不同，只是年纪大了些。事后，她洗了三十分钟澡，牙龈都刷出了血。现在，她把拿到的五百欧元放咖啡罐里存了起来。

她只穿了浴袍，躺在家里的沙发上。再做几次她就能凑齐钱了。她想起酒店的男人，他生活在另一个世界，打算每周见她一到两次，每次给五百欧元。她会撑下去，也相信自己不会出事。但这不能让阿巴斯知道。她会给阿巴斯一个惊喜，把那笔钱给他，骗他说，那是她阿姨给的。

珀西·博海姆有点累。他望向酒店的窗外。秋天来了，秋风吹落了树上的叶子。阳光明媚的日子就要过去，柏林很快又会沉入冬日的阴郁长达五个月。那个女大学生已经走了，她很漂亮，还有点害羞，但她们第一次都那样。这种事明码标价，就是一场交易。他付钱，满足了性需求，不需要爱，不必睡前在电话里互道晚安，也无须多余的牵扯。如果她陷得太深，他会结束这一切。

博海姆不喜欢妓女,几年前试过一次,却心生厌恶。他想到了妻子梅兰妮。她是颇有名气的盛装舞步骑手,可跟很多骑手一样,眼里只有马。梅兰妮很冷漠,两人已经许久无话可说,只是面上相敬如宾,相互迁就。他们也不常见面。他知道她不会接受他在外面找女大学生。而为了儿子贝内迪克特,目前他还不想离婚,打算再等几年,直到儿子长大成人。贝内迪克特很爱自己的母亲。

珀西·博海姆是当地顶尖的企业家。他从父亲那里继承了一家汽车零部件企业的绝对控股权,在多个监事会担任理事,还是政府的经济顾问。

他在想接下来收购阿尔萨斯一家螺丝工厂的事。他的审计团队建议终止收购,但他们的判断向来不准。他早就觉得,律师和审计师只会制造麻烦,从不解决问题。要不他干脆卖掉所有股份,退休钓鱼得了。"再等等吧,"博海姆心想,"等贝内迪克特长大成人。"

阿巴斯有种不祥的预感,斯蒂芬妮最近问了他一些奇怪的问题,比如他会不会惦记其他女人,对她是否还满意,还爱她吗。她以前从不问这些事。一直以来,她做爱时都不够自信,但在这段关系上向来比较强势,现在好像反过来了。做爱时,她长久地依偎着他,梦中也紧握他的手。这是以前没有过的。

她睡着后,他起身查看她的手机。他以前就经常这么做。现在，通讯录上出现一个新名字：PB。他把认识的人在脑海里过了一遍，始终想不出谁的名字是这两个字母开头。然后，他读了PB发来的短信："星期三中午十二点，公园酒店。老地方，二三九号房。"阿巴斯走进厨房，坐在一把木椅上，因愤怒而几乎无法呼吸。"老地方"，也就是说不是第一次了。她怎么可以做那种事，还是在他人生遭遇重大危机的时候。他还爱着她，她就是他的一切。他曾以为两人会共渡难关。阿巴斯不敢相信。

星期三中午十二点，他站在公园酒店门口。这是城里最好的酒店，却让他犯了难——酒店门口的礼宾员不让他进去。阿巴斯没有跟他计较，他看起来确实不像酒店的客人。他也知道大家对阿拉伯面孔有成见。他坐在一条长椅上等候。两个多小时后，斯蒂芬妮才从酒店里出来。他迎面向她走去，想看看她的反应。斯蒂芬妮吓了一跳，脸一下子就红了。

"你在这里干什么？"她问。

"我在等你。"

"你怎么知道我在这儿？"她在想，他还知道些什么。

"我跟踪了你。"

"你跟踪我？你疯了？你为什么要这样做？"

"你在外面有人了，我知道。"泪水在阿巴斯眼眶里打转，他一把抓住她的手臂。

"你别犯傻了。"她挣脱开来，跑过广场，感觉自己像在演电影。

他跟在她身后，再次拉住她。"斯蒂芬妮，你在酒店干了什么？"

她告诉自己必须镇定，好好想想。"我是来应聘的，这里的工资比啤酒馆高。"她找不出比这更好的借口了。

　　阿巴斯当然不信。两人在广场上大声争吵起来。她觉得尴尬极了，阿巴斯一直在大吼大叫，她赶紧拉着他跑开。过了很久，他才平静一些。他们坐车回到公寓。阿巴斯坐在餐桌前喝茶，一言不发。

———■———

　　博海姆和斯蒂芬妮已经私会了两个月。她不再胆怯。他们聊得很投机，甚至有点过于默契。斯蒂芬妮跟他提过，男朋友两周前跟踪过她。博海姆心里有些不安，知道自己必须断了这段关系，这样纠缠下去实在太蠢了。善妒的男朋友意味着麻烦不断。

　　因为开了很久的会，他今天来晚了。他把手机连上车载蓝牙，拨通她的电话。他很高兴听到她的声音，说他马上到。她有点期待，还说自己已经脱光了。

　　把车开进酒店车库时，他挂了电话。他打算跟她说，该结束了。最好今天就断了。博海姆不是优柔寡断的人。

———■———

　　卷宗在办公桌上摊开。刑事卷宗通常用红色卡纸装订，目前只有两卷，之后会越积越多。主任检察官施米德不喜欢读卷宗。他闭着眼睛，靠在椅背上。"我还有八个月就退休了。"他心想。施米德在柏林检察院的重罪调查部门担任主任已有十二年，现在有点受够了。他的父亲来自布雷斯劳，因此施米德自认是地道的普鲁士人。他不憎恨自己起诉的罪犯，起诉只是他的职责。他也不想再接手大案，宁愿处理些案情简单的谋杀案、家庭纠纷案或其他能快速侦破的案子。他最不想接手那种需要报备的案子，因为还得把案情重新向总检察长报告一遍。

　　施米德的桌上放着逮捕博海姆的申请文件。他还没签字。"如果抓人，媒体就要乱写了。"他心想。现在街头小报上全是《豪华酒店里的裸体女大学生》之类的报道，如果博海姆集团的最大股东兼董事长珀西·博海姆被捕，他完全可以想象事态会如何发展。麻烦事会接踵而至，检察院的新闻发言人每天都将收到如何对外发言的新指示。

　　施米德叹了口气，又拿起新同事写的附注读了起来。新同事能力不错，工作热情还没丧失，但早晚会被时间消磨掉。

　　附注条理清晰地总结了卷宗的内容：

　　斯蒂芬妮·贝克于下午十五点二十六分被发现死亡，死前头部多次遭到猛力击打，头骨碎裂。作案工具是酒店房间的标准配置铁灯架。法医学的专业术语将这类伤称为"钝挫伤"。

　　珀西·博海姆是最后一个与死者通话的人。案发次日，凶杀案调查组的两名警察找上了他在柏林的办公室。"只是提几个常规问题。"警察说。博海姆让公司的律师参与了谈话。警方报告中写道，除此之外，他没有任何反应。警察给他看了死者的照片，他否认与女孩相识。他解释说，那通电话是误拨，至于手机定位，那是因为他开车路过了那家酒店。两名警察记下了他的陈述。他读了一遍后签了名。

这时警方其实已获悉该通话持续了近一分钟，误拨不可能打那么久。但他们没有戳破他。还没有。警方也没有告诉他，死者的手机通讯录存有他的号码。博海姆的供述让自己有了嫌疑。

一天后，法医鉴定结果出炉，死者的头发上和胸部有精斑。警方在犯罪数据库中没有找到匹配的DNA。博海姆被请求自愿提供唾液样本，样本紧急做了DNA检测，结果与精斑的DNA相符。

以上即附注的核心内容。

收录尸检图片的黄册子一如既往地令施米德感到不适。他快速翻了一遍蓝色背景的高像素照片，只有强迫自己，才能长时间盯着这类照片。

施米德回想起他在法医解剖室度过的大段时光。法医室很安静，只有手术刀和解剖锯的声音。法医们专注地对着录音机说话，抱着敬畏的态度处理每一具尸体。在解剖桌上说笑的情景只会出现在犯罪小说里。只是，尸体腐烂的特殊气味他永远都无法适应，大部分法医也不例外。他们不能在鼻孔下涂抹薄荷脑，因为有些证据只有借助气味才能发现。当年还是新手检察官的施米德，每次看到法医将血水从尸体内舀出来称重或尸检后将各个器官放回尸体里缝合，都会感到一阵恶心。他后来才了解到，尸检后要牢固缝合好尸体，才能保证内部器官不漏出来，这是一门技术活。他也明白了法医谈论这个话题时为何会如此严肃。这是一个外人难以进入的平行世界，检察官的世界也是如此。施米德和法医部门的主任是朋友，两人差不多同龄，但私下从不谈论各自的工作。

主任检察官施米德又叹了口气，然后在羁押令申请书上签了字，交给了侦查法官。

只过了两个小时，法官就批准了羁押令。六个小时后，博海姆在家中被捕。同时，他在杜塞尔多夫、慕尼黑、柏林及叙尔特岛的多处房产被彻底搜查了一番。警方进行了全面部署。

博海姆方派出了三名律师参与羁押令的宣告程序，在侦查法官狭小的办公室里显得格格不入。他们都是民事律师，专攻企业并购及国际仲裁领域，领着不菲的薪水。他们已经多年不上法庭，上一次与刑法打交道还是学生时代。他们不知道要提交哪些申请，其中一人还威胁要用政治手段解决。但法官不为所动。

梅兰妮·博海姆坐在办公室外的木质长椅上。没人告诉她不能与丈夫见面，羁押令的宣告程序不开放旁听。在律师的建议下，博海姆在羁押令生效后保持沉默。律师带来一张空白支票和一份银行证明，支取额度高达五千万欧元。侦查法官为此无比生气，认为这就像在搞阶级司法。他拒绝了保释请求。"这里不是美国。"说完，他问律师是否申请羁押审查。

主任检察官施米德全程几乎一言不发。他仿佛听见了战斗拉开序幕的战鼓声。

珀西·博海姆令人印象深刻。他被羁押一天后，我去看守所见了他。他公司的法务顾问请了我为他辩护。博海姆坐在探视间的桌子后面，热诚地向我打招呼，仿佛这里是他的办公室。我们就政府错误的税收政策以及汽车产业的前景闲聊了一会儿。他表现得好像我们是在一场招待会上，而非身处刑事诉讼程序中。

谈及正题时,他立即告诉我,他在警察讯问时做了虚假陈述。他不想把妻子卷进来,最后搞得婚姻破裂。对我的其他问题,他都给出了准确的回答,认真且毫不迟疑。

他当然认识斯蒂芬妮·贝克,她曾是他的情人。他们通过柏林某个杂志上的小广告相识,他用钱换取她的性服务。她是个很好的女孩,还在上大学。他曾考虑等她毕业后让她在公司实习。他从未过问她为何出卖身体,但确信自己是她唯一的客户。她一开始有点害羞,慢慢才放松下来。"这些事听起来不太光彩,但事实就是如此。"他一直很喜欢她。

案发当天,他一直开会到十三点二十分,大约十三点四十五分才到达酒店。斯蒂芬妮已经在等他,两人上了床。事后,他洗完澡就离开了,想独处一段时间准备下午的会议。斯蒂芬妮留在房里,打算泡完澡再走,说想待到十五点三十。如之前约定的,他往她的手提包塞了五百欧元。

他搭了套房旁边的电梯到地下车库开车。整个过程花了一分多钟,最多也不超过两分钟。他十四点三十分左右离开酒店,去了柏林最大的城市公园蒂尔加滕公园,在那里散了一个小时步,思考了一下自己跟斯蒂芬妮的关系,想着是时候做个了结了。他的手机一直关机,因为不想被人打扰。

十六点整他在选帝侯大街开会,另外还有四名男士在场。十四点三十分到十六点之间,他没有遇见任何人,也没打过电话。离开酒店时他也没有碰到任何人。

委托人与辩护律师的关系非常特殊。辩护律师不一定想知道事情的真相。因为德国的刑事诉讼法规定,如果律师知道委托人在柏林杀了人，就不能申请传唤愿意证明被告人案发当天在慕尼黑的"可帮其脱罪的证人"。这样一来辩护就像在走钢丝。而在一些案件中，律师必须知道真相，因为了解实情可能获得让委托人免罪的微小优势。至于辩护律师是否相信委托人无罪，这并不重要。他的任务只是为委托人辩护，不多做，也不少做。

如果博海姆的说法没错，即他十四点三十分左右离开酒店，而清洁工在十五点二十六分发现尸体，那么中间就有近一个小时的空当。这六十分钟足够真凶进入房间行凶，又在清洁女工来之前离开。博海姆的供词没有证据支持。如果他在首次问讯时保持沉默，形势会更有利，但他的谎言把事态搞得很被动，而且现在没有发现可以证明存在另一个凶手。我认为法庭最后给他判刑的可能性不大，但不知道法官现在是否会撤销羁押令，毕竟他的嫌疑尚未消除。

两天之后，侦查法官打电话跟我商量羁押审查的时间。我们约了第二天。我让办公室的收发员取来了卷宗，检察院已批准我调阅。

卷宗里收录了新的调查结果。死者手机通讯录上的所有人都已接受询问。斯蒂芬妮·贝克的一个女性密友向警察说了她去卖淫的原因。

更重要的是，阿巴斯进入了警方的视野。他曾因入室盗窃、贩卖毒品被判过刑，两年前还在一家迪厅门口暴力斗殴。警方审问了阿巴斯。他说，他曾因妒忌尾随斯蒂芬妮到酒店，但她解释清了自己出现在那里的原因。审问记录长达数页，字里行间透露着警察的不信任。但他们最终只能确定他有动机，没有找到证据。

下午晚些时候，我来到主任检察官施米德的办公室。他同往常一样友好而专业地接待了我。他对阿巴斯没什么好感，认为嫉妒是很强的作案动机。阿巴斯洗脱不了嫌疑，他知道这家酒店，女朋友还跟另一个男人睡了。如果他到过现场，就完全有杀害她的可能。我跟施米德解释了博海姆为何撒谎，说："跟女大学生有染毕竟不是犯罪。"

"对，但也不是什么光彩的事。"

"幸亏法律不依据道德标准来判刑，"我说，"婚外情也不是犯罪。"施米德几年前也与一名女检察官有染，搞得莫阿比特法院尽人皆知。"我看不出博海姆有什么理由杀害自己的情人。"我说。

"我也是，但您知道，作案动机在我看来没那么重要，"施米德说，"他接受审问时确实扯了个大谎。"

"这虽然让他有了嫌疑，但终究证明不了什么。而且他最早的供词恐怕无法被法庭采用。"

"哦？"

"那会儿警方已经调查过通话记录，知道他跟被害人打了很长时间的电话，也根据手机的移动通信网络得知他的车就在酒店附近，还知道女孩遇害的房间是他预订的。"我说，"警方本该将他视为被告人进行审问，实际上却将他当成证人，只进行了证人的权利告知。"

施米德翻了一下审问记录。"您是对的。"最后他承认道，一把推开卷宗。他因警方的小把戏而生气，他们总是帮倒忙。

"此外，打死女大学生的灯架上没发现指纹。"我说。痕迹鉴定专家只提取到了她的 DNA。

"没错，"施米德说，"但那个女孩头发上的精斑来自您的委托人。"

"哎，您又来了，施米德先生，这是无稽之谈。他难道会先在女孩身上射精，再戴上手套把她打死？博海姆不会蠢到这个地步。"

施米德挑了挑眉。

"另外，从水杯、门把手和窗户把手等地方找到的其他痕迹也无法证明他有罪，因为他是酒店的常客。"我继续说。

我们讨论了将近一个小时。最后，主任检察官施米德说：

"只要您的委托人在羁押审查时详细交代他与死者的关系，我同意明天撤销羁押令。"

他起身同我握手道别。我走到门口时，他补充道："博海姆还得上交护照，支付一大笔保释金，每周前往警察局报到两次。同意吗？"

我当然同意。

我走出施米德的办公室时，他很满意，案子可以暂时平息下来了。他从不认为博海姆是凶手。珀西·博海姆不像那种丧心病狂的人，会疯狂地砸碎一个女大学生的脑袋。但施米德又想，谁又真的了解人性呢？因此在他看来，作案动机并非判断案情的决定性因素。

两个小时后,他锁上办公室的门,准备回家时,电话突然响了起来。施米德咒骂一声,回去拿起听筒,顺势跌坐在扶手椅上。对方是凶杀案调查组主管该案的负责人。六分钟后,施米德挂了电话,看了一下手表,然后从西装外套中取出一支旧钢笔,在便条上写下刚才的通话内容,将它别在卷宗的第一页。他关了灯,在黑暗中坐了一会儿,心中确定珀西·博海姆就是凶手。

第二天,施米德又请我去了他的办公室。把照片从桌上推给我时,他看起来几乎有些忧伤。照片上可以清楚地辨认出车窗后面的博海姆。"酒店地下车库的出口安装了高清摄像头,"他说,"您的委托人离开车库时被拍到了。凶杀案调查组在我们昨天谈完后给我打了电话,我今早才拿到这些照片。所以还没来得及通知您。"

我一脸不解地看着他。

"照片拍到了博海姆离开酒店地下车库的场景。请看第一张照片上的拍摄时间,一般在左下角。是十五点二十六分五十五秒。我们检查过摄像头的时间,没有错。"施米德说,"清洁工是十五点二十六分发现死者的。时间点吻合。警方于十五点二十九分第一次接到报警电话,这也能佐证。我很抱歉,但凶手不可能是别人。"

我没办法,只能撤回羁押审查的申请。博海姆将被羁押到开庭。

接下来几个月，我们都在准备庭审材料。律所的所有律师反复查验卷宗里的每个细节，包括移动通信网络、DNA分析结果及地下车库的摄像头。凶杀案调查组的工作细致周密，几乎找不出漏洞。博海姆的公司委托了一家私人侦探社，也没有新的发现。尽管所有证据都对不上，博海姆还是坚持自己的说法。虽然胜算渺茫，他却始终心情舒畅，一点也不慌张。

警方的侦查工作都基于一个基本假设，即不存在巧合。侦查中百分之九十五的工作由行政事务、物证分析、批注撰写及证人询问组成。在犯罪小说中，冲着凶手大吼就能令其认罪，现实中却没那么简单。如果一个人夸腰站在尸体前，手上拿着一把带血的刀，那么他就是凶手。没有一个理智的警察会相信他只是碰巧路过，拔刀不过是为了救人。电影中的警长常说"事情没那么简单"，但这种桥段都是编剧杜撰的，现实正好相反。显而易见的答案才最有可能是对的，而且多数时候就是真相本身。

相比之下，律师则是要在起诉的证据链中找出漏洞。巧合就是律师的盟友。律师的任务是纠正那些仓促得出的似是而非的结论。一名警察曾对联邦法官说，辩护律师只会刹住"正义之车"的车轮。法官回答，不会刹车的车子就是一堆废铁。刑事诉讼只有通过各方势力彼此制衡，才能发挥作用。

我们一直在寻找能够拯救委托人的那个巧合。

博海姆不得不在看守所度过圣诞节和新年。主任检察官施米德慷慨地特许他跟公司总经理、审计师及民事律师会面。他每隔一天见他们一次，在牢里运营公司。他的董事会成员及全体员工公开声明站在他那边。妻子也定期过来探视。他唯独不让儿子见他。贝内迪克特不应该看见父亲在牢里的样子。

四天之后就要开庭了，希望依然渺茫。除了提出一些程序性的申请，没有人能拿出一个扎实有效的辩护思路。一般刑事诉讼中常见的认罪协商这回也行不通。谋杀罪将被判处终身监禁，杀人罪则判五到十五年。没有任何可以跟法官协商的余地。

打印出来的视频截图正摆在律所图书室的书桌上。博海姆被超高清摄像头拍得一清二楚。六张连续的照片就像动画的几帧。博海姆左手按下车库出口的开关，挡车杆升起，车子从摄像头前开过。

突然，案子柳暗花明起来。答案四个月之前就已藏在卷宗里，简单到令我不禁开怀大笑起来。我们所有人都忽略了它。

案子在莫阿比特法院第五〇〇号庭审理。检察院指控的罪名为杀人。主任检察官施米德亲自代表检方宣读起诉书时，审判庭一片肃静。博海姆作为被告人出庭陈词。他准备得十分充分，脱稿讲了一个多小时，声音亲切，在场的人都愿意倾听。他认真地讲了自己和斯蒂芬妮·贝克的关系，无一丝遗漏，也没有刻意隐瞒。他描述了案发当天二人见面的经过，以及自己十四点三十分是如何离开酒店的。他详细、准确地回答了法官及检察官的提问，解释了和斯蒂芬妮·贝克进行性交易的事实及原因。他说，

如果法庭认为他杀了这个与他别无瓜葛的女孩，那就太荒谬了。

博海姆信心十足。所有的诉讼参与人都有些惴惴不安。这个场景有点奇怪。没有人愿意怀疑他是凶手，可也找不到其他嫌疑人。证人的传唤要等到第二个庭审日。

第二天，街头小报的标题是《百万富翁确实不是杀害美女大学生的凶手？》。也算是对首个庭审日的总结吧。

第二个庭审日，清洁女工孔苏埃拉被传唤出庭。发现尸体的经过仍令她心有余悸。她关于时间的证词非常可信。检察官和辩护律师都没有提问。

第二位证人是阿巴斯。他仍处于悲痛之中。法官询问他与死者的关系，以及斯蒂芬妮是否提过被告人、都说了什么。阿巴斯对此一无所知。

随后，首席法官问到了他和斯蒂芬妮在酒店门口的那次碰面、他的嫉妒心及对她的跟踪尾随。法官是公正的，他想尽了办法去确认阿巴斯案发当天是否在酒店。阿巴斯对这类问题一律否认。他说，他染了赌瘾，负债累累，现在手上的伤已经痊愈，他也拿到了有限制条件的工作许可，平时都在一家比萨店做洗碗工还债。法庭上没有人觉得他在撒谎：自愿吐露个人隐私者，说的一般都是实话。

主任检察官施米德也想尽了一切办法套话。但阿巴斯仍然坚持自己的说辞。他在证人席上坐了将近四个小时。

我没有向阿巴斯提问。首席法官吃惊地看着我，毕竟阿巴斯是唯一可能的潜在凶手。我另有打算。辩护律师询问证人最重要的原则是，如果无法预料对方的答案，就不要提问。得到意料之外的答案不一定是好事，律师不能拿委托人的命运去赌。

法庭几乎没有审理出新的信息，只是一步步梳理卷宗的内容。只有斯蒂芬妮的朋友说了她卖淫的原因后，给博海姆的形象蒙上了一层阴影。不管怎么说，博海姆是乘人之危。有位我认为本来是站在我们这边的参审员，烦躁不安地在座椅上来回摇晃起来。

第四个庭审日，我们等待已久的警察作为第十二位证人被传唤出庭。他刚到凶杀案调查组不久，这回的任务是调取并保管停车场的监控视频。首席法官问了他是怎么从酒店安保部门拿到视频的。他回答是在酒店保安室当场核对了监控屏幕显示的时间，发现与标准时间仅有半分钟的误差，还为此撰写了一份书面说明。

轮到辩护律师提问时，我首先向他确认，警方是不是在十月二十九日调取视频的。他回答，是的，没错，那是个星期一，具体在十七点左右。

"证人先生，您是否询问过酒店安保人员，有没有在十月二十八日把时间调整为冬令时？"我问。

"什么？没有。监控显示的时间是对的。我复核过……"

"视频拍摄的时间是十月二十六日。那天还处于夏令时。两天之后的十月二十八日才转入冬令时。"

"我不明白您想说什么……"警察说。

"很简单。摄像头很可能一直显示的都是冬令时。如果是这样，时钟在夏季显示十五点的时候，实际时间就是十四点，但如果是在冬季显示十五点，那就是正确的时间。"

"对。"

"案发当天，十月二十六日，还是夏令时。上面显示的时间是十五点二十六分。如果没有调整过时间，那实际时间应该是十四点二十六分。您听明白这一点了吗？"

"明白，"警察说，"但只是理论上如此。"

"这正是理论上的事。问题在于，该时钟是否被调整过。如果没有，就意味着在清洁女工发现尸体的一个小时前，被告人就离开了酒店房间。那一个小时内，有可能是其他人杀了被害人。因此，证人先生，对酒店安保人员的提问成了本案关键。您为何没有提这个问题？"

"我现在也记不清有没有问过。或许安保人员跟我提过……"

"我这里有几天前拿到的安保部门主管的证词。他说，摄像头的时钟从未调整过，自安装以来一直显示同样的时间，也就是冬令时。您现在能记起来自己是否问过这个问题了吗？"我把证词副本交给法官和检察官。

"我……我想我没有提过这个问题。"警察承认。

"首席法官先生，您能否向证人展示图片文件夹中的第十二到十八页。那些图片记录了被告人是如何离开地下车库的。"

首席法官找出黄色的图片文件夹，把视频截图在桌面摊开。证人走向法官席，仔细查看起来。

"上面显示的确实是十五点二十六分五十五秒。就是那个时间点。"警察说。

"对，就是那个错误的时间点。我可以请您看一下第四页上被告人手臂的照片吗？请仔细看一看。您可以清楚地看到他的左手正在按开关。博海姆当天戴的是一块百达翡丽手表。您可以看到手表上的指针吗？"

"可以，看得很清楚。"

"证人先生，您读到的时间是？"

"十四点二十六分。"警察回答。

坐满记者的媒体席上一片哗然。主任检察官施米德亲自到法官席查看了图片。他不急不躁，拿起每张图片仔细端详。最后，他点了点头。这就是我们一直在找的那六十分钟。有了这个空当，就能假定凶手另有其人，促使博海姆无罪释放。庭审很快走向尾声，没有人再提出其他针对博海姆的证据。首席法官说，法院宣布暂时休庭。

在检察官的申请下，针对博海姆的羁押令于半小时后撤销。次日庭审上，他被宣布无罪释放，不再进行调查取证。

主任检察官施米德祝贺珀西·博海姆获释。之后，他走过长廊回到办公室，记录好判决结果，翻开桌上另一起案件的卷宗。三个月后，他退休了。

阿巴斯当天就被逮捕了。负责审讯的警官用了一些手段。他跟阿巴斯说，斯蒂芬妮是为救他才去卖淫的，还把她那位知道所有实情的朋友的证词读给他听。阿巴斯知道她所做的牺牲后，立即崩溃了。

但他跟警察打过交道，没有认罪。案子也一直没有侦破。因证据不足，阿巴斯没有遭到起诉。

诉讼结束一个月后,梅兰妮·博海姆提交了离婚申请。

退休几个月后,施米德才想明白那个案子。那是一个舒适的秋日,他不禁摇了摇头。现在没有证据支持再审,博海姆手表上的时间也无法解释。他一脚踢开路边的栗子,沿着林荫大道慢悠悠地走下去,心想,人生真是奇怪。

正当防卫

伦茨伯格和贝克在站台上晃荡。两个光头，身穿迷彩裤、跳伞靴，迈着飞扬跋扈的步子。贝克的夹克上印着"Thor Steinar"，伦茨伯格的 T 恤上则印了"Pitbull Germany"①。

贝克比伦茨伯格矮一点，曾因暴力犯罪被判刑十一次。第一次犯人身伤害罪时他才十四岁，是跟着社会上的大哥一起围殴了一名越南人，此后一发不可收拾。他十五岁第一次进少年监狱，十六岁文身，右手四根手指的第一个指节处各刺了一个字母，合起来是单词"H-A-S-S"（仇恨），左手拇指戴着纳粹十字符。

伦茨伯格只有四条犯罪记录。他正拿着一根新的金属棒球棍。在柏林，棒球棍的销量是棒球的十五倍。

贝克冲着一名老妇人辱骂，把她吓得够呛。他哈哈大笑，举起双手向她逼近了两大步。老妇人吓得攥紧手提包，一溜小跑躲开了。

伦茨伯格将棒球棍砸向垃圾桶。哐当声在整个火车站回荡，

---

① 二者均为德国服装品牌，都曾被认为与新纳粹主义有关联。

他没费多大力气就把金属垃圾桶打凹了。站台上几乎没人，下一班火车在四十八分钟后出发，是开往汉堡的城际快车。他们在一条长椅上坐下。贝克跷起双脚，伦茨伯格蹲坐在椅背上。他们有点无聊，随手把身上最后一个啤酒瓶扔向铁轨。啤酒瓶碎裂，标签慢慢卷起。

然后，他们发现了他。男人与他们相隔两条长椅，四十来岁，半秃，戴着黑框眼镜，身穿灰色西装。他们猜他是个会计或公务员，无趣至极，兴许老婆孩子还在家等他回去。他们相视一笑。这是个理想的猎物，胆小怕事。他们整晚都不顺利，没有女人，也没钱买好东西。贝克的女朋友周五刚跟他分手，她受够了争吵和他酗酒的毛病。这个周一的清晨简直无聊透顶，直到他们发现这个男人。暴力犯罪的欲望飙升，两人撞了撞肩，并排向他走去。

贝克坐到男人身旁，在他耳边打了个嗝，散发出酒臭和未消化食物的气味。"嘿老头，今天爽过了吗？"

男人从西装口袋里拿出一个苹果，用衣袖擦了擦。

"嘿王八蛋，我跟你说话呢。"贝克说着，拍掉男人手中的苹果并踩碎，果肉溅到了靴子上。

男人没有瞧贝克一眼，仍旧一动不动坐着，眼睛朝下看着地面。贝克和伦茨伯格将这视作挑衅。贝克用食指在他胸口戳了几下。"哦，这里有人不想说话啊。"说着，他给了男人一耳光。男人的眼镜滑了下来，但他没有扶正，仍然无动于衷。贝克从靴子里取出一把长刀，刀尖开了双刃，刀背有锯齿。他拿着刀在男人面前晃了晃。男人却只是注视着前方。贝克在男人手上扎了一下，不深，开了个针孔大的小口。他满脸期待地看着男人，一滴血从男人的手背上渗出。伦茨伯格想知道接下来会发生什么，兴奋地用棒球棍敲打着长椅。贝克用手指沾了血滴，在男人手上来回涂抹。"喂，王八蛋，感觉不错吧？"

男人还是没有反应。贝克勃然大怒，将刀子从右到左在空中挥舞了两次，离男人胸前只有几厘米。第三次时，刀子命中目标，划破衬衣，在男人的皮肤上划出一条二十厘米长的水平伤口。血从布料上渗出，形成一道波浪形的红色条纹。

当时，一个打算搭早班车去汉诺威参加泌尿外科会议的医生就站在对面的站台上。他后来作证说，男人几乎没怎么动，事情发生得太快了。站台监控录下了整个过程，但也只是一幅幅黑白的定格画面。

贝克再次挥起长刀，伦茨伯格在一旁助威。男人抓住贝克持刀的手，同时击打他的右手肘。这一击改变了刀的方向，却没有减弱它的力道。刀锋划出一道弧形。男人将刀尖引向贝克的第三与第四根肋骨之间，令贝克把刀插进了自己的胸腔。刀锋刺破皮肤时，男人猛地给了贝克握刀的手一拳。整个动作行云流水，宛如舞蹈。刀锋完全扎入贝克体内，刺破心脏。他只剩四十秒可活了。他呆住了，低头看着自己，手紧握刀柄，像是在辨认手指上的文身。他感觉不到痛苦，神经突触已经停止传递信号。贝克还没意识到自己正在死去。

男人转身看着伦茨伯格，没有采取任何行动，只是站在那里。他在等待。伦茨伯格不知道该逃跑还是战斗。男人看起来仍像一名会计,这使伦茨伯格做了错误的决定,抡起了棒球棍。男人只是迅猛地给了伦茨伯格的脖子一拳,速度太快,以至于站台摄像头的单帧画面没有捕捉到。然后,他又坐了下来,不再理会这两个人。

这一击准确命中了颈动脉窦,即颈内动脉的膨大部分。这个小点上分布着一整束神经末梢,它们会将外力击打解读为血压急剧升高,致使大脑发出信号,让心跳减缓。伦茨伯格的心率持续降低,血液循环系统开始崩溃。他跪倒在地,棒球棍落在身后的地板上,弹起两次才滚落站台,掉到铁轨上。这一击十分猛烈,破坏了颈动脉窦敏感的外壁。血液渗入,过度刺激了神经,使其不断发出减缓心率的信号。伦茨伯格脸朝下倒在站台上,一小注血流过浅色地板,聚在一根烟头周围。伦茨伯格的心脏停止跳动,他死了。

贝克多站了两秒,然后也倒了下来,脑袋磕到长椅,留下一道红痕。他倒在那里,双眼圆睁,好像在盯着男人的鞋。男人把眼镜扶正,然后跷起双腿,点了根烟,等着被捕。

一名女警察率先抵达案发现场。那两个光头年轻人走进火车站时,她和一名男同事已经收到指示前往查看。她发现了两具尸体,注意到贝克胸口的刀、男人被划破的衬衫,还发现男人在吸烟。在她看来,所有信息同等重要。她拔出配枪,对准男人喊道:"火车站全区域禁止吸烟。"

"有位核心客户向我们寻求帮助。请你帮忙处理一下这起案子，费用由我们来承担。"一名律师在电话里说。他说他是从纽约打的电话，但听起来仿佛就坐在我身边，语气迫切。他是一家经济律师事务所的高级合伙人，该律所在每个发达国家都至少设有一家分所。"核心客户"指能让律所赚大笔钱的委托人，享有特殊权利。我问他是什么案子，但他也一无所知。他的女秘书接到警方电话，只被告知有人在火车站被捕，连姓名都没问到。"可能涉嫌杀人之类的。"更多的她也不知道。他们之所以知道那人是核心客户，是因为接到电话的号码只提供给这类客户。

我来到凯斯大街的凶杀案调查组。警察局无论设在玻璃钢筋的高层建筑里，还是有两百年历史的老旧楼房中，都大同小异。走廊里铺着灰绿色的亚麻油毡，空气中散发着清洁剂的味道，审讯室挂有超大尺寸的猫咪海报及同事们度假时寄回来的明信片。电脑屏幕和柜门上贴着剪裁下来的幽默名言。橙黄色咖啡机里有微热的过滤咖啡，加热底座有烧焦的痕迹。桌上摆着大咖啡杯，上面印着英文"I love Hertha"[①]；还放有赫里特牌的浅绿塑料笔筒。有时墙上还挂着装在无框玻璃架里的夕阳照片，是某位警察拍的。室内摆设以实用为主，色调浅灰，办公室狭窄，座椅特别符合人体工程学，窗台上摆着膨胀黏土培植的植物。

刑警队长达尔格在审讯方面身经百战。十六年前调入凶杀案调查组时，他已是警界翘楚。他为晋升感到自豪，以为这主要归功于一个品质——耐心。如果有必要，他可以认真倾听几个小

---

① Hertha 指柏林赫塔，德国知名足球俱乐部。

时，从不厌烦；而且在警界工作多年之后，他仍对这份工作充满兴趣。达尔格从不介入首轮审讯，因为一切还未发酵，他还了解得不够多。他是审讯高手，不耍花招，从不刑讯逼供，也不用言语侮辱嫌犯。他喜欢把首次审讯交给年轻的警察，充分掌握案情后才自己出马。他对细节有超强的记忆力，不依赖直觉，尽管它从未欺骗过他。达尔格知道，最荒诞不经的供词有可能是真的，最可信的故事反而可能是谎言。他对年轻警员说，审讯是门苦差，并且从不忘补上一句："从钱财的去向或精液入手，一切谋杀案都会迎刃而解。"

虽然我们大多时候代表不同的利益方，但很尊重彼此。当我终于找到他并走进审讯室时，他似乎很高兴见到我。"我们这里毫无进展。"这是他说的第一句话。达尔格想知道是谁委托我过来的。我说出那家律所的名字，他耸了耸肩。我请求所有人回避，以便不受打扰地跟委托人谈话。达尔格咧嘴一笑："那就祝您一切顺利。"

只剩我们两人时，那个男人才抬头看了一下。我做了自我介绍，他礼貌地点点头，但什么都没说。我试着用德语、英语及十分蹩脚的法语问话。他只是看着我，一言不发。我放到他面前的写字笔被推了回来。他不想说话。我向他出示授权委托书，无论如何，我得证明自己获得了他的代理授权。他好像陷入了思考，然后突然做出一个出乎意料的举动：打开桌上的印泥盒，右手拇指先按了蓝色印泥，再在委托书的签名处摁下指印。"这也是个办法。"我说，接过委托书。我走进达尔格的办公室，他问我这个人是谁。

这次轮到我耸了耸肩。接着他详细地向我说明了案件经过。

达尔格一天前才从分管火车站的联邦警察那儿把男人接管过来。无论是在抓捕、押送还是凯斯大街的首次审讯中,他都没有开过口。不同语种的口译员都试了,还向他出示了十六种语言的权利义务告知书,都无济于事。

达尔格已经下令对男人搜身,但什么都没找到。他没有钱包,没有身份证,也没有钥匙。达尔格给我看了搜查记录 B 部分列出的已发现物件,有以下七项:

1. 得宝牌餐巾纸,贴有火车站药店的价签。
2. 一包还剩六根的香烟,印有德国税务标签。
3. 黄色塑料打火机。
4. 开往汉堡主火车站的二等座车票(无座位预订)。
5. 一万六千五百四十欧元纸币。
6. 三点六二欧元硬币。
7. 印有"柏林洛吉斯、梅特卡夫及合伙人律师事务所"及其分机号码的名片。

奇怪之处在于,他身上的所有衣服都没有标签——裤子、西装外套及衬衫可以请裁缝做,但很少有人连袜子和内裤都量身定做。只有鞋子能查到来源,品牌为"Henschung",出自法国阿尔萨斯的鞋类制造商。不过,这个牌子在法国境外的高端商店也有出售。

警方采集了男人的人像及指纹,对他进行了身份识别。达尔格让人检索了所有数据库,却没有找到匹配结果。所有调查部门都对此人一无所知。火车票的来源也帮助不大，它购于火车站的自动售票机。

在此期间，警方调取了火车站的监控录像，询问了当时在对面站台的医生以及那位受惊的老妇人，没有取得丝毫进展。

男人被暂时拘留，在警察局过了一夜。第二天，达尔格才拨打了名片上的电话。他尽可能拖到最后才打这通电话，因为他觉得律师介入只会把案子搞得更复杂。

我们坐在达尔格的办公室，喝着微热的过滤咖啡。我把录像带看了两遍，对达尔格说，这是个毫无争议、几近教科书式的正当防卫场景。但达尔格不想释放这个人，"他有些不对劲。"

"是的，当然，这很明显。但除了您的直觉，您没有理由拘留他。这您也清楚。"我回答。

"我们甚至连他的身份都不知道。"

"是的，达尔格先生，这是您唯一不知道的事。"

达尔格给检察官凯斯汀打了电话。这是一桩所谓的"人命官司"，由检察院重罪调查组负责。凯斯汀已从达尔格的第一份报告中掌握了案情。他也一筹莫展，但好在行事果决，这种性格有助于开展检察工作。他决定让侦查法官对男人进行拘传。打了几通电话后，我们约定下午五点跟法官会面。

侦查法官叫兰布雷希特，尽管已经到了春天，还穿着一件挪威毛衣。他低血压，一辈子畏寒怕冷，常年郁郁寡欢。他五十二岁，做事思路清晰，工作有条不紊。他不愿把烦心事带回家。

兰布雷希特曾到大学做过有关刑事诉讼法的客座演讲，引用的案例在校内流传甚广。他告诉学生们，如果大家认为法官很愿意给人判刑，那就错了。"法官判刑是职责所在；但只要案件存疑，法官就不会这么做。"他说，法官独立性原则的真正意义在于，法官夜里也想睡个安稳觉。每次讲到这里，学生都会放声大笑。但这是事实。他几乎没有遇到过例外。

刑事司法中，侦查法官的职位或许最值得玩味。他们只用简单了解案情，无须忍受冗长的庭审，也不必听任何人的意见。但这只是硬币的一面。另一面则是孤独。侦查法官必须独自裁决。羁押还是释放嫌犯都取决于他。这份工作并不容易。

兰布雷希特不会偏袒辩护律师，也不会偏袒检察官。他只对案子感兴趣，外界很难预测他的裁决。大多数人都对他颇有微词，他超大的眼镜和苍白的嘴唇显得有些怪异，但每个人都敬重他。在他入行二十周年的庆祝活动上，初级法院院长为他颁发了荣誉证书。院长问他，这么多年过去了，他是否还喜欢这份职业。兰布雷希特回答，他从未喜欢过这份职业。他就是这样我行我素。

兰布雷希特读了证人的证词。尝试让男人开口无果后，他要求看监控视频。我们不得不和他连续观看了上百遍，我甚至都能画出那些画面了。这段时间长得仿佛没有尽头。

"把机子关掉吧，"他终于对法警说，转头看向我们，"先生们，我洗耳恭听。"

凯斯汀自然已经提交了羁押申请，否则就不会有这次面谈。他要求以涉嫌杀害两人为由对男人进行羁押，因为对方连确凿的身份证明都没有提供，有潜逃的风险。凯斯汀说："当然，我们可以认为他的行为属于正当防卫，但也有过度防卫之嫌。"

检察官想将案情引向所谓的防卫过当。当人遭到攻击时，可以自我防卫，且防卫工具的选择不受限制。遇袭者可以用棍棒回击拳头，以手枪回击刀具，不必选择伤害性最小的工具。但同时，防卫不能过度，如果对方已经中枪并失去还手能力，就不能再去砍对方的头。这种过度防卫是法律不容许的。

"本案中的过度防卫体现在，该男子将刀打入了被害人的胸口。"凯斯汀说。

"我明白了。"兰布雷希特说，语气带着惊讶，"辩护律师先生，到您了。"

"大家都清楚这是无稽之谈。"我说，"任何人遭遇持刀攻击时都无须容忍，我的委托人当然可以采取这种方式自卫。检察院关心的其实不是这个。检察官凯斯汀身经百战，想必不会认为这种指控能够在法庭上站住脚。他只是想查清该男子的身份，需要为此争取一些时间。"

"检察官先生，是这样吗？"兰布雷希特问。

"不是，"凯斯汀说，"检察院不会随意提出羁押申请。"

"我明白了。"法官再次说道，这次听起来夹杂了些讽刺。他转头看向我："那么，您能告诉我们这名男子是谁吗？"

"您知道的，兰布雷希特先生，即便我知道，我也不能说。但我能给您一个可供传唤的地址。"我此前又跟委托我的律师通了电话，"您可以通过这家律所传唤该男子，我口头担保，他的律师已经同意。"我把地址信息递了过去。

"您看，"凯斯汀喊道，"他不愿意说。他明明知道更多，就是不愿意说。"

"现在被指控的人不是我,"我说,"事实上,我们也不知道被告人为什么保持沉默。他可能听不懂我们的语言,也可能有其他原因……"

"他的行为已经触犯《违反秩序处罚法》第一百一十一条规定,"凯斯汀打断了我的话,"这很明显。"

"先生们,请一个一个发言。"兰布雷希特说,"根据第一百一十一条规定,所有人都必须提供个人信息。这一点我支持检察院。"兰布雷希特不停地把眼镜戴上又摘下。"但光凭这条法规不足以支持我签发羁押令。以确定嫌犯身份为由进行关押,最多只能关十二个小时。检察官先生,十二个小时早就过了。"

"除此之外,"我说,"被告人也不是非要提供个人信息。如果提供真实信息会导致自己被追究刑事责任,他可以保持沉默。要是该男子说出自己是谁就会被捕,他当然可以不说。"

"您看到了吧,"凯斯汀对侦查法官说,"他不告诉我们他是谁,我们就什么都做不了。"

"没错,"我说,"您什么都做不了。"

男人木然地坐在长椅上,身穿一件绣着我姓名首字母的衬衫,是我让人带过来给他的。衬衫很合身,但看起来有些别扭。

"检察官先生,"兰布雷希特问,"凶手与被害人之间存在过任何联系吗?"

"没有,我们没查到这方面的信息。"凯斯汀说。

"被害人喝酒了吗?"兰布雷希特提的这个问题很有必要,人在正当防卫时应尽量避开醉酒的人。

"两人血液的酒精浓度分别为千分之零点四和千分之零点五。"

"还不够,"法官说,"您是否在凶手身上发现了卷宗里没有的东西?还有别的犯罪线索或羁押记录吗?"兰布雷希特好像是在一张清单上打钩。

"没有。"凯斯汀回答,知道自己的每一个否定回答都让他离目标越来越远。

"还有正在进行的侦查事项吗?"

"有。完整的解剖报告还没出来。"凯斯汀很高兴他还有话可说。

"好吧,但这两人总不会是死于中暑吧,凯斯汀先生。"兰布雷希特的声音变得温和,对于检方来说,这可不是什么好信号,"除了桌上这些材料,如果检察院没有新证据提交,我现在就做出裁决。"

凯斯汀摇了摇头。

"先生们,"兰布雷希特说,"我已经充分听取双方的意见。"他往后靠了靠,"这无疑属于正当防卫。当一个人被刀具和棒球棍威胁,甚至遭到刺伤和殴打,他可以选择自卫,直至对方停止攻击。这正是被告人做的事。"

兰布雷希特停顿了一下,继续说:"我同意检察官的观点,本案有些不同寻常。被告人面对被害人时的冷静表现让我不禁毛骨悚然。但我看不到这个过程中存在所谓的防卫过当。我的判断还基于一个假设:如果那两名暴徒现在不是躺在解剖桌上而是坐在我面前,我一定会签发针对他们的羁押令。"

凯斯汀合上文件夹,弄出很大的声响。

兰布雷希特接着指示："驳回检察院申请的羁押令，立即释放被告人。"然后他转向凯斯汀和我说："就这样。祝你们有个愉快的夜晚。"

书记员准备释放材料时，我走出了门，达尔格正坐在访客长椅上等待。

"晚上好，您在这里干什么？"我问。警察对法官的审理结果如此感兴趣，有点不寻常。

"他被释放了吗？"

"是的，毫无疑问是正当防卫。"

达尔格摇摇头，说："我想也是。"他是一名好警察，而且此时已经二十六个小时没合过眼了。这个案子显然让他愤怒，这也不像他的惯常作风。

"发生什么了？"

"怎么说呢，有些事您还不知道。"

"什么事？"我问。

"您的委托人被捕的当天清晨，我们在威尔默斯多夫发现了一具尸体，心脏被刀刺穿。现场没有指纹，没有DNA痕迹，没有纤维，什么都找不到。与死者有关的所有人都有不在场证明，而七十二小时很快就会过去。"

七十二小时是侦破谋杀或杀人案的黄金时间，一旦过去，破案率会急剧下降。

"您想说什么？"

"这是专业手法。"

"刀具刺穿心脏的案子并不少见。"我说。

"是，又不是。一般情况下不可能做到这么精确。大部分凶手都要刺上好几刀，或者刀会卡在肋骨上。通常没有那么顺利。"

"所以呢？"

"我有种直觉，您的委托人……"

这当然不仅是种直觉。德国每年大约有二千四百起命案，约一百四十起发生在柏林，比法兰克福、汉堡和科隆的总和还要多，但即使破案率高达百分之九十五，仍有七起案件的凶手逍遥法外。现在，这里有一名男子即将获释，他又完美契合达尔格的推论。

"达尔格先生，您的直觉……"我正要往下说，就被他打断了。

"是的，是的，我知道。"他边说边转身离开。我在他身后喊道，如果有任何消息就给我打电话。达尔格咕哝着一些含糊不清的话，像什么"没有动机……律师……总是这样……"，然后回了家。

男人直接在法官办公室获释。他拿回了我帮他签收的现金和其他个人物品。我们一起走向我的车。我开车带他去了火车站，回到他三十五小时前杀死两个人的地方。他一言不发地下车，消失在人群中。从此我再没见过他。

一周后，我与委托我的那家经济律师事务所的老板共进午餐。"你们的核心客户，就是那位请我为陌生男子代理的人是谁？"我问。

"我不能告诉你，有一天你会认识他的。至于那个陌生男子是谁，连我都不知道。对了，我有东西给你。"说着，他取出一个袋子，装着我借给陌生男子的衬衫，已经洗干净并熨过了。

回停车场的路上，我把它扔进了垃圾桶。

绿色

  他们又拉来一头羊。四个男人穿着雨靴，围观那头动物。他们是用皮卡车把它运到庄园大宅的后院的。小雨淅淅沥沥下个不停，羊正躺在一块蓝色塑料布上。它的喉咙被割破，沾了泥巴的皮毛上遍布刀痕。本已凝固的血块在雨中逐渐化开，在塑料布上汇成一条条红色细流，渗入铺地石砖的缝隙里。
  在场的人对杀生都不陌生。他们是牧民，也宰杀过动物。但面前这具尸体仍然让他们心惊胆寒。这是一头法国曼恩蓝羊，繁殖能力很强，头部泛蓝，眼睛外突。它的眼球已被挖去，深黑眼眶的边缘残留着一些视觉神经和肌肉纤维束。
  格拉夫·诺德克向这些人点头致意，没人愿意说话。他扫了那只羊一眼，摇了摇头，然后从外衣口袋掏出钱包，点出四百欧元，交给其中一人。这个数目是羊的市价的两倍。一个牧民说："不能再这样下去了。"他说出了所有人的心声。这些人走后，诺德克竖起大衣领子。"他们说得对，"他心想，"我得跟他谈谈了。"

安格利卡·彼得松是个知足常乐的胖女人。她在诺德克当了二十二年警察，辖区内从未发生过重案，执勤时从未拔出过配枪。今天的工作已经完成，关于醉驾司机的报告也已写好。她来回晃动着座椅，外面下起了雨，但她仍然十分期待周末。她终于可以把上次度假的照片整理到相册中去了。

门铃响起时，彼得松抱怨了一句。她按下门禁开关，却无人进门。她叹了口气，站起身，咒骂着走到门外，打算教训一下这些村里的小男孩，他们总是乐此不疲地搞这种愚蠢的按门铃恶作剧。

看到菲利普·冯·诺德克时，彼得松差点没认出他来。他站在警察局门口的人行道上，头发被倾盆大雨浇得湿透，贴在脸上，外套上滴下泥水和血水。他手上紧握着一把菜刀，拳头的指关节处泛白，雨水顺着刀刃流淌。

菲利普今年十九岁，彼得松是看着他长大的。她小心地向他走去，像从前对待父亲农场里的马一样轻声安抚。她从他手里拿过刀，摸了摸他的脑袋。他任由这一切发生。然后她伸手搂住他的肩膀，带他上了两级石阶，走进这栋低矮的房子，领他去了洗手间。

"先冲洗一下吧，你看起来糟透了。"她说。她不是刑警，只是心疼菲利普。

他任由热水冲洗自己的双手，直到手被烫红，镜子也起了雾。然后他弯下腰洗脸，血和着泥流进洗手池，堵塞了排水口。他盯着洗手池，低声说："十八。"彼得松没明白他的话。她带他来到自己狭小的值班室，坐在她的办公桌前。屋里充斥着茶水和地板蜡的气味。

"现在,告诉我发生了什么事。"彼得松问道,让他在访客椅上坐下。菲利普将额头靠在桌边,闭上眼睛,没有说话。

"听着,我们现在给你父亲打电话。"诺德克很快赶了过来,但菲利普说的唯一一句话就是:"十八,那是个十八。"

彼得松告诉他父亲,她必须通知检察院,她不确定是不是出了什么大事,菲利普说的话也不太正常。诺德克点了点头:"当然。"他边说边想:还是走到了这一步。

检察官从城里派了两名刑警过去。他们到的时候,彼得松和诺德克正在值班室喝茶。菲利普坐在窗前,望向窗外,没有任何反应。

两名警察正式宣布临时拘捕他,把他交给彼得松照管。他们打算跟诺德克回庄园大宅搜查菲利普的房间。诺德克给他们指了儿子位于二楼的两个房间。一名警察进屋搜查时,诺德克跟另一名警察站在门厅里。墙上挂着上百个本地鹿角和来自非洲的猎物。屋里有点阴冷。

警察站在硕大的东非黑水牛牛头标本前,诺德克试图解释羊的事。"是这样的,"他边说边琢磨恰当的措辞,"这四个月来,菲利普杀了几头羊。嗯,把羊的喉咙割破了。牧民有一次逮到他,转告了我。"

"啊,割破了喉咙。"警察说,"这头水牛体重超过一千公斤了吧?"

"是的,这种动物相当危险。一头狮子都无法制服一头成年的水牛。"

"这么说,您的儿子在杀羊,是吗?"这名警察好不容易才把目光从牛头上移开。

诺德克认为这是个好兆头。"我自然是赔偿了牧民的损失。我们也想对菲利普采取些措施,但总感觉他有一天会消停的。或许我们错了。"诺德克心想,刀痕和眼球的事最好先别提。

"他为什么这么做?"

"我不知道,"诺德克说,"无法理解。"

"这有点奇怪,不是吗?"

"是的,有点怪。我们必须对他采取些措施。"诺德克重复道。

"看来的确如此。您知道今天发生了什么吗?"

"您指的是什么?"

"这次也是一头羊?"警察问。他的视线一直无法从牛头上移开,还摸了一下牛角。

"对,一个牧民之前给我打了电话,说又发现了一具羊尸。"

警察心不在焉地点点头。周五傍晚就浪费在一个杀羊少年身上,他有点生气,不过这个牛头确实不错。他问诺德克下周一能否到城里的警察局做个简单的笔录。他现在没有心思写文书,只想回家。

"当然。"诺德克回答道。

另一名警察走下楼,手里拿着一个老式雪茄烟盒,上面的黄棕色文字写着一个雪茄品牌"Villiger Kiel"。

"我们必须扣押这个烟盒。"他说。

诺德克注意到,这名警察的语气听起来很官方。他戴的塑料手套也显得很正式。"如果您需要的话。"他说,"里面有什么?菲利普不抽烟。"

"我在浴室一块松动的瓷砖后面找到了这个烟盒。"警察说。诺德克很生气,家里竟然还有松动的瓷砖。警察小心地打开盒子,他的同事和诺德克弯腰凑过去,却马上被吓了回来。

盒底铺了一层塑料膜,分为两格,每格放着一只尚未干透、有些凹陷的眼球。盒盖内侧贴了一张照片,诺德克一眼就认出了上面的女孩:萨比娜,小学老师格里克的女儿。她昨天刚举办十六岁生日宴会,菲利普也去了,此前还多次提到过她。诺德克那时觉得儿子喜欢上了她,此刻却脸色煞白:照片上的女孩没有眼睛,它们被剪掉了。

诺德克在通讯录里找到那位老师的号码,手一直在抖。他高举电话,以便两名警察也能听见。格里克对这通来电有点意外。他说,萨比娜不在家。生日宴会结束后,她就直接去了慕尼黑的朋友家,至今没有联系过家里,但这不足为奇。

格里克试图安抚诺德克:"不会有事的,是菲利普送她去坐的夜班火车。"

警方询问了火车站的两名员工,把诺德克的房子翻了个底朝天,还问了生日宴会的所有来客,仍没有找到萨比娜的下落。

法医检验了雪茄烟盒里的眼球,发现它们都是羊眼。菲利普衣服上的血迹也来自动物。

菲利普被捕几小时后，牧民又在后院发现了一具羊尸。他将其扛在肩上，冒雨穿过乡间小道，来到警察局。羊的皮毛湿透了，异常沉重，血水和雨水顺着牧民的油蜡夹克滴下。他把它扔到警察局的台阶上，湿漉漉的皮毛在木门上甩出一道深色痕迹。

这座村庄有两百多栋低矮房屋，从庄园大宅去村里的路上，有一条狭窄的乡间岔道，通往堤坝边一间弗里斯兰式的、被称为"迪库斯"的废弃茅草屋。白天，那里是小孩子的游乐场，夜晚情侣则在凉亭约会。那里可以听见海浪和海鸥的声音。

刑警在潮湿的燕麦草丛里捡到了萨比娜的手机，不远处还有一个发箍。她父亲说，那是萨比娜在生日宴会上戴的。警方封锁了这片区域，一百名警员对沼泽地进行了地毯式搜索，还牵来了寻尸犬。司法鉴定人员也到达现场，穿着白色的特卫强防护服调查取证。但他们没再发现任何线索。

媒体跟着大批警察涌入诺德克村，凡是在街上露面的人都受到了采访。几乎没人再踏出家门，家家户户窗帘紧闭，村里的酒馆里也只剩下背着各色挎包的记者。他们打开笔记本电脑，抱怨网速太慢，谈着子虚乌有的传闻。

连续几天都在下雨，入夜后，浓雾笼罩着低矮的屋顶，连家畜的脾气也变差了。村民就此事议论纷纷，碰到诺德克也不再主动打招呼。

菲利普被捕后第五天，检察院的新闻发言人在报纸上登出了萨比娜的照片及寻人启事。又过了一天，庄园大宅的门上被人用红漆写了"杀人犯"几个字。

菲利普在看守所的头三天几乎一言不发，即使偶尔开口，也让人听不明白。到了第四天，他恢复清醒，警察审问时表现得无比配合，回答了所有问题。只有谈到羊时，他才低下头，沉默不语。警察自然更想知道萨比娜的去向，但菲利普一直解释自己只是把她送到了火车站。在那之前，他们去了"迪库斯"，聊了会儿天。"像朋友之间那样。"他说。也许那时她自己把发箍和手机弄丢了。他没有对她做任何事。他只说了这么多，也不愿意见精神科医生。

检察官克劳特负责主持调查。他那几天睡得很不好，妻子吃早餐时说，夜里听见他"嘎吱嘎吱"地磨牙。他的困惑在于，至今没有发现任何真正的犯罪。菲利普·冯·诺德克杀了几头羊，顶多算故意毁坏财物，违反了《动物保护法》；也不涉及任何经济纠纷，因为他父亲赔偿了羊的损失，牧民没有来告状。萨比娜虽然没去慕尼黑的朋友家，"但她是个年轻女孩，有无数个无伤大雅的理由不联系家里"。克劳特跟妻子说。即便侦查法官批准了他的羁押申请，菲利普是否杀了女孩，也很难通过雪茄烟盒来证明。克劳特感到有些不安。

乡下很少出现有这么多疑点的案件，检方很快完成了对菲利普的身体检查。他的大脑没有器质性障碍，中枢神经系统没有病变，染色体状态也无异常。"不过，"克劳特想，"他一定有精神问题。"

我第一次与检察官会面时,菲利普已经在看守所关了六天,羁押审查将在次日进行。克劳特看起来很疲惫,但似乎很高兴能与人讨论他的想法。"根据拉施的理论,"他说,"性反常行为会不断升级。如果此前下手的对象是羊,为什么现在就不可能是人呢?"

维尔弗里德·拉施生前是法医精神病理学界的泰斗。性反常行为会随时间推移不断升级是他提出的一项学术理论。但从菲利普目前的所作所为来看,我认为这不是性反常行为。

和克劳特见面之前,我与帮诺德克销毁动物尸体的兽医有过交谈。警方做了很多工作,但没有询问这位兽医,或许是根本没想到这一点。兽医是个心思缜密的观察者,他觉得整件事很怪异,便为每头羊撰写了简短的报告。我把他记录的内容转交给了检察官,他快速过了一遍。每头羊都被刺了十八刀。克劳特看着我。那名女警察也提过,菲利普一直在说"十八"。这一切或许跟这个数字有关。

我说我不认为菲利普有性功能障碍。法医检查了最后一头羊,没有证据表明菲利普杀害它们时有过性冲动。没有发现精液,也没有迹象显示他曾插入羊的体内。

"我不认为菲利普是性变态。"我说。

"那是怎么回事?"

"他或许有精神分裂症。"我回答。

"精神分裂症?"

"没错,他在害怕某些东西。"

"有这种可能,但他不愿看精神科医生。"克劳特说。

"这是他的自由。"我答道,"案情十分简单,克劳特先生。

你们空口无凭,没有尸体,没有犯罪证据,甚至找不到半点线索。你们把菲利普·冯·诺德克关进看守所,只因他杀了只羊,羁押令却是针对萨比娜·格里克遇害一事签发的。这简直是胡来。他之所以被关进看守所,只因您有不好的预感。"

克劳特知道我的话切中要害。我也知道他明白当中的利害关系。有时候,当辩护律师比当检察官更容易。我的立场是有偏向性的,任务是维护委托人的权益。克劳特则必须保持中立。但他做不到。"但愿那个女孩再次现身。"他说。

克劳特背对窗户坐着。雨打在窗上,大片大片往下流。他转过办公椅,顺着我的目光望向窗外灰色的天空。我们就这样坐了将近五分钟,看着雨景,什么都没说。

我在诺德克家住了下来。上次来还是十九年前菲利普受洗的时候。吃晚餐时,有人用石头砸坏了窗户玻璃。诺德克说,这是本周的第五次了,报警也没用。我的车子得停到后院的粮仓里,否则明天轮胎会被划破。

午夜,我躺在床上,菲利普的妹妹维多利亚走了进来。她五岁,穿着一套彩色睡衣,问我:"你能把菲利普救回来吗?"我起身把她架到肩上,带她回房睡觉。门框足够高,她不会撞到头,这是老房子为数不多的优点。我坐在她床上,为她盖好被子。

"你感冒过吗?"我问她。

"感冒过。"

"知道吗,菲利普的脑袋有点感冒了。他生了点小病,恢复健康就好了。"

"他怎么在脑袋里打喷嚏呢?"她问。我举的例子显然不太成功。

"脑袋里打不了喷嚏,菲利普就是有点糊涂了。就和你做噩梦差不多。"

"但我一醒就好了。"她说。

"没错,我们要让菲利普真正醒过来。"

"你会把他救回来吗?"

"我不知道,"我说,"我试试吧。"

"纳丁说,菲利普做了坏事。"

"纳丁是谁?"

"纳丁是我最好的朋友。"

"菲利普不是坏人,维多利亚。你现在得睡觉了。"

维多利亚不想睡觉。她不满意我只知道这么一点,很担心她的哥哥。然后,她让我给她讲个故事。于是我给她编了个没有羊也没有病痛的故事。她入睡后,我把文件和笔记本电脑拿了过来,在她的房间工作到天亮。她中途醒了两次,坐起来一会儿,看了看我又继续睡下。清晨六点左右,我穿上屋主摆在大厅的雨靴,到院子里抽了一根烟。天气又冷又湿,我又困又累,这时距羁押审查还剩八个小时。

这一天,萨比娜还是不见踪影。她已经失踪一个星期了。检察官克劳特申请延长羁押期限。

羁押审查通常令人不快。法律规定,要审查被羁押者是否存在所谓的重大犯罪嫌疑。这听起来毫不含糊、清晰明了,实践上却不易把握。这个节点,侦查通常才刚开始,整个诉讼程序处于起步阶段,很多情况尚不明朗。法官不能轻率做出裁决,因为可能影响一个无辜之人的人身自由。羁押审查没有庭审那么正式,不对外开放,法官、检察官和辩护律师都不用穿长袍。实际上,它只是一场关于是否延长羁押期限的严肃谈话。

负责菲利普·冯·诺德克刑事案的侦查法官是个刚结束试用期的年轻人。他有点紧张,不想出任何差错。半小时后,他说他已听取双方的论点,将择期再宣判。这意味着他想利用十四天的审查期限等待进一步的调查结果。各方对此均不满意。

我离开初级法院时,大雨一直下个不停。

从丹麦科伦德驶往弗伦斯堡的渡轮里,萨比娜正坐在普通客舱的木椅上。即使阴雨绵绵,在那个除了一间家具店和一个小海滩外别无他物的海滨度假胜地,她和拉尔斯仍然度过了快乐的一周。拉尔斯是名年轻的建筑工人,背上文着他喜欢的足球俱乐部的名字。萨比娜向父母隐瞒了自己这周会跟他在一起,她父亲不喜欢拉尔斯。父母信任她,她认为他们肯定不会主动打电话找她。

拉尔斯把她送上了船,萨比娜现在却很害怕。她刚登上渡轮,那个穿着破旧西装外套的男人就一直在看她,直直地盯着她的脸。现在他向她走了过来。她正打算起身走开,那个男人问:

"你是萨比娜·格里克吗？"

"嗯，是的。"

"我的老天爷，小姑娘，赶紧给家里打个电话吧，全世界都在找你呢。你看看这报纸。"

不久，萨比娜父母家的电话响了。半小时后，检察官克劳特给我打了电话，说萨比娜只是偷偷和男朋友出去玩了，下午就能回来；菲利普会被释放，但他必须接受精神疾病方面的治疗。这方面我已经跟菲利普及他的父亲约定好了。克劳特嘱咐我一定要照顾好他。

我去看守所接菲利普，那地方看起来像座积木搭的建筑。菲利普很高兴能重获自由，也为萨比娜平安无事而开心。回家的路上，我问他要不要一起散散步。我们在一条乡间小道上停下，头顶的天空就像画家埃米尔·诺尔德的画作。雨停了，还能听到海鸥的叫声。我们聊到他上的寄宿学校、他对摩托车的热爱，还有他最近听的音乐。他突然冒出一句话，一句他不想跟精神科医生说的话。

"我把人和动物看作数字。"

"什么意思？"

"我眼中的动物都有一个数字。例如后面那头牛是三，海鸥是二十二，那个法官是五十一，检察官是二十三。"

"这是你想出来的吗？"

"不，是我看到的。我一眼就能看到，就像别人看脸一样。我不用去想它，它就在那里。"

"我也有数字吗？"

"是的，五，一个好数字。"我们都笑了起来。这是他被捕入狱后第一次笑。我们并排走了一会儿，没有说话。

"菲利普，那十八呢？"

他惊恐地看着我："什么十八？"

"你跟警察说了这个数字，每只羊都刺了十八刀。"

"不对，不是这样的。我先把羊杀了，才在它们的两侧和后背分别刺了六刀。我还得挖出眼球。这很难，刚开始几次都被我弄破了。"菲利普开始全身颤抖，然后咬着牙说：

"我害怕十八这个数字。它是魔鬼，三个六就是十八。你明白吗？"

我疑惑地看着他。

"《启示录》，敌基督。那是野兽和魔鬼的数字。"他几乎是在叫喊。

"666"是圣经中的数字，出自约翰写的《启示录》。其中写道："在这里有智慧。凡有聪明的，可以计算兽的数目，因为这是人的数目，它的数目是六百六十六。"通行的说法是，福音传道者约翰用这个数字指代魔鬼。

"如果我不把羊杀了，它的眼睛就会焚毁大地。眼球即罪恶之源，是善恶树上的苹果，它会毁灭一切。"菲利普放声大哭，像个孩子一样号啕不止，浑身颤抖。

"菲利普，你听我说。你害怕羊和它们狰狞的眼睛，我能理解。但你关于《启示录》的说法简直是天方夜谭。约翰说的数字六百六十六并非指魔鬼,而是暗指罗马帝国的暴君尼禄。"

"什么?"

"如果你用希伯来语拼写尼禄皇帝的名字,再把它们的编码数值加起来,得到的就是六百六十六。仅此而已。约翰只是不能明写,借助了隐晦的表达。这与敌基督没有关系。"

菲利普还是哭个不停。即便我告诉他《圣经》中没有提到天堂的苹果树,也无济于事。菲利普活在自己的世界里。等他终于平静下来后,我们回到了车上。空气如同被洗涤过一般清新,有股盐的味道。"我还有一个问题。"过了一会儿我才开口。

"什么?"

"这些事跟萨比娜有什么关系?你为什么要那样对她的眼睛?"

"她生日前几天,我在房间里看到了她的眼睛。"菲利普说,"她有一双羊眼。我一下子想明白了。她生日那天夜里,我在'迪库斯'跟她说了这件事,她不想听这些。她吓坏了。"

"你想明白了什么?"我问。

"她的名字和姓氏都是六个字母。"

"你想杀了她吗?"

菲利普盯着我看了很久,然后说:"不,我不想杀人。"

一周后,我把菲利普送到了瑞士的一家精神病院。他不想自己的父亲跟来。我们安置好行李后,院长接待了我们,带我们参观了这座亮堂又现代的建筑。菲利普在那里受到了很好的照顾。

我不知道这样评价一家精神病院是否恰当。

　　我和主治医师通了很久的电话。电话另一头的他同意我的观点,一切迹象表明,菲利普患的是一种偏执型精神分裂症。这种病并不罕见。据推测,全世界约有百分之一的人一生中的某个时候都得过这种病。它通常表现为阵发式,会伴随形式及内容上的思维与感知障碍。绝大多数病人会出现幻听,一部分会觉得自己正受到迫害或认为自己是自然灾害的罪魁祸首,又或者像菲利普那样为妄想症所折磨。这种精神疾病可以通过药物和长期疗法治疗。病人要信任医生,敞开心扉。完全治愈的概率约为百分之三十。

　　参观结束后,菲利普把我送到门口。他还是那个孤独、忧伤、胆怯的男孩。他说:"你从来没有问过,我是什么数字。"

"的确,那你是什么数字?"

"绿色。"说完,他转身回了医院。

刺

费尔德迈尔一生中从事过很多职业：邮递员、服务员、摄影师、比萨师傅，还当过六个月的铁匠。三十五岁那年，他申请到市属文物博物馆当看守，意外被录用了。

填好各种表格、回答完所有提问并上交证件照后，他到制服间领了三套灰色制服、六件标准蓝色衬衫和两双黑色鞋子。一名同事带他参观了整栋建筑，给他介绍食堂、休息室和卫生间，教他操作打卡机。最后，他来到自己即将看守的展厅。

费尔德迈尔参观博物馆大楼时，人事部两名雇员之一的特鲁考女士正在整理他的档案，她把部分材料送到了财务部，并做了内部归档。看守的名字必须登记在卡片上，有序地放在卡片盒里保管。为避免工作过于单调，看守每六周会换到另一个市属博物馆轮岗。

特鲁考女士正想着自己的男朋友。近八个月，他们下班后都会去一家咖啡馆约会，男朋友昨天在那里向她求了婚。他脸涨得通红，说话结巴，手心冒汗，还在大理石桌面留下了手印。她高兴地跳起来，在众人面前吻了他，然后两人一路跑回他的公寓。此刻她感觉很累，脑子里塞满了各种计划。但她很快就能跟他见面，他答应来接她下班。她在卫生间待了半个小时，削了削铅笔，分类整理好回形针，在走廊上慢吞吞地晃悠，终于熬到了下班时间。她披上外套，跑下台阶，冲到大门外，扑进他怀里。她忘了关窗。

后来，清洁女工打开办公室门的瞬间，一阵风把还没填完的卡片吹到地上。它被扫走了。第二天，特鲁考女士什么都想到了，唯独忘了费尔德迈尔的卡片。他的名字没有被安排进轮岗名单中。一年后，特鲁考女士因生孩子离职。他被遗忘了。

费尔德迈尔从未有过抱怨。

高八米、面积约一百五十平方米的展厅几乎空空如也。墙体和半圆形天花板均为红砖砌成，上面刷了一层石灰，呈现出一种舒服的暖色调。地板铺着灰蓝色大理石。这是十二个相连展厅中的最后一间，位于博物馆大楼的侧翼。展厅中央立着一座半身雕像，固定在灰色的石头基座上。三扇高窗的中间那扇下面放了一把椅子，左侧窗台上有一个带玻璃罩的湿度计，发出微弱的嘀嗒声。窗外是个院子，只栽了一棵栗子树。离他最近的看守在四个展厅之外值勤。费尔德迈尔有时能听到远处传来橡胶鞋底摩擦石地板的声音。除此之外，周围一片死寂。费

尔德迈尔坐在椅子上等待着。

最初几周他有点坐立不安，每五分钟起身一次，在展厅里来回踱步，数自己的步子。每次有参观者来，他都很高兴。费尔德迈尔想给自己找点事做，开始测量展厅的大小，唯一的工具是家里带来的木尺。他先量了单块大理石地砖的长宽，据此推算地板的面积。后来，他发现忘了把缝隙算进去，测量后又加上。测量墙壁和天花板的难度较大，但费尔德迈尔有的是时间。

他在笔记本上记下了每一个数据。他测量镶板门及其镶板的尺寸、门锁凹槽的位置大小、门把手的长度、踢脚板的长度、暖气罩的尺寸、窗户把手的长度、双层玻璃的间隔距离、湿度计周长和电灯开关的大小。他知道展厅里有多少立方米的空气，一年中阳光会在何日照到地板的某个位置、落到哪块地砖上。他知道室内的平均湿度及早中晚的数值差异。根据他的记录，从入口处算起的第十二个地板缝隙要窄半毫米。左边第二扇窗户的把手下方有个蓝色油漆点。他不知道那是哪儿来的，因为整个展厅没有任何蓝色物件。暖气罩有个地方没粉刷到位，后墙的石砖上有三个针孔大小的洞。

费尔德迈尔记下了参观人数及他们在展厅逗留的时长、观赏雕像的角度、多久向窗外望一次、谁会向他点头致意。他对参观者做了各种各样的分类统计：是男是女，儿童、中小学生还是教师，穿什么颜色的夹克、衬衫、大衣、裤子、裙子和裤袜。还记录了某个人在展厅里呼吸的频率、某块大理石地板砖被踩到的次数、参观者说了多少话及说的内容。他还统计了他们的发色、瞳孔颜色及肤色，围巾、手袋和腰带，秃头、胡须和结婚戒指。他细数苍蝇的数量，还试图记录苍蝇的飞行动作及降落规律。

———◆———

博物馆的工作改变了费尔德迈尔。晚上他开始受不了电视的声音，调成静音六个月后，他彻底不看了，最后把电视送给了刚搬到他对门的学生情侣。接下来，他开始无法忍受图画。他家里有几幅艺术复制品，《苹果和毛巾》《向日葵》和《瓦茨曼山》。不知从何时开始，色彩让他不舒服。他把这些画取了下来，丢进垃圾桶。渐渐地，他一件一件清空了公寓里的物件：杂志、花瓶、带花纹的烟灰缸、杯垫、一条淡紫色毯子和两个绘有托莱多古城的盘子。费尔德迈尔把所有东西都扔了。他撕下壁纸，抹平墙壁，刷上白漆。他还把地毯也扔了，然后把木地板打磨光滑。

几年后，费尔德迈尔形成了固定的生活节奏。他每天早上六点起床，到城市公园走上五千四百步，风雨无阻。他步子很慢，知道十字路口的红绿灯何时转绿。如果某一天节奏被打破，他整天都会浑身不舒服。

每晚他都穿着旧裤子跪在地上，擦洗整个公寓的木地板。这是个累人的体力活，要花近一个小时，但完成后他才能心安。他只有认真做完家务才能睡个安稳觉。他每周日都去同一家饭馆吃饭，点一只鸡、两瓶啤酒，通常还跟饭馆老板闲聊一下，两人曾经是同学。

进博物馆工作前，费尔德迈尔偶尔会交女朋友，后来却逐渐对女人没了兴趣。正如他对饭馆老板所说，他觉得女人"太烦了"。"她们话又多，总问些我不知道怎么回答的问题。况且我的工作也没有什么好讲的。"

费尔德迈尔唯一的爱好是摄影。他有一台漂亮的莱卡相机，是用很划算的价格淘来的二手货。他以前工作时学会了冲洗照片，在公寓储物间布置了一间暗室。可在博物馆工作多年后，这个爱好也被他抛弃了。

他定期与母亲通电话，每三周去看望她一次。母亲去世后，他再也没有任何亲人，干脆把固定电话停了。

他的生活很平淡，没有任何情绪波动。既不快乐，也不悲伤。费尔德迈尔对自己的生活很满意。

直到他开始与那座雕像纠缠上。

雕像名叫《拔刺的男孩》，主题可追溯到古希腊罗马时期。裸体男孩坐在岩石上，腰向前弯，左脚盘在右大腿上。他左手抓着左脚背，右手正从脚掌拔刺。费尔德迈尔展厅里的这座大理石雕像为古希腊原型的罗马风格复制品，不算多么珍贵，同类复制品比比皆是。

费尔德迈尔很早就测量了雕像的尺寸。他查阅了所有与雕像有关的资料，甚至可以在脑海里画出雕像投射在地上的影子。在博物馆待的第七或第八个年头——具体时间他记不清了——奇怪的事发生了。费尔德迈尔坐在椅子上，双眼盯着雕像，一时间出了神。他突然很想知道，男孩有没有找到脚掌里的那根刺。他不知道这个问题从哪儿冒出来的,但它就是挥之不去。

他走到雕像前检查了一番,没有在脚上找到那根刺。费尔德迈尔紧张起来,这是他多年都没有过的情绪。他越是盯着雕像看,就越想知道裸体男孩到底有没有找到那根刺。那天晚上费尔德迈尔睡得很不好。第二天早上,他没去城市公园散步,还不小心打翻了咖啡。他很早就来到博物馆,等了半小时职工通道才打开。

他在口袋里揣了个放大镜,几乎是跑到他的展厅,用放大镜一丝不苟地检查雕像。他怎么也找不到那根刺,它既不在男孩的拇指和食指之间,也不在他的脚掌里。费尔德迈尔心想,男孩也许把那根刺弄丢了。他跪在雕像边,趴在地上找,突然感到一阵恶心,跑到厕所吐了起来。

费尔德迈尔宁愿自己从未发现那根刺的事。

接下来几周,他的状态越来越差。他每天坐在展厅的雕像边,陷入无尽的沉思,想象着男孩在干什么,兴许是捉迷藏或踢足球。"不对,"费尔德迈尔想到了他读过的资料,"他一定是在参加赛跑,那是古希腊人喜闻乐见的运动。"然后,男孩踩到了一根很细的刺,痛得不行,只好退出比赛。其他人继续往前跑,他却只能在岩石上坐下来。这根可恶的、看不见的刺扎在脚底成百上千年,怎么也拔不出来。费尔德迈尔越想越烦躁。几个月后,他一睁眼就会有种心慌胸闷的感觉。上午值班前,他会在公共休息室逗留很久。这位被同事们背后称为"修道士"的男人,如今却总在食堂喋喋不休地跟人闲谈。他尽可能拖到最后一刻才去他的展厅。来到雕像旁边坐下后，他也不敢正眼看它。

情况不断恶化。费尔德迈尔开始出虚汗，心跳加速，咬自己的指甲。他夜里很难入睡，一打瞌睡就做噩梦，醒来时全身会被冷汗浸透。他的生活只剩一个空壳。很快，他觉得那根刺长在了他的脑袋里，不停地变长，刺着他的头盖骨内壁，他甚至能听到戳刺的声音。尖锐的刺无处不在，打乱了他一直以来空虚、平静、有序的生活。他无法从中解脱。他变得闻不到任何味道，时常感到呼吸困难。有时他觉得空气太稀薄，不得不打开展厅的窗户，尽管这是严令禁止的。他只吃很少的食物，担心自己会被噎死。他相信男孩的脚底已经发炎。只要快速瞥一眼，他就确定男孩的脚一天比一天肿大。他必须帮男孩解脱，把男孩从痛苦中解救出来。于是，费尔德迈尔想到了图钉。

他在办公用品店买了一盒钉头显眼的黄色图钉，是他能找到的最小尺寸，他不想把人扎得太疼。三条街外有一家鞋店，费尔德迈尔没等太久，一个干瘦的男人就试穿了那只鞋。男人痛苦地大叫一声，单脚跳上长椅，骂骂咧咧地从脚底拔出一颗黄色图钉。他把图钉捏在拇指和食指间，对着灯光让其他顾客看。

图钉被拔出的瞬间，费尔德迈尔的大脑分泌出大量内啡肽，几乎令他感到眩晕。接下来的几个小时，他沉浸在一种纯粹的快感中，胸闷和无力感消散得无影无踪。他想拥抱那个被扎伤的男人和整个世界。极度的兴奋过后，他几个月以来第一次熟睡到天亮，整晚反复做着同一个梦：少年把刺拔了出来，站起身，笑着向他招手。

但只过了十天,他又梦到拔刺男孩生气地给他看受伤的脚。费尔德迈尔叹了口气,知道自己该怎么做了。那盒图钉还放在他的口袋里。

他已经在博物馆待了二十三年,几分钟后他的职业生涯就要结束。费尔德迈尔站起来,抖了抖腿。他最近经常因久坐而大腿发麻。还剩两分钟,一切都会过去。他把椅子放回到中间那扇窗户下,那是他第一天看到椅子的地方。他把椅子摆好,用外套袖子擦了擦,最后一次来到雕像前。

过去二十三年里,费尔德迈尔从未碰过雕像。眼下将要发生的事也不在他的计划中。他看到自己双手抱住雕像,把它从基座上抬起来,感觉到大理石的光滑与冰凉。雕像比他想象的重。他将它举到脸前,贴得很近,然后高高举起,一直举过头顶。他踮起脚,尽可能向上伸直身体,在最高处坚持了近一分钟后全身开始颤抖。他用力深吸一口气,使劲把雕像摔到地上,大吼了一声。他一生中从未这么大声叫喊过。声音回荡在各个展厅,穿透墙壁,距他九个展厅的博物馆咖啡厅里的服务员都被吓了一跳,托盘上的咖啡洒了一地。雕像在地上摔碎,发出一阵沉闷的爆裂声,一块大理石地砖也被砸裂了。

接着,不可思议的事发生了。费尔德迈尔血管里的血液仿佛换了颜色,变得鲜红,从胃部奔涌而出,流遍整个身体,一直到手指和脚尖。他的身体由内到外被点亮了。裂开的地板、砖墙的凹槽及一粒粒尘埃都变得立体，所有事物围成一个拱形向他涌来，飞溅的大理石碎片仿佛停滞在半空中。然后，他看到了那根刺，它闪耀着一种奇特的光芒。他能同时从各个方向看到那根刺，直到它溶解、消失。

费尔德迈尔跪了下来，慢慢抬头，看向窗外。栗子树立在初春才有的新绿中，午后阳光在展厅地面投下流动的光影。他再也不会痛苦了。费尔德迈尔感到脸上有一股暖意，鼻子有些发痒，然后他大笑起来，不停地笑，笑到肚子疼，怎么也停不下来。

带费尔德迈尔回家的两名警察对他公寓的简陋程度感到吃惊。他们让他在厨房两把椅子中的一把上坐下，希望他平静下来后能做个解释。

一名警察搜查卫生间时误打误撞推开了卧室的门。他走进这个黑暗的房间，摸索着灯的开关。然后，他看到墙壁和天花板上贴了上千张照片，它们相互覆盖交叠，没有留下一寸缝隙，连地板和床头柜上都是。所有照片都是同一个主题，只有地点不同：男人、女人和孩子坐在楼梯、椅子、沙发和窗台上，在泳池、鞋店、草地和湖边，从脚上拔出了一枚黄色图钉。

博物馆管理层对费尔德迈尔损毁财物一事提请诉讼，要求他予以赔偿。检方则针对数百起危险性人身伤害案展开了调查。相

关部门的负责人决定请精神科专家对费尔德迈尔进行检查，鉴定报告却不同寻常，精神科专家也无法下定论。他认为，费尔德迈尔曾患有精神疾病，但有可能在毁坏雕像后自动痊愈了。费尔德迈尔兴许是个危险人物，图钉或许会演变为刀具，但也可能什么都不会发生。

最后，检方向法院提起公诉。这意味着检察官认为量刑应该是二到四年。

公诉提起后，法院必须决定是否进入庭审。如果法官认为有罪判决比无罪释放的可能性大，便会准许开庭。至少教科书上是这么写的。实践中则常有其他因素影响。没有法官愿意看到自己的裁决被上级法院撤销，因此即使知道被告人会被判无罪，许多案件也会开庭审理。如果法官不想开庭，有时还会跟检方协商，确保后者不会提起抗诉。

我和法官、检察官坐在法官的办公室讨论本案。在我看来，除了照片之外，检方没有其他证据，也没有任何证人，照片的拍摄日期也不明。这些行为也许早就过了追诉时效，谁知道呢？精神鉴定报告无法给出佐证，费尔德迈尔也没有认罪。剩下的只有雕像的损毁。我认为，博物馆管理层要负主要责任。是他们把费尔德迈尔困在同一间展厅里长达二十三年。

法官同意我的观点。他愤愤不平地说，更希望看到坐在被告席上的是博物馆管理层。毕竟，城市的行政部门毁了一个人。由于罪行较轻，法官希望撤诉。他态度明确。但是撤诉需要检方同意，我们的检察官却不愿这样做。

几天后，我还是收到了诉讼程序终止的通知。我给法官打了电话，他告诉我，检察长出乎意料地同意了。背后的原因从未正式公布，但显然，诉讼如果继续进行，博物馆管理层必须在公开审理中面对一些难堪的问题。而这位愤怒的法官会给辩方留出足够的辩护空间。那么，最后的结果只能是，费尔德迈尔缴纳一小笔罚款，全身而退；政府部门及博物馆则会被推上风口浪尖。

博物馆管理层最终连民事诉讼也撤销了。我们一起吃午饭时，博物馆馆长告诉我，他很庆幸费尔德迈尔看守的不是"莎乐美展厅"。

费尔德迈尔的养老金保住了。博物馆悄无声息地发布了一则通告，说一尊雕像意外受损，没有提及费尔德迈尔的名字。他再也没有使用过图钉。

雕像的碎片被收集在纸箱中，送到了博物馆的修复室，交给了一位修复师。她把碎片摊在铺着黑布的工作桌上，给每一块碎片拍了照，将两百多个零散部件登记在笔记本上。

她工作时，修复室一片寂静。她开了一扇窗，春天的暖意在屋内蔓延。她一边抽烟，一边看着那些碎片，很高兴完成学业后能在这里工作，《拔刺的男孩》是她接手的第一个大项目。她知道，修复这件作品要花好几年的时间。

工作桌对面放了一个来自京都的小型木雕佛头。它已经有些年头了，额头上有道裂痕，脸上挂着微笑。

爱情

她正在打盹,头靠在他的大腿上。那是个温暖的夏日午后,窗户敞开,她感到十分惬意。他们认识两年了,两人都在波恩攻读企业管理,上同样的课。她知道他很爱她。

帕特里克抚摸着她的背,觉得手上的书有点无聊。他不喜欢黑塞,读诗只是因为她想听。他看着她裸露的皮肤、脊椎和肩胛骨,情不自禁地用手指摩挲着。床头柜上摆着一把瑞士军刀,他刚用它切了苹果。他把书放到一边,拿起刀。她双眼半闭,注意到他又勃起了,不禁一笑,他们才刚做过爱。他打开刀。她抬头朝他的阴茎望去,突然感到后背被划了一刀。她尖叫一声,把他的手打到一边,跳了起来。刀被甩到镶木地板上,她感觉血顺着后背流了下来。他不知所措地看着她。她给了他一耳光,抓起椅子上的衣服冲进卫生间。他的学生公寓位于一座旧建筑的底楼。她急忙穿上衣服,爬出窗户,逃走了。

四周后,警方把传票寄到了他登记的户籍地址。同很多大学生一样,他没有改过地址,所以传票不是寄到波恩,而是寄回了他柏林的父母家。母亲以为是交通罚单，顺手拆了。那天晚上，他的父母谈了很久，想不通自己究竟哪里做错了。然后，父亲给帕特里克打了电话。第二天，他的母亲跟我的秘书约了时间。一周后，一家人来到了我的办公室。

他们都是安分守己的人。父亲是建筑工程的项目经理，身材壮实，没有下巴，胳膊和腿都不长。母亲年近五十，曾当过秘书，有些霸道，精力充沛。帕特里克长得不像父母。他十分英俊，双手修长，有一双深棕色的眼睛。他交代了整件事的经过。他和妮可在一起两年了，从未有过争吵。每说两句话，他的母亲都会打断他。她说这只是一场意外。帕特里克说他很内疚，自己很爱那个女孩，想向她道歉，但怎么都联系不上她。

他母亲大声插话道："这样就更好了。我不希望你跟她再见面。再说，你明年就去圣加仑上大学了。"父亲很少说话。面谈结束时，他问我帕特里克会不会有事。

我认为这起案子很简单，很快就能解决。警方已经将案子移交检察院。我给负责的主任检察官打了电话。她主管的部门业务广泛，接手家暴案，每年都要处理数千起案件，案发原因主要是酗酒、嫉妒及为孩子争吵。她承诺我会很快拿到卷宗。

两天后，我收到一份近四十页的电子资料。照片显示，女孩背部有一处十五厘米的刀伤，伤口边缘光滑，愈合完好，不会留疤。但我确信这不是意外造成的。刀子不小心掉落造成的伤口可不是这样。

我请这家人再来律所谈一谈，案子不算急，时间约在三周之后。

五天后,一个周四的傍晚。我锁好办公室,楼梯间的灯亮起时,帕特里克正坐在台阶上。我叫他进来,但他摇摇头,目光呆滞,指间夹着一支尚未点燃的烟。我回办公室拿了烟灰缸,给他点上烟,和他一起坐下。电灯的自动感应器咔嗒一声关了,我们坐在黑暗中抽烟。

"帕特里克,我能为你做什么?"过了一会儿,我问。

"很难。"他说。

"世上没有容易的事。"我说,等着他往下说。

"我还没有跟任何人讲过。"

"你慢慢讲,这里还是挺舒服的。"其实天很冷,一点也不舒服。

"我爱妮可,从没这样爱过一个人。她再也不跟我联系,我什么方法都试了,还给她写了信,但她没有回复。她的手机一直关机。她最好的朋友也挂了我的电话。"

"这种事是会发生的。"

"我该怎么办?"

"这起刑事案不难解决,你不会坐牢。我看了你的卷宗……"

"是吗?"

"坦白说,你没说实话。这不是一个意外。"

帕特里克迟疑了片刻,又点了根烟。"是的,没错,"他说,"这不是意外。我不确定自己能不能告诉您实情。"

"律师有保密的义务,"我说,"你跟我说的每件事都只有我们两个人知道。只有你能决定我是否可以说出去,以及跟谁说。你的父母也不会知道这次谈话的内容。"

"警察也是？"

"尤其是警察，以及其他所有执法机构。我必须保持沉默，否则就会触犯法律。"

"我还是不能说。"他说。

我突然有了一个想法。"我们事务所有个律师，他有个五岁的女儿。有一天，她在跟另一个小女孩说话。两人都坐在地上。她性格特别活泼，边说边不断靠近她的小伙伴，越讲越兴奋，差点要坐到对方身上了。她一直喋喋不休地说个不停，最后再也忍不住，一把抱住她的小伙伴，激动地咬了她的脖子一口。"

我能感觉到这些话在帕特里克身上起了作用。他内心在挣扎。最后他说："我想吃了她。"

"你的女朋友？"

"是的。"

"你为什么要这样做？"

"您不认识她，您该看看她的背。她的肩胛骨很尖，皮肤紧致白皙。我的皮肤上都是毛孔，像小洞一样，但她的皮肤紧实光滑，上面有微小的金色汗毛。"

我试着回忆了一下卷宗上她背部的照片。"这是你第一次有这种想法吗？"我问。

"之前有过一次，但没那么强烈。那次是在泰国度假的时候，我们躺在沙滩上，我狠狠地咬了她一口。"

"这次你原本打算怎么做？"

"我不知道。我只是想切一块出来。"

"你有想吃过其他人吗？"

"没有，当然没有。只有她，就她一个。"他吸了一口烟，

"我是疯了吗？我不是汉尼拔·莱克特，对吧？"他为自己感到害怕。

"不，你不是。我不是医生，但我觉得你是深陷在对她的爱里，无法自拔了。你自己也知道，帕特里克，你就是这么说的。我想你是病了。你必须寻求帮助，尽快去看医生。"

食人行为产生的原因各有不同。人吃人可能是因为饥饿，也可能是因为风俗礼仪或严重的人格障碍。这种障碍往往和性有关。帕特里克认为，汉尼拔·莱克特是好莱坞编造的，但食人行为自古就有。十八世纪时，奥地利施蒂利亚州的保罗·赖西格吃下了六颗"还在跳动的处女心脏"，认为吃了九颗之后就能变成隐形人；彼得·库尔滕喝了他的受害人的血；约阿希姆·克罗尔二十世纪七十年代至少吃了八个被他杀害的人；伯恩哈德·厄姆一九四八年吃了自己的妹妹。

法律史上，有很多案件超出人的想象。卡尔·登克一九二四年被捕时，警方在他的厨房里发现了各种各样的人类残骸：醋腌制的肉块、装满骨头的瓶子、炼出来的脂肪、装有数百颗人类牙齿的袋子。他穿的背带裤是用割下来的人皮做的，上面还能辨认出人的乳头。受害人到底有多少，至今仍是未解之谜。

"帕特里克，你听说过日本的佐川一政吗？"

"没有，他是谁？"

"佐川现在是东京的美食评论家。"

"是吗，然后呢？"

"一九八一年，他在巴黎吃了他的女朋友，说他太爱这个女孩了。"

"他把她整个都吃了吗?"

"至少是一部分吧。"

"那,"帕特里克的声音颤抖起来,"他有没有说那是什么味道?"

"我不太记得了。我想他说过像金枪鱼。"

"啊……"

"当时的医生诊断他患有严重的精神障碍。"

"我也是吗?"

"我不确定,但我希望你去看医生。"我开了灯,"你等一下,我去找精神科急救中心的电话给你。需要的话,我现在就可以开车送你过去。"

"不用了,"他说,"我想先考虑一下。"

"我不能强迫你。但请你明早到我办公室来,我带你去看合适的精神科医生。可以吗?"

他犹豫了一下,然后说他会来。我们都站起身。"我能再问你一个问题吗?"帕特里克说,声音非常低,"如果我不去看精神科医生会怎么样?"

"我担心你的情况会越来越糟。"我说。我推开办公室的门,找出电话号码,放好烟灰缸。等我再次回到楼梯间,帕特里克已经不见了。

第二天他也没有过来。一周后,我收到了他母亲的一封信和一张支票。她撤销了对我的委托,信上有帕特里克的签名,因此有效。我给帕特里克打了电话,但是他不接听。我只好放弃为他辩护。

两年后，我在苏黎世有一个讲座。中场休息时，一位来自圣加仑的年长律师来到我身边，跟我提了帕特里克的名字，问我是否曾接受他的委托。他从帕特里克那里听说过我。我问发生了什么事。这位律师说："两个月前，帕特里克杀了一名女服务员，动机不明。"

埃塞俄比亚男子

那个脸色苍白的男人坐在草坪中央。他有一张歪斜怪异的脸,一双招风耳,一头红发。他双腿伸直,放在大腿上的双手攥着一捆钞票,正盯着身旁腐烂的苹果。一群蚂蚁正咬着小块果肉,来回搬运。

柏林的盛夏酷暑难熬。此时刚过中午十二点,一般人都不愿出门。高楼大厦之间的狭长广场是城市规划部门建的,钢筋玻璃建筑反射着阳光,地面热气聚集。洒水器出了故障,到了晚上,草地会被晒焦。

没有人留意这个男人,即便对面银行的警报声已经响了起来。三辆巡逻警车迅速赶到,从他身边疾驰而过。一部分警察冲进银行,一部分则封锁广场,越来越多的警察抵达现场。

一名身穿工作服的女士跟着警察从银行出来。她将手举到眉毛上方挡住阳光,目光扫视着草坪,最后抬手指向那个脸色苍白的男人。身穿绿色和蓝色警服的警察迅速朝那个方向拥去。他们冲着男人大吼,一名警员拔出手枪,呵斥他举起双手。

男人没有反应。闷在警察局写了一天报告、早就无聊透顶的警长直直向他冲去，准备打头阵。他扑向男人，把男人的右臂扭到身后。钞票散落在空中，警察的命令声此起彼伏，但无人理睬。他们只好将男人团团围住，开始捡钞票。男人趴在地上，警察的膝盖压着他的后背，将他整张脸都按到了草地里。泥土温热。男人在警靴之间又看到了那颗苹果。蚂蚁无动于衷地搬运着。他鼻间充斥着草坪、泥土和腐烂苹果的气息，闭上双眼，思绪又回到了埃塞俄比亚。

他人生的起点就像个暗黑童话。他是个弃婴。当年，在吉森附近的一个小镇，神父住所的台阶上放了一只鲜绿色的塑料盆，里面有个婴儿，躺在一条起毛的毯子里，有点冻着了。遗弃婴儿的人不曾留下任何东西，没有信件，没有照片，也没有信物。这种塑料盆在任何一家商店都有出售，毯子则是德国联邦国防军的物资。

神父立即报了警，但没有找到婴儿的母亲。婴儿被送到了孤儿院，三个月后被人领养。

收养他的米哈尔卡夫妇没有儿女，为他施洗并取名为弗兰克·克萨韦尔。这对夫妇沉默寡言，在上弗兰肯地区一片宁静的地带种植啤酒花。他们没有带孩子的经验。养父常挂在嘴边的一句话是："人生就没有容易两个字。"说着，还会伸出发青的舌头舔舔嘴唇。他用同样的严厉态度对待人、牲畜和啤酒花。如果发现妻子对孩子过于温和，他就会横加责骂。"你把孩子宠坏了。"

说这话时他总会想，牧羊人从不安抚牧羊犬。

念幼儿园时他就总被同学们捉弄。他六岁开始上小学，什么都做不好，长得又丑又高，关键是性格过于粗野。他学得很吃力，单词拼写简直就是灾难，几乎每个科目都排全班倒数。女生不是怕他就是讨厌他的长相。他没有安全感，只能虚张声势，连头发都格格不入。大多数人觉得他很笨，只有语文老师认为他别有天赋。她有时会让他来家里帮忙做些简单的维修工作，还送了他人生中第一把折叠刀。米哈尔卡做了架木头风车作为圣诞礼物回赠她。吹气时，风车的叶片会转动。语文老师后来嫁了个纽伦堡男人，暑假时离开了当地。她从没跟他提过这件事。再次去看望她时，他在她家门口的垃圾箱里看到了那架风车。

米哈尔卡留级了两次，职业预科学校毕业后便不再读书，到附近的大城市做了木匠学徒。现在他身高一米九七，没有人再捉弄他了。他能通过学徒结业考试，全靠实践部分过于出色。后来，他在纽伦堡附近的通信部队服兵役，与上级长官吵过一架，被关了一天禁闭。

退伍后，他一路搭便车来到汉堡。他看过一部在那儿拍摄的电影，有貌美的女子、宽阔的街道、港口和真正的夜生活。去那里一定过得更好。"自由之精神扎根于汉堡。"他在哪里读到过这句话。

富尔斯比特尔区的木工厂聘用了他。老板在厂房楼上给他安排了住宿，房间干净整洁。米哈尔卡手艺出众，大家对他很满意。虽然他经常看不懂术语,但会看技术图纸,能纠正其中的错漏并把产品做出来。可工厂一个保险柜的现金被盗后,他被解雇了。他是最新来的人,工厂此前又从未发生过失窃事件。两周后,警方在一个瘾君子的公寓里发现了那个钱匣子。米哈尔卡跟那件事完全无关。

他在绳索街偶遇了昔日的战友,后者介绍他到妓院当管理员,干各种各样的杂活。他结识了社会的边缘人群:皮条客、放债人、妓女、吸毒者、打手。他尽可能不和他们扯上关系。在妓院地下室的昏暗隔间住了两年之后,他开始酗酒。他忍受不了周遭发生的苦难。妓院的女人喜欢他,常向他诉说自己的命运。他消化不了这些。他欠了一些坏人的钱,无力偿还,利息越滚越多。他遭到毒打,被丢弃在门口,最后让警察带走了。米哈尔卡意识到,他会一直这样消沉下去。

他决定出国闯一闯,哪个国家无所谓。他没有考虑太久,便从一个妓女那里拿了只长筒袜,走进储蓄银行,像在电影里看到的那样把长筒袜套在头上,然后掏出一把塑料枪威胁银行柜员,抢走了一万二千马克。警察封锁了各大街道,检查每个行人。米哈尔卡恍恍惚惚地上了机场大巴,买了飞往亚的斯亚贝巴的经济舱机票,以为那个城市在亚洲,一定足够遥远。没有人拦下他。抢劫案发生四小时后,他登上了飞机,唯一的行李就是一个塑料袋。飞机起飞时,他害怕起来。

这是他人生中第一次坐飞机。经过十小时的飞行,航班降落在埃塞俄比亚的首都。他在机场办了六个月的签证。

这里有五百万居民，六万儿童流落街头。城里充斥着卖淫、轻微犯罪、贫困，还有数不清的乞丐和路边展露身体缺陷以博得同情的残疾人。三周后米哈尔卡意识到，汉堡和亚的斯亚贝巴充满一样的苦难。他遇到了几个德国人，都是流亡海外的失意者。当地卫生条件极其恶劣，米哈尔卡感染了伤寒，发烧、长皮疹、腹泻，直到别人找来不知可否称为医生的人为他注射了抗生素。他又一次走进了死胡同。

米哈尔卡那时坚信，人间就是一座垃圾场。他没有朋友，没有前途，没什么可留恋。在亚的斯亚贝巴待了六个月之后，他决定结束自己的生命，这是一种权衡利弊后的自我了结。但他不愿死在肮脏的地方。手头的钱还剩五千马克左右，于是他坐上前往吉布提的火车，过了迪雷达瓦几公里后开始徒步穿越牧场，在路边或破烂的小旅馆过夜。途中他被蚊子叮咬，感染了疟疾，搭乘大巴前往高原地区时发病，全身发抖。他在不知何处下了车，拖着病体跌跌撞撞穿行在咖啡种植园，眼前的画面逐渐模糊。他倒在了咖啡树丛里，完全昏死过去之前，他脑海中的最后一个念头是："人生就是一坨屎。"

高烧发作的间隙，米哈尔卡醒过一次，发现自己躺在床上，身边围绕着医生和很多陌生人。他们都是黑人。他知道大家在救他，又昏睡过去，陷进高烧的噩梦中。疟疾来势汹汹，残酷无情。高原上没有蚊子，但当地人都知道这种病，懂得怎么治疗。这个在种植园晕倒的奇怪陌生人会活下去的。

米哈尔卡昏睡了近二十四小时，烧慢慢退了。醒来时，他发现自己独自躺在一个被粉刷成白色的房间里。外套和裤子洗干净了，整齐地放在房里唯一的椅子上，背包搁在旁边。他试图站起来，但双腿发软，眼前发黑。他在床上坐了一刻钟，又试了一次，急着上厕所。他推开门，来到过道上。一个女人冲他走来，激烈地打手势，摇着头说："不，不，不。"她挽着他的手臂把他推回了房里。他向她表明自己的需求，她点点头，指了指床底的胶桶。他觉得女人很美，接着又睡了过去。

再次醒来后，他感觉好多了。他检查了背包，财物分文不少。他终于有力气走出房间，发现自己孤零零地待在这栋有两个房间和一个厨房的小屋里，屋内干净整洁。他走出屋子，来到村里的小广场。空气清新，凉爽宜人。孩子们笑着向他跑来，想摸他的红头发。明白他们的意图之后，他坐到石头上，随他们去摸。孩子们都很开心。过了一会儿，收留他的漂亮女人走了过来。她责备了他几句，把他拽回了屋里，给他做谷物煎饼。他都吃完了。她面带微笑看着他。

他渐渐对这个种植咖啡树的村庄熟悉起来。原来，是村民在种植园发现了他，把他背回来，从城里找来了医生。大家都对他很友好。恢复体力之后，他想留下来帮忙。他们起初很惊讶，后来就接受了。

半年过去，他还住在那个女人家里。他慢慢学会了他们的语言，首先会说的就是她的名字——阿亚纳。他在笔记本上记下单词的读音，发错音时，两人会放声大笑。有时，她会抚摸他的红头发。不知什么时候，他们亲吻了彼此。阿亚纳二十一岁，丈夫两年前在省城的一场意外事故中去世了。

米哈尔卡一直在思考咖啡种植的事。咖啡豆都是十月到三月之间靠人工采摘，费时耗力。他迅速找到了问题所在——村子处于咖啡贸易链最末端。收购干咖啡豆的商人干得少却挣得多，因为他有一辆旧卡车，村里却没人会开。米哈尔卡花一千四百美元买了一辆更好的卡车，自己把采收的咖啡豆送到工厂，卖出了之前九倍的价格，然后把利润分给农民。接着，他教会村里的年轻人德雷杰开车，两人还去附近的村子收购咖啡豆，开出了此前三倍的收购价。不久，他们买了第二辆卡车。

米哈尔卡还在想怎样减轻工作量。他开车到省城买了一台老旧的柴油发电机，用废弃的汽车轮辋和钢缆在种植园和村庄之间搭了一条索道，还自制了大木箱作为运输容器。起先，索道崩断了两次，后来他找到了木箱之间的适当间距，同时用钢筋进行了加固。村里的老人满脸狐疑地旁观着他的试验，但是当索道成功运行时，他第一个走过去拍了拍米哈尔卡的后背。如今，转运咖啡豆的速度变快了，大家也不用再背着咖啡豆来回奔走。采收过程不仅加了速，也没那么累人了。孩子们很喜欢那条索道，在木箱上画了面孔、动物和一个红头发的人。

米哈尔卡想进一步提高质量。之前，农民要把咖啡豆摊在木架上翻晒五个星期，直到它们几乎干透。晾晒架都放在各家门前或屋顶。咖啡豆一旦受潮就会变质，晾晒时必须摊成很薄一层，否则容易发霉。这项工作十分辛苦，家家户户都得亲自上阵。米哈尔卡买来水泥，搅拌成混凝土，在村外铺出一块空地，所有人都可以在那里晾晒咖啡豆。他设计了大型的晾晒耙，大家一起协作翻晒，还在晾晒场撑起了一张透明的塑料雨罩，咖啡豆因此干得更快了。咖啡农对此很满意，他们的工作量少了，咖啡豆也不会再变质。

米哈尔卡了解到，如果在常规的干燥处理之外加一道工序，还能进一步提高咖啡豆的品质。村边有条小河，河水清澈。他把新采摘的咖啡豆亲自清洗了一遍，分装入三个水箱中，又花了一小笔钱从经销商那儿买了一台咖啡豆去壳机。最初几次尝试均以失败告终，分离的咖啡豆发酵时间过长，出现了过度发酵的情况。渐渐地，他摸索出了门道：机器必须绝对干净，一颗不合格的咖啡豆就能毁了整个流程。最后，他成功了。他把咖啡豆冲洗一遍，除去了羊皮层的残渣，在水泥地上隔出一小块地方来晾晒。他带着一袋咖啡豆去找收购商，拿到了此前三倍的报价。米哈尔卡把这项技术传授给了农民。在索道的助力下，采收的咖啡豆很快就能运回村庄，十二个小时之内就能完成湿加工。两年后，村里产出了这一带最好的咖啡豆。

阿亚纳怀孕了。两人期待着孩子的降临。女孩出生后，他们给她取名蒂鲁。米哈尔卡很自豪，也很开心。他知道，阿亚纳让他重获了新生。

村子繁荣起来。三年后，村里有了五辆卡车，采收工作井井有条，咖啡种植园逐步扩大。他们修了一套灌溉系统，种了防风林。米哈尔卡倍受敬重，成了当地的名人。农户们拿出部分收入创设公共基金。米哈尔卡则从城里请来一位年轻的女老师，教村里的孩子读写。

村里有人生病时，米哈尔卡会帮忙照料。医生给村民们建了急救药房，教授了米哈尔卡基本的医疗知识。他观察别人如何治疗血液中毒，协助妇女分娩，学得很快。医生晚上常去米哈尔卡和阿亚纳那儿小坐，说着这个圣经国度的悠久历史。他们成了挚友。

村民出现纠纷时，都会向这个红头发的人征求意见。米哈尔卡就像一名公正的法官，从不受贿，不会偏袒任何家族或村落。大家都很信任他。

他找到了人生的意义，和阿亚纳彼此相爱，蒂鲁也健康成长。米哈尔卡无法相信自己的运气。有时他还会做噩梦，但次数越来越少，阿亚纳醒来也会安抚他。她说，他们的语言中没有"过去"这个词。与她相处的这些年里，米哈尔卡的性情变得温和沉静。

他终究还是引起了政府部门的注意。他们想查看他的护照。他在埃塞俄比亚生活了六年，签证早已过期。他们很有礼貌，但是坚持让他去首都一趟，把问题解释清楚。离开村子的时候，米哈尔卡有种不祥的预感。德雷杰载他去机场，家人冲他挥手，阿亚纳哭了起来。

他被带到了亚的斯亚贝巴的德国大使馆。大使馆的工作人员看了看电脑，拿着他的护照走开了。米哈尔卡等了一个小时。工作人员回来时一脸严肃，身边还跟了两名警卫。他被捕了。工作人员向他宣读了汉堡法官签发的羁押令，罪名是抢劫银行，证据是银行柜台留下的指纹。他曾卷入过一场斗殴，指纹被录入了数据库。米哈尔卡拼命想要挣脱，却被按在地上，戴上了手铐。他在大使馆地下室的隔间过了一夜，然后跟两名安保人员飞回了汉堡，来到侦查法官面前。三个月后，他被按最低刑期判了五年。判罚之所以较轻，是因为事情已经过去很久，而且他没有前科。

他无法给阿亚纳写信，因为连确切的地址都没有。德国驻亚的斯亚贝巴大使馆不能或不愿帮他。村里也没有电话。他也没有照片。他几乎不再开口说话，成了个孤僻的人。时间日复一日、年复一年地过去。

三年后，他首次获准离开监狱，可以无陪伴外出。他想马上回家，不想再回监狱，但身上既没钱买机票，也没有护照。他知道怎么搞到那两样东西。他在监狱里偶然打听到一个造假贩子在柏林的地址，搭便车去了那里。与此同时，警方又对他展开了追捕。他找到了那个造假贩子，但对方想先拿钱。米哈尔卡几乎身无分文。

他感到绝望，连续三天不吃不喝地在城里流浪，内心满是挣扎。他不想再犯罪，但又很想回家，回到家人身边，同阿亚纳和蒂鲁在一起。

最后，他在火车站用仅剩的监狱零花钱买了把玩具枪，走进最近的一家银行。他看着女柜员，枪管向下。他嘴唇干燥，轻声说："我需要钱，请原谅我，我真的很需要钱。"起先她没听清，过了一会儿才把钱递给他。事后她回忆说，自己很"同情他"。她给他的钱是为提防遇劫事先准备的，同时触发了无声警报系统。他拿过钱，把枪放在柜台上，说："我很抱歉。请原谅我。"银行前有片绿色草坪。他没有力气再逃跑，只是慢慢走着，然后坐了下来，就这样等待着。米哈尔卡第三次走进了死胡同。

米哈尔卡的狱友请求我接手此案，说他在汉堡认识的米哈尔卡，愿意支付辩护费用。我在莫阿比特看守所见到了米哈尔卡。他给我看了羁押令，那是一张司法部门常用的红纸：抢劫银行，外加汉堡旧案未服完的二十个月刑期。辩护似乎毫无意义，米哈尔卡被当场人赃俱获，还因同样的罪行被判过刑。因此，这只是量刑高低的问题，而且刑期一定很长。但米哈尔卡身上的某种特质给我留下了深刻的印象，此案也有些与众不同。他不是那种典型的银行抢劫犯。我接受了他的辩护委托。

接下来几周，我经常去探望米哈尔卡。起初他几乎不开口说话，似乎隔绝了外界的一切。渐渐地，他敞开了一点心扉，慢慢讲起他的经历。他不想透露任何具体信息，觉得在看守所里说出妻子和女儿的名字会连累她们。

辩护人可以申请精神病司法鉴定人或心理学家对被告人进行精神鉴定。只要提出被告人可能患有精神疾病、心理障碍或精神异常的事实依据，法院便会批准。当然，精神病司法鉴定人的意见对法庭没有约束力，无法决定被告人是否具备刑事责任能力或限制刑事责任能力。只有法院可以这么做。但鉴定意见能为法官提供科学依据，帮助法院做出判断。

很明显，米哈尔卡在犯案时有精神障碍：没有人会在抢银行时道歉，还拿着赃物坐在草地上等着被捕。法院委托了一名精神病司法鉴定人，两个月后收到了书面鉴定报告。专家认为，他的控制能力确实出了问题。他会在庭审上详细说明。

庭审于米哈尔卡被捕五个月后举行。除了首席法官，刑事审判庭上还有一名年轻的职业法官及两名参审员。首席法官只安排了一天的庭审时间。

米哈尔卡对抢劫银行一事供认不讳。他说话时显得犹豫迟疑，声音很低。警察报告了抓捕米哈尔卡的经过，描述了他坐在草坪上的样子。当时扑倒米哈尔卡的警长说，米哈尔卡没有反抗。

女柜员说她并不害怕，反而有点可怜这个抢劫犯，他看起来很悲伤。"像只小狗一样。"她说。检察官问她现在工作时会不会感到后怕，有没有因此休过病假，是否要接受受害者心理治疗。她全都否认了。她觉得抢劫犯只是个可怜人，比大多数顾客还有礼貌。检察官必须如此提问，如果女柜员当时很害怕，被告人可能会被判更重的刑。

经鉴定，那把玩具枪是产自中国的廉价模型，只有几十克重，看起来毫无威胁力。一个参审员拿起枪，不慎将其掉到地上，摔裂了一块塑料。几乎没人会把这种玩具枪当真。

诉讼程序中，犯罪事实厘清之后，被告人还会被问到"个人情况"。

米哈尔卡全程几乎不在状态。即便只是让他粗浅地讲一下自己的人生，也很不容易。他只能十分缓慢、一字一句地尝试去说出自己的故事，但因找不到准确的词语而很难做到。跟许多人一样，他无法用语言表达自身感受。由精神病司法鉴定人代为转述似乎更简单些。

鉴定专家准备得很充分，他详细梳理了米哈尔卡的人生。法院已经从纸质的鉴定报告中有所了解，但对参审员们来说，一切内容都是新的。他们听得很认真。鉴定专家和米哈尔卡进行了无数次对话才掌握了这些情况。他结束陈述时，首席法官转向米哈尔卡，问他专家说的是否正确。米哈尔卡点了点头："是的，他说的没错。"

鉴定专家被问到，根据他的专业评估，米哈尔卡抢银行时精神状况如何。专家解释，他在城里游荡了三天，没吃没喝，控制能力受到了极大的影响。米哈尔卡几乎不知道自己在做什么，也无法控制自己的行动。庭审的举证环节结束。

休庭间隙，米哈尔卡说，大家没有必要为他投入这么多精力，反正他最后也会被定罪。

刑事诉讼中，检察院先提出诉讼主张。与英美不同，德国的检察院不代表任何一方，而是保持中立。检察院是客观的，也会搜集有利于被告人的证据，因此对他们而言没有输赢一说。除了法律，他们对其他事都没兴趣。他们只服务于法律与正义。至少理论上如此。这在案件侦查阶段基本成立。但在庭审的激烈交锋中，情况时常会发生变化，检察院的客观性开始受损。这是人之常情，因为再优秀的公诉人始终还是公诉人，要在提出指控的同时保持中立是极其困难的。这也许是我们的刑事诉讼法的先天缺陷，又或许是法律要求得太多了。

检察官申请判处米哈尔卡九年有期徒刑，说他不相信米哈尔卡讲的故事是真的。这个故事"太天马行空了，很有可能是编造的"。他不认可被告人的刑事责任能力受限，因为鉴定专家的证词仅基于被告人的陈述，没有其他凭据。唯一的事实是，米哈尔卡抢劫了银行。他说："抢劫银行的法定最低量刑为五年，而这是被告人第二次犯下此罪。唯一可以认定的减刑情节是赃款被追回及主动认罪。综上，九年的刑期对于被告人的罪行及罪责是恰当的。"

问题的关键当然不在于被告人的陈述是否可信。法庭讲究的是证据。被告人的优势在于，他不用证明任何事，无须自证清白或证明供词的真实性。但检察院和法院要遵循另一套规则：他们不能提出任何没有证据的主张。这听起来简单，实操却很难。没有人可以客观到总能分清推论与证据。我们自以为掌握了真相，一味固执己见，之后往往就很难再回到正轨上来。

在我们的时代，总结陈词已经无法左右审判结果。控辩双方面对的不是陪审团，而是职业法官与参审员。任何偏颇的口吻、夸张的情绪表达或矫揉造作的措辞，都不为法庭所容忍。大段的总结陈词已成历史。德国人不再喜欢慷慨激昂的发言，他们在历史上早就听够了。

不过有时候，法庭也能接受一点戏剧性的小安排，一个意料之外的最后转机。米哈尔卡本人对此毫不知情。

我有个朋友在外交部工作，外派到了肯尼亚，正是她帮了我。经过多方迂回打听，她找到了米哈尔卡的朋友，那个在省城工作的医生。医生英语说得很好，我与他通过电话，请他出庭作证。当我提议为他支付机票时，他大笑起来，说他很高兴自己的朋友还活着，就算是天涯海角，他也会来找他。现在，他正在庭外等候。

米哈尔卡瞬间清醒了过来。医生走进审判庭时，他跳着要冲过去，泪流满面。法警死死按住他，但首席法官挥了挥手，表示同意。两人在法庭中央拥抱在一起，米哈尔卡紧紧抱住这个瘦弱的医生，把他举了起来。医生带来了一段录像，法警取来了播放器。我们看到村庄、索道、卡车、吵闹的儿童和大人，他们对着镜头欢笑，挥手大喊"弗兰克，弗兰克"。最后，我们终于看到了阿亚纳和蒂鲁。米哈尔卡哭了又笑，笑了又哭，激动得不能自已。他坐在医生旁边，大手快要把朋友的手指捏断。首席法官和一名参审员已经热泪盈眶。这根本不是一个正常的法庭现场。

德国的刑法属于罪责刑法。法庭根据一个人的罪责判刑，追问的是罪犯要为自己的罪行承担多大责任。这很复杂。中世纪依照罪行判罚的刑法则简单多了，比如偷盗就得砍手，没有例外，无论偷盗原因是贪财还是不偷即会饿死。那时的量刑就是一种数学游戏，每项罪行精确对应一种刑罚。今天的刑法更加智慧，对生命更公平，却也更加复杂。抢劫银行不再是单纯的抢劫银行。我们能指控米哈尔卡什么呢？他做的不就是我们每个人都会做的选择吗？易地而处，我们难道会有别的出路？回到爱的人身边，不正是每个人的愿望吗？

米哈尔卡被判处两年监禁。庭审结束一周后，我在莫阿比特法庭的长廊偶遇了首席法官。她告诉我，参审员们给他凑了机票钱。

服刑过半后，米哈尔卡获准假释。刑事执行法庭的庭长酷似冯塔纳小说中的人物施特希林，他又让我把故事完整地讲了一遍，咕哝了一句："不可思议。"最后，他批准了释放申请。

米哈尔卡又回到了埃塞俄比亚，加入了那里的国籍。现在，蒂鲁多了一对弟妹。米哈尔卡偶尔会给我打电话，一直在说，他很幸福。

罪责
SCHULD

世界保持着原本的面貌。

——亚里士多德

庆典

即便是夏季,这年的八月一日也热得出奇。小城正在举行建城六百周年庆典,四处弥漫着炒杏仁和棉花糖的香气,烤肥肉腾起的油烟紧紧吸附在宾客的头发上。年度集市在广场上开办,有各种常见的摊位:旋转木马、碰碰车和气枪射击游戏。上了年纪的人们身穿浅色裤子,衬衫敞开,都在说"晴空万里"和"三伏天"。

这是一群有着正经职业的体面男人:保险代理人、汽车经销商、手工业者。他们为人处世无可指摘。多数已婚,有孩子,按时纳税还贷,每晚收看《每日新闻》。他们都是十分正常的男人,没有人想到会发生这样的事。

他们组了一支吹奏乐队在场表演。当天没有什么激动人心的节目,就是葡萄酒皇后、射击俱乐部和消防队依次出场。他们倒是为德国总统演奏过。当时是在花园里演出,结束后有冰啤酒和小香肠招待。演出照片挂在乐队的俱乐部里,总统本人没出镜,但有人把相关的报纸文章贴在旁边作为证明。

在台上演奏时,男人们戴着假发,粘着假胡子。妻子们用白色粉底和腮红为他们化了妆。"为了城市的荣耀"，今天应该打扮得庄重一些，这是市长的原话。但现场看起来并不庄重。男人们在黑色幕布前汗流浃背，还喝了很多酒。湿透的衬衫贴在身上，散发着汗臭和酒气，喝空的酒杯就放在两腿之间。尽管如此，他们还是坚持演出，出现失误也没关系，因为现场的观众也喝多了。每奏完一曲，自然少不了掌声和鲜啤。中场休息时，主持人就播放唱片，人们顶着酷暑跳起舞来，舞台前的木板尘土飞扬。乐师们就趁机躲到幕布后面喝酒。

那个女孩才十七岁，要是想去男朋友家过夜，还得向家里报备。她还有一年就要高考，之后打算去柏林或慕尼黑攻读医学，她对此充满期待。她长得漂亮，面容清秀坦荡，有一双蓝色的眼睛，大家都喜欢看着她。她做侍应生时总是在笑，小费挣了不少。她打算放长假时跟男朋友环游欧洲。

天气炎热，当天她只穿了白色短袖和牛仔裤，戴了一副墨镜，头发用绿色发带扎了起来。一名乐师走到幕前，向她招手，指了指手上的酒杯。她穿过舞池，跨过四级台阶走上舞台，一路上努力平衡手里的托盘。对她纤细的双手来说，这个托盘太重了。她觉得眼前这个头戴假发、脸颊白皙的男人看起来很滑稽。后来回想起来，男人还笑了一下，露出苍白脸色衬托下泛黄的牙齿。他拉开幕布，让她走向坐在两条长凳上、口渴难忍的男人们。有那么一瞬间，白色短袖在阳光下亮眼非常，她的男朋友一直都喜欢她这样穿。然后她脚下一滑，往后摔去。没摔疼，只是啤酒洒了一身，短袖立时变得透明，而她没有穿胸衣。她有些尴尬地笑了笑，然后注视着突然噤声盯着她看的男人们。一个男人先向她伸出了手,一切就这样发生了。幕布又被拉上,音箱放着迈克尔·杰克逊的歌曲,男人们的节奏和舞池的节奏融为一体。后来,没有人能够解释这一切怎么会发生。

警察来晚了。他们不相信那个从电话亭打电话报警的男人。对方说他是吹奏乐队的一员,但没提自己的名字。接电话的警察把情况转告给同事,但所有人都以为是个玩笑。只有最年轻的警员说要过去看看,然后穿过大街来到了庆典广场。

舞台底下阴暗而潮湿。女孩全身赤裸地躺在泥浆中,精液、尿液、血液浸湿全身。她说不了话,也动不了。两根肋骨、左臂和鼻子骨折,后背和手臂被酒杯和酒瓶的碎片扎破。男人们完事后,撬开舞台的一块木板,把女孩扔了进去,还对着躺在下面的她撒尿。接着,他们又回到了幕前。警察把女孩从泥浆中拉出来时,他们正在演奏波尔卡舞曲。

"辩护是一场战斗,为委托人的权利而战。"这句话出自《刑事辩护律师手册》,一本有着红色塑料封皮的袖珍书,我那时一直随身携带。当时我刚通过第二次国家考试,几周前才取得律师执业资格。我曾对这句话深信不疑,以为自己明白它的含义。

一个大学时的朋友打来电话,说还缺两名律师,问我愿不愿意参与此案的辩护。我当然愿意。那是我第一次接手重大案件,它占据了各大报刊的版面。我相信,自己将开启一段全新的人生旅程。

在刑事诉讼程序中,被告人无须自证清白,也不必为脱罪而辩护，需要举证的是原告。这也是我们的策略，即所有人保持沉默，其他什么都不用做。

那时候，DNA 分析才刚被采纳为法庭证据不久。警察在医院封存了女孩的衣服，将其塞到一个蓝色垃圾袋里，放入警车后备厢，准备送交法医处检验。他们当时认为所有的处置都妥当无误。但警车在阳光下暴晒了几个小时。高温中，垃圾袋里滋生出真菌和细菌，改变了原本的 DNA 痕迹。这样的证据无法再进行检测。

医生救了女孩，也毁掉了最后的证据。女孩躺在手术台上时，皮肤被清洗干净了，罪犯在她阴道、肛门及身上留下的痕迹也被抹去，没有人顾上紧急抢救之外的事。很久以后，首府派来的警察和法医才试图在手术室的垃圾中寻找证据，最终也不得不放弃。凌晨三点，他们一伙人坐在医院食堂，面前的浅棕色杯子里盛着冷却的咖啡。大家都很疲惫，却找不到案件的任何线索。一位护士说，他们该回家了。

女孩也无法指认罪犯，因为她分辨不出这些男人。在浓妆和假发之下，他们看起来都一样。在对质时，她本不愿看他们，等最终克服了心理障碍，却又指认不出来。没人知道报警的是哪个男人，但可以确定的是，他就在这群人里面。因此，每个人都有可能是那个报警的男人。其中八个男人犯了罪，但每个人也都有可能是那个无辜的人。

他很瘦弱，脸形棱角分明，戴着一副金边眼镜，下巴前突。

那时看守所探视室还没禁烟，他一直不停地在抽。他说话时嘴角会冒出白沫，然后用手帕擦拭干净。我首次探视时，他已经被关押了十天。这种场景不管对我还是对他都同样陌生。我过于详细地向他解释了他有哪些权利，以及委托人和辩护律师之间的关系。这些都是对教科书的照本宣科，因为我心里没底。他谈到了自己的妻子、两个孩子、他的职业，最后是庆典。他说，那天真是太热了，大家都喝了太多酒。他不知道为何会发生那样的事。一句话总结这一切就是：那天太热了。我从未问过他是否参与其中，我也不想知道。

律师们住在举办集市的广场边上的酒店，聚在餐厅讨论卷宗。卷宗上有女孩的照片，显示着她被蹂躏过的身体、红肿的脸庞。我从未看过这样的照片。女孩的供词很混乱，从中无法清晰地还原事件。每一页卷宗都流露出愤怒——警方的愤怒，检察官的愤怒，还有医生的愤怒。但这都无济于事。

夜里，我酒店房间的电话响了。我只能听见对方的呼吸声。他不说话，显然也不是误拨。我仔细地听着，过了很久，他才挂断电话。

初级法院也坐落在集市广场边上。那是一座古典主义建筑，门前有露天台阶，彰显着法治国家的伟大。这座城市以葡萄酒酿造业闻名，商人和酿酒师都在此定居。城市安定、平和，从未受到战争侵蚀。一切都闪耀着尊严与正义的光芒。不知是谁，还在法院窗台上放了天竺葵。

法官逐一传唤我们到他的办公室。我身穿长袍，因为之前不知道这种场合不必如此打扮。羁押审查开始时，和所有年轻人一样，我说得太多，总觉得这样比沉默要好。法官只是一直盯着我的委托人，我觉得他没有认真听我说话。但在法官和那个男人之间，似乎存在一些比刑事诉讼法更古老的东西，一种与明文法律无关的控诉。在我讲完之后，法官又问了一次男人是否要保持沉默，声音很轻，没有一点抑扬顿挫，边问边把老花镜收起来，等待回答。法官明知答案是什么，但还是要照例问出这个问题。所有坐在这个凉飕飕的庭审室的人都知道，诉讼程序将在这里终止，而被告人是否有罪则完全是另外一回事。

随后，我们在走廊等待侦查法官的裁定。一共九名辩护律师，我和朋友是最年轻的。我们还专门为这场诉讼买了新西装。和其他律师一样，我们打趣逗乐，试图不被当下的情绪所左右。我现在也成了他们中的一员。在走廊尽头，一名法警靠在墙上，体形肥大，尽显疲态，连正眼都不看我们一下。

下午，法官撤销了羁押令，说被告人一直保持沉默，因此证据不足。他是照着文件念出裁定结果的，尽管只有两个句子。紧接着，一片寂静。我们的辩护策略是正确的，但我不知道是否应该站起来，直到女书记员把裁定书递给我，我们才起身离开庭审室。法官只能做出这样的裁决。走廊里充斥着油毡和旧档案的味道。

男人们都被释放了。他们从后门离开，回到妻子和孩子身边，回归生活。继续按时纳税，还贷，供孩子上学读书。没人再谈论这件事。只不过，吹奏乐队解散了。这个案子甚至没能进入庭审环节。

女孩的父亲站在初级法院门口的露天台阶中央。我们从他的两侧走过，没有人碰触到他。他盯着我们，俊朗的脸庞上是一双哭红的眼睛。对面的市政厅还悬挂着城市庆典的海报。年长一些的律师接受了记者的采访，麦克风在阳光下闪闪发光，就像一条鱼。在他们身后，那个父亲就坐在法院的台阶上，头埋进了双臂之间。

羁押审查结束后，我和朋友一起步行前往火车站。我们本该聊聊辩护成功的感受，或者铁路边的莱茵河，又或者其他什么。但我们坐在褪色的木质长椅上，没有人想要说话。我们知道，自己已经失去了纯真，而这无关紧要。在火车上，我们穿着崭新的西装，挨着几乎没有用过的公文包，仍然沉默不语。火车开动时，我们想到了那个女孩和那些体面的男人，没有看对方一眼。我们成长了。下火车时，我们已经知道，接下来的一切再也不会容易。

DNA

> 谨以此文献给 M. R.

那时尼娜十七岁。她坐在动物园火车站前,面前放着一个纸杯,里面有几枚硬币。天气很冷,路上都是积雪。她没想到会变成这样,但总不会更糟了。两个月前,她给母亲打了最后一通电话。继父接过听筒,一边哭一边求她回家。她脑海里马上又浮现出他身上的汗臭,老男人的气味,还有那双长满汗毛的手。她挂了电话。

她的新男友托马斯二十四岁,也住在火车站,对她十分照顾。他们喝了很多高度酒,借此暖身,还能忘记所有烦恼。那个男人走过来时,她本以为他是嫖客。但她不是妓女。如果有男人问她多少钱肯卖,她会勃然大怒。有一次,她还因此朝一个男人脸上吐了口水。

那男人问她要不要跟他回家,他的屋子里很暖和。他不买春,只是不想一个人过圣诞节。他看上去很体面,大约六十到六十五岁,身穿厚大衣,鞋子擦得锃亮。她总是先看别人的鞋子。她很冷。

"只要我的男朋友也能一起去。"她说。

"当然可以。"男人说，甚至觉得这样更好。

没过多久，他们就坐在了男人的厨房里，吃着蛋糕，喝着热咖啡。男人问她要不要洗澡，这样会舒服很多。她心里没底，但托马斯也在。她想，不会有事的。浴室门上没有插钥匙。

她躺在温暖的浴缸里，沐浴油散发着桦木和薰衣草的味道。一开始她没有注意到他进来。他关上身后的门，拉下裤子，开始自慰。这也没什么大不了的，他神情不安地笑着说。她听到另一个房间传来电视声，放声尖叫起来。托马斯撞开门，门把手打中了男人的肾脏部位。

男人失去平衡，摔倒在浴缸边沿，上半身趴进水里，就在她旁边，脑袋还压到了她的肚子。她手脚乱蹬，收起双膝想要逃离这个男人。她踢到了他的鼻子，血流到水里。托马斯揪住他的头发，把他按在水里。尼娜还在尖叫。她全身赤裸地站在浴缸里，帮托马斯按住了男人的脖子。她感觉时间过了很久。然后男人不再动弹。她看到男人屁股上的毛发，冲他背部打了一拳。

"人渣。"托马斯说。

"人渣。"尼娜应声。

然后，两人都不再说话。他们走进厨房，试图冷静下来。尼娜用毛巾裹住身体，两人点起了烟。他们不知道接下来该怎么办。

托马斯去浴室帮她取衣服。男人滑落在地，身体卡住了门。

"你知道吗，他们得用螺丝刀拧开门铰链，把门卸下来。"他走回厨房，把衣服递给她。

"我不知道。"

"只有这样才能把他抬出去。"

"他们会这么做吗?"

"没有别的办法。"

"他死了吗?"

"我想是的。"他说。

"你还得进去一趟。我钱包和身份证还在里面。"

他翻找了整个公寓,在书桌上找到一个装着八千五百马克的信封,上面写着"给姨妈玛格丽特"。他们擦掉了指纹才离开公寓,但走得太慢,一位戴着深度近视眼镜的邻居老太太撞见了他们穿过门廊。

他们乘坐城市快铁返回了火车站,随后到一家小吃店吃饭。

"真是太可怕了。"尼娜说。

"那个蠢货。"托马斯说。

"我爱你。"她说。

"嗯。"

"这是什么意思?你也爱我吗?"

"他只是在自慰?"托马斯盯着她问。

"是的,不然你以为呢?"她突然感到害怕。

"你做了什么吗?"

"没有,我只是尖叫。那个老混蛋。"她说。

"什么都没做?"

"没有,什么都没做。"

"这件事可能很麻烦。"过了一会儿,他说。

一周后，他们看到了火车站柱子上的公告。那个男人死了。火车站辖区的一名警察认得他俩，认为女邻居的描述跟他们对得上号。他们被带走讯问。老太太也无法确定。警察用胶带从他们的衣物上粘取纤维，与在死者公寓采集到的纤维进行比对，也未得出明确的结论。死者有嫖娼的经历，曾因性侵、与未成年人发生性关系而两度被判刑。两人被释放。这个案子一直没有破。

他们一直遵纪守法，接下来的十九年里没有犯过任何错。他们用从男人那里拿的钱租了一处公寓，后来又搬入一栋联排屋。他们再也不酗酒。尼娜在一家超市当售货员，托马斯给一个批发商做仓库管理员。他们结了婚，同年生下一个男孩，一年后又有了一个女孩。他们认真经营生活，一切顺遂。有一次，他被卷入公司的一场斗殴中，但没有还手。她理解他。

尼娜的母亲去世后，她又走上老路，开始抽大麻。托马斯在火车站里他们常待的老地方找到了她。两人一起在动物园的长椅上坐了几个小时，然后才乘车回家。她把脑袋靠在了他腿上。她再也不需要大麻。他们有朋友，常跟汉诺威的阿姨往来。孩子们在学校里也表现很好。

侦查技术成熟后，警方对死者烟灰缸里的烟头进行了分子遗传学分析。当时所有的嫌疑人都被要求进行系统排查。那封信看起来很吓人，一张薄纸装在绿色信封里，信上印有警署徽章，落款为"柏林警察总署"。信在厨房的桌上放了两天,他们才终于鼓起勇气面对它。他们心想,可能就是过去被人用棉签在喉咙里捅一下,也不会很疼。

一周后,两人被拘捕。刑警队长说:"坦白从宽。"他这么说只是例行公事,但他们把一切都交代了,觉得不论说什么都不再重要。托马斯本该早点给我打电话。如果他们保持沉默,法院就无法完全排除那是一场意外的可能性。

六周后,他们从审前羁押中获释。侦查法官说,案子相当特殊,而且两名被告人已经紧密融入社会生活。他们虽有重大嫌疑,免不了有罪判决,但不会潜逃。

我们永远无从得知那把手枪从何而来。他朝她的心脏开了一枪,然后对着自己的太阳穴扣动了扳机。两人当场死亡。第二天,尸体被一条狗发现了。两人并肩躺在万湖边的一个沙坑里。他们不想在家里自杀。两个月前,他们才粉刷了墙壁。

光明会

　　光明会创立于一七七六年五月一日，创始人为英戈尔施塔特大学的教会法教授亚当·韦斯豪普特。那个年代，只有耶稣会的学生才有资格进入图书馆，韦斯豪普特想要改变现状。不过这位教授没什么组织才能，也可能是他才二十八岁，太过稚嫩，该神秘组织于一七八〇年被共济会成员阿道夫·冯·克尼格接管了。克尼格颇有手段，令光明会逐渐壮大，直到它因启蒙主义倾向对王室构成了威胁，才以反国家罪名被禁止。那之后，各种传言开始纷飞。因为韦斯豪普特长得有点像乔治·华盛顿，就有传言称，光明会暗杀了美国总统，并让韦斯豪普特取而代之，美国国徽上的白头海雕[1]就是证明。因为人们热衷于阴谋论，一时间所有人都被视为光明会成员：伽利略、巴比伦女神莉莉丝、路西法，最后连耶稣会本身也不例外。

　　实际上，韦斯豪普特于一八三〇年在哥达逝世，光明会的历史也在一七八四年政府发布禁令后终止。留存于世的只有英戈尔

---

[1]"韦斯豪普特"德文为 Weishaupt（亦写作 Weißhaupt），直译为"白头"。——译者注

施塔特步行街区的一块小小的纪念碑。

但对一些人来说,这远远不够。

亨利六岁上的小学,此后人生一直不顺。他的入学彩袋[①]是用红色毛毡做的,上面贴有星星图案和一个留着山羊胡子的巫师。彩袋特别沉,上部用绿色纸板做了盖子。从离开家门起,他就要一直抱着它。后来,彩袋不小心撞到了教室门把手,撞凹了一小块。他坐在座位上盯着自己和别人的彩袋。当老师问他名字时,他不知道怎么回答,突然哭了起来,不仅因为彩袋上的凹痕、身边陌生的同学、老师的红色裙子,还因为这里跟他想象的完全不同。他旁边的小男生站起身,去找了新的同桌。在这之前,亨利一直相信世界是围绕着他转的,有时他会迅速转过头,想要捕捉身边物体因他改变的瞬间。现在他不会再那样做了。他记不清这堂课上还讲了些什么,但他后来认定,他的人生在那天失去了平衡,再也无法恢复原状。

亨利的父母雄心勃勃。父亲总要打上领带、把皮鞋擦得锃亮再出门,小城里的每个人都见识过。通过自身的努力,他现在已是电力公司的副总经理及市议会的议员,妻子则是当地最大农场主的女儿。因为自己只有实科中学学历,他希望儿子能在学业上更进一步。他对私立学校印象不好,又不信任公立学校,因此他

[①] 自十九世纪起,德国有为小学新生准备"入学彩袋"的习俗,通常是用纸板制成的锥形袋子。

们决定把亨利送到德国南部的一所寄宿学校。

一条栗子树大道通往这座建于十六世纪的修道院。六十年前，修道院落被寄宿学校的资助协会购入，改为校舍。这所寄宿学校声誉良好，企业家、高级公务员、医生及律师都把孩子送到这里。校长是个肥胖的男人，穿着一件绿西装外套，系着围巾，站在学校门口迎接新生和家长。父母同这个陌生男人交谈时，亨利就跟在身后，看着男人的皮革肘贴，还有他后颈上的红色毛发。父亲的声音比往常要轻一些。学校的其他孩子向他们迎面走来，其中一个男孩向亨利点了点头，可他不想回应，就转头看着墙。陌生男人带他们看了亨利接下来一年要住的房间。他跟八个男孩同住。床铺是木质的，每个床位都挂有亚麻布床帘。男人对亨利说，这就是他的"领地"，他可以用透明胶在这里贴海报。说这些话时，他看起来很友善，还拍了拍亨利的肩。亨利一脸茫然，只觉得陌生男人肥大的手掌软软的。最后，男人终于走了。

母亲开始帮他收拾衣柜。一切都那么陌生，床单跟家里的不同，周围的声响也不一样。亨利还心存幻想，希望这一切只是个玩笑。

父亲有点无聊，就挨着亨利坐到了床沿上。两人看着母亲把三个行李箱打开收拾，还不停地说着话。她说她以前也想上寄宿学校，她青少年时期一直很喜欢夏令营活动。絮絮叨叨的声音让亨利犯困。他靠在床头闭目养神。当他被叫醒时，一切都还是原样。

一个学生走进来,说他接到任务,要带家长四处转转。他们参观了两间教室、食堂、茶水间。所有家具陈设都来自二十世纪七十年代,桌椅边角已被磨圆,灯是橙色的。一切都那么舒适,根本不像一座修道院。母亲对这里的一切都兴致勃勃。亨利知道,这个学生一定觉得他们很傻。参观结束后,父亲给了学生两欧元。母亲认为给得太少,把他叫回来,又塞给他一些钱。男生鞠了个躬,手上攥着硬币,望着亨利。亨利感觉,自己已经被人看扁了。

不知过了多久,父亲说有点晚了,回家还有很长一段车程。车子开过栗子树大道时,亨利看到车里的母亲回过头来向他招了招手。他透过车窗看见她的脸,见她正跟父亲说话,红色的嘴唇无声地张合着,一刻也没有停下。他突然明白,这些都和他再没关系了。他把双手插进口袋里。远处的车子越来越小,渐渐消失在大道的树影中。

那时他十二岁。他知道这一切对他而言来得太早,也太严苛了。

寄宿学校自成一个世界,更加狭隘,更加紧张,没有任何转圜的余地。这里有运动能力出众的健将、学识超群的聪明人、喜好吹嘘的人、天生的赢家,还有一群不被重视、毫不起眼的人。没有人能够自行决定被归为哪一类,其他人才是裁判。而一旦被贴上标签,就几乎无法摆脱。如果有女生,她们或许可以缓和矛盾,但这儿不招收女生。这里没有她们的声音。

亨利是不起眼的人之一。他不善言辞，衣着打扮与周围格格不入，运动能力也不行，连电子游戏都打得很差劲。他只能随波逐流，没有人指望他能做什么，甚至没有人拿他开玩笑。他属于毕业后同学聚会上不会被认出来的那类人。亨利和同寝室的一个男生成了朋友。这个男生喜欢奇幻小说，手心容易出汗。他们一起在食堂吃饭，坐的位置总是最后才被分到饭菜；班级出游时也单独待在一起。日子还算过得去。但每当亨利夜里醒来时，他总是幻想拥有更精彩的人生。

他资质平庸，即便加倍努力也无济于事。十四岁时，他脸上长了痤疮，情况就更糟了。放假回到小城，他认识的女生都不愿意搭理他。夏日午后，大家骑自行车去采石池游泳，他得给所有人买冰激凌和饮料，才能跟大家坐在一起。为此他不得不从母亲的钱包里偷钱。尽管如此，女生们还是转投其他男生的怀抱，夜里陪伴他的只有他偷拍的照片。

只有一次例外。她是小团体里最漂亮的女生。那个暑假他刚满十五岁，她随口一说似的，让他跟她走一趟。他跟着她走进狭窄的更衣室，那是湖边一个无窗的简易木屋。地上堆着很多垃圾，还放了一条细窄的长凳。半昏暗的空间里，她在他面前脱光衣服，让他坐下来、解开裤子。木板夹缝中透进来的光线好像切割着她的身体。他只看见她的嘴巴、胸部和私处。他看着光线中的浮尘，闻着长凳下废旧充气床垫的塑胶气味，耳边传来其他人在湖边玩闹的声音。她在他面前跪下，开始摸他，双手冰凉。光线落在她的嘴唇和洁白的牙齿上。他感到她的气息近在眼前,突然间心生恐慌。在这个昏暗的空间里,他开始冒汗。他盯着她握着自己阴茎的手,还能看见手背上的血管。他想到了生物课本中的一段话:"在人的一生当中,手指会张开握紧两千两百万次。"他想摸一下她的胸部,但他不敢,然后小腿肚一阵抽搐。高潮来临时,他想要说些什么,脱口而出:"我爱你。"她迅速站起来,转过身去。他的肚子上还沾着精液。她弯腰匆匆穿上比基尼,打开门,在门口转过头来。现在他看到了她的眼睛,里面同情与嫌恶交杂,还有一些他无法辨识的东西。她轻声说:"我很抱歉。"然后甩上门,向伙伴们跑去,没了踪影。他在昏暗中坐了很久。第二天早上他们碰面时,她跟女伴们走在一起,故意大声说话,以便所有人都能听见。她说他不应该露出这副傻样,她只是打赌输了而已,"昨天的事"就是赌注。他还很年轻,十分脆弱,这次受到的打击更大了。

九年级时,学校新来了一位教美术的女老师,亨利的生活突然发生了变化。在那之前,他对校园生活不太上心,更想做一些别的事。放假期间,他曾在家乡的螺丝厂实习,也更愿意待在那里。他喜欢按部就班的工作流程,喜欢机器毫无变化的节奏,也喜欢食堂里一成不变的对话。他喜欢负责带他的师傅,后者总能言简意赅地解答他的疑惑。

随着新老师的到来,一切都变了。亨利此前从未对美术产生过兴趣。他家里挂着几幅简笔画,都是专为游客提供的速写,是父亲在巴黎度蜜月时从摊贩处买来的。唯一的原创作品出自祖父之手，它被挂在亨利房间的床头上方，描摹了东普鲁士的夏季风光。亨利能从中感受到炎热与孤独。亨利坚信，那是一幅很好的画作，尽管他本不应具备这样的自信。在寄宿学校，他为朋友的奇幻小说绘制人物画像，笔下的矮人、半兽人和精灵比书中的文字描述更加生动。

美术老师大约六十五岁，来自法国的阿尔萨斯。她穿着黑白搭配的套装，谈及艺术时上嘴唇微微颤抖，还隐约显露出法国口音。

每个学年开始时，她都会让孩子们围绕假期里所见所闻画一幅画。午后，她会翻看学生的习作，想要了解他们的绘画水平。她从文件夹中逐张抽出习作，边看边抽烟——只有在家时才抽。她时不时停下来做个笔记。然后，她抽到了亨利的习作，一幅简单勾勒的铅笔画——母亲来火车站接他。她在课堂上从未注意过这个男孩，但现在她的手开始颤抖。她看懂了这幅画，一切都袒露在她眼前。她看到了那种挣扎、恐惧和伤痕。突然间，男孩的模样浮现在她眼前。当天夜里，她在日记本中写下了两句话："亨利是我从未遇见过的天才。他是我生命中的馈赠。"

圣诞假期刚过，他就被人逮了个正着。

二十世纪七十年代，修道院扩建了一个游泳池。那里潮湿闷热，弥漫着氯和塑料的气味，学生就在前厅更衣。亨利因为手不小心撞到了泳池边，被允许提前离开。几分钟后，一个男生回来取手表，想测试一下自己可以在水下闭气多久。等他回到更衣室，就看到亨利在从别人的裤兜里掏钱，数了数后才塞进自己的口袋。男生盯着亨利看了几分钟，水珠滴到瓷砖地板上。亨利终于注意到了他，听见他说："你这头猪。"亨利看见男生脚下的积水、身上绿白相间的泳裤，还有贴在脸上、湿漉漉的头发。一瞬间，世界好像慢了下来。他看到一滴水像慢镜头一样滴下，它的表面完美无缺，天花板上氪灯的灯光在水珠里折射开。它溅到地板的那一刻，亨利做了一个他本不该做、后来也无法向别人解释的动作——他跪了下来。男生在他头顶上方冷笑一声，又说了一次："你这头猪。你要为此付出代价。"随后走回了泳池。

那个男生是学校一个自称光明会的秘密小团体的一员。暑假期间，他读了一本关于没落教团、圣殿骑士及光明会的书。当时他十六岁，正在探索解读外部世界的方法。他把书借给了另外两个男生，几个月后，他们就了解了所有理论，三人常聚在一起讨论圣杯及国际阴谋论。他们在夜里碰头，一起在修道院里寻找标志，最终找到了他们想要的东西：拱形窗中午投下的阴影看起来就像五芒星；修道院的创始人兼院长暗沉的油画像上，他们发现了象征光明会的猫头鹰；塔楼大钟上，他们还自认为看到了一座金字塔。他们对这些事严肃以待，而且从未跟其他人提过，于是一切就被赋予了本不存在的特殊意义。他们在网上订购图书，浏览各种论坛，逐渐地相信了自己所说的一切。

了解了驱邪术后，他们决定找个对象当祭品，为他洗清罪孽并使之成为门徒。事发很久之后，人们在三个男生的储物柜和床底抽屉里发现了四百多本关于宗教审判、撒旦仪式、秘密社团和自我鞭笞者的书，电脑里则全是猎杀女巫和施虐色情的图片。他们认为女生是最理想的对象，还讨论过如何对待她。但在泳池发生了亨利那件事情之后，人选就敲定了。

美术老师小心翼翼地教导亨利，让他画想画的东西，向他展示各类画作，教他人体解剖学、透视画法和构图技巧。亨利吸收了所有知识，觉得一点都不难，每周都在期待那两个小时的美术课。每当有一些进步，他就带着画板走到室外，用画笔把看到的东西记录下来。他总能比别人看到更多。美术老师只跟校长提到过亨利。他们决定让亨利在学校的保护下继续成长，因为他看起来还太过脆弱。他开始看得懂艺术书上的画作，逐渐感觉不再孤单。

最初几周，他们毫无计划地折磨他，要求他为他们擦鞋，去村子里给他们买甜食。亨利都按照他们的吩咐做了。接着，狂欢节来了。每年这个时候，学生都有三天假期，但大多数学生离家太远，只能留校。他们感到无聊，亨利的日子就更难过了。修道院里还有一处建筑，曾是僧侣时代的屠宰场。那里共有两个房间，黄色瓷砖一直铺到天花板，长期以来都被空置着，但有一些废弃的砧板,地板上还有排放血水用的沟槽。

他必须赤身裸体地坐在椅子上,三个男生围着他,大声呵斥他为猪、小偷、背叛集体的人,讥讽他是垃圾、丑八怪。他们还拿他的痤疮和阴茎开玩笑,用湿毛巾抽打他,只许他跪着或匍匐前行,要他不停地说:"我身上罪孽深重。"他们逼他钻进装肉的铁桶里,不停地敲打桶壁,直到他感觉耳朵快要被震聋。然后他们讨论接下来该拿什么对付这只可怜虫。直到晚饭前,他们才停了手,接着态度友好地让他穿回衣服,说下周末再继续,现在可不能错过了晚饭的时间。

那天晚上,其中一个男生写信回家,汇报了自己本周过得如何,表达了对假期的期待,还提到了他的英语和数学成绩。另外两个男生则去踢了足球。

晚饭后,亨利又回到了旧屠宰场,站在半明半暗中等待着,但并不知道自己在等待什么。他望着窗外的路灯,想起了母亲,还有他有一次在车里吃巧克力,把它抹在了车座上的事。母亲发现后把他骂了一顿。那天他洗了一下午车子,不仅车座、车身,连轮胎都刷洗干净了,直到整辆车闪闪发光,父亲甚至表扬了他。突然间,他脱下衣服,躺在地上摊开手臂,感受到石砖地板的寒气渗入骨髓。他闭上眼睛,除了自己的呼吸声,什么都听不见了。亨利感到很高兴。

"……升天,坐在全能父上帝的右边;将来必从那里降临,审判活人死人……"

这天,学生们到村里的教堂参加耶稣受难日礼拜仪式。那里原是圣母礼拜堂,现在成了金碧辉煌的巴洛克式教堂,处处可见金饰、人造大理石、天使和圣母像。

亨利早把这儿的一切都画了下来。但他今天一直心不在焉。他摸着裤兜里的纸条,上面用拉丁语写着"Hodie te illuminatum inaugur amus",即"我们今天将授予你光明会成员的身份"。他十分期待,他早上在床头柜上发现了纸条,它对他意味着一切。拉丁语下方的文字是:"今晚八点。旧屠宰场。"

"……我信罪得赦免……"

"是呀,"他心想,"我的罪将在今天被赦免。"他深呼一口气,引得几个男生转过头来看他。他们已经在诵读主祷文,仪式即将结束。"我的罪将被赦免。"他压低声音说,闭上了眼睛。

亨利全身赤裸着,把绳套套在了自己的脖子上。其他人穿着从杂物间的废弃橱柜里找来的黑色长袍,一种粗糙的西里西亚式僧侣服,由羊毛制成的忏悔衫,已经很久没有人穿过了。他们点上蜡烛,烛光映照在黑漆漆的窗户上。亨利看不清男生们的脸,但能看清其他每一处细节:长袍的布料、把衣扣缝紧的线头、窗框边的红砖、被撬开的门锁、台阶上的灰尘,还有楼梯扶手的锈斑。

他们把他的双手绑在身后。一个男生用美术课的水彩笔在亨利胸前画了个红色的五芒星,那是驱邪的符号,他们在一幅版画上见过。天花板上的铁钩上挂着旧绞盘，他们借助它拉动亨利脖子上的绳索。亨利的脚趾几乎快要离地。一个男生高声朗读一六一四年以拉丁语写成的罗马教皇驱魔咒。声音在房间里回荡，但谁也听不懂。男生有点破音，他被自己的朗读感动了。他们真的相信自己在为亨利清洗罪孽。

亨利并不觉得冷。这一次，他每个步骤都做对了，大家没有理由再排挤他。其中一个男生开始抽打他，皮鞭是他自己编的。男生没有很用力，却让亨利失去了平衡。麻质绳索锁住喉咙，让他无法呼吸。他一个踉跄，脚趾再也触碰不到地面。然后，亨利勃起了。

被缓慢吊起的人会窒息而死。在第一个阶段，绳索勒紧皮肤，锁死颈部的静脉及动脉，当事人脸部开始发青，接着大脑供氧不足，大约十秒后便会失去意识。只有在呼吸道没有被完全阻断的情况下，该阶段才会持续更久一些。下一个阶段大约持续一分钟，呼吸肌收紧，舌头从口中探出，舌骨和喉头受损，然后手脚开始出现剧烈而无法自控的抽搐，大腿和手臂抽搐八到十次，颈部肌肉撕裂。然后，当事人会突然安静下来，不再呼吸。再过一到两分钟，就会进入最后一个阶段，几乎只能无法逆转地走向死亡。到时候嘴巴会大张，努力喘息，却只能间断地呼吸，一分钟不会超过十次。耳鼻喉可能出血，脸部浮肿，右心室扩大。再过大约十分钟，人就会死亡。绞死过程中出现勃起并不罕见。十五世纪时，人们就相信茄科植物曼德拉草是从吊死者的精液中生长出来的。

但这几个小伙子对人体一无所知。他们没有意识到亨利已经濒死，认为是皮鞭的抽打让他勃起的。拿皮鞭的男生怒不可遏，一边更加用力地打他，一边喊着亨利再也听不懂的东西。他感受不到疼痛了。他回想起小时候在乡间小道旁发现的小鹿。当时它被车撞倒，身上沾满血迹，躺在雪地上。他想摸它一下，它却突然转过头来盯着他。现在，他也成为他们的一员了。他的罪已经偿清，他不会再孤单。他已经被洗涤净化，终将获得自由。

从美术老师家前往村里唯一的加油站，路上会经过修道院和旧屠宰场。她骑着自行车去加油站买烟，注意到了旧屠宰场的烛光，而她知道那里禁止任何人入内。她当了一辈子老师，照管、培养了很多孩子，或许正是这种责任心促使她停下脚步，走上了那五级磨损严重的台阶。她推开门，看到了蜡烛，以及全身赤裸、被绳索半吊着的亨利，还有他勃起的生殖器。她还看见三个穿着僧侣长袍的男生，其中一人手上拿着皮鞭。她大叫起来，往后退了半步，一脚踏空，失去了重心。她的后颈撞上了最后一级台阶的边缘，脖子折断，当场死亡。

亨利脖子上的绳索系在铁链上，铁链穿过天花板上的滑轮连接着绞盘。听到美术老师的尖叫后，男生松了手，绳索往下掉，亨利摔在了地上。沉重的铁链顺着滑轮快速落下，蹭掉了天花板的灰浆，砸裂了亨利脑袋旁的一块石板。男生们跑回学校求助时，亨利一直躺在那里。接着，他慢慢蜷起双腿，开始呼吸。等睁开眼，他看到了美术老师掉在门口的手提包。

通过校方律师的介绍，校长给我打了电话，讲了事情的经过，委托我代表校方处理此事。他知道美术老师跟亨利的关系很特别，比和其他学生更亲密。即使校长一直很信任美术老师，却也害怕她的死与这有关。

事发五天后，我来到寄宿学校。旧屠宰场还被红白警戒线封锁着。负责本案的检察官跟我说，调查部门没有理由怀疑美术老师。刑警找到了她的日记本。我申请将它和其他卷宗带回宾馆研读。

卷宗里还有一些画作，是警方在亨利的柜子里找到的。他把一切都画了下来，几百张墨水速写中，每一次受辱、所有的欲望都清晰可见。这些画作将成为审判的主要证据。没有人能够否定这些内容。美术老师没有出现在任何一张画作上。她的死亡确实是一场意外。我没能跟亨利交谈，他被父母带回家了。但我读到了五十页的讯问笔录，还跟他的朋友聊了很久。

那周的最后一天，我终于可以让校长放下心来。亨利的父母不打算起诉学校，因为他们不想将儿子的事情公之于众。检察院不打算起诉学校管理层，针对三个男生的刑事诉讼也不会公开。他们才十七岁，此案只会追究他们的罪责。我短暂的委托任务就此结束。

我的一位律师朋友为其中一个男生辩护。他告诉我，三个人都招供了，被判了三年的少年刑罚。他们没有因美术老师的死被指控。

事发几年后，我再次经过那个地方，就给校长打了电话。他请我到修道院里喝了杯咖啡。旧屠宰场已经被拆除，改建成了停车场。亨利没有再回寄宿学校。他病了很长一段时间，如今在那家曾经实习过的螺丝厂工作。他再也没有拿起画笔。

傍晚，我开车穿过多年前亨利父母带他来学校时经过的栗子树大道。不经意间，一条狗突然蹿到眼前。我踩下急刹车，车子打横停在了碎石路上。那是条黑狗，体形庞大，慢悠悠地横穿大道，甚至没有抬头看我一眼。在中世纪，人们会让这样的狗去拔曼德拉草，因为相信曼德拉草被连根拔起时会发出足以致人死地的尖叫，而这种叫声对狗却不起作用。我原地等着，直到那条狗消失在树丛中。

孩子

被带走之前，霍尔布雷希特的人生一直很顺遂。他在朋友的晚宴上认识了米丽娅姆。她当时穿一条黑色裙子，系着绣有彩色极乐鸟的丝巾。她是小学教师，而他是办公家具代理商。两人情投意合，过了热恋期仍然心意相通。在家庭聚会上，大家都称赞两人般配，而且大多数人都是打心底这么认为的。

结婚一年后，他们在柏林郊外一个环境优美的社区买了一栋半独立式住宅。五年后房贷便差不多还清了。"提前还清的。"大众银行的分行经理说。每当米丽娅姆或霍尔布雷希特来柜台办业务，他总会起身致意。霍尔布雷希特喜欢这种感觉。"生活没有什么可抱怨的。"他心想。

霍尔布雷希特想要孩子。"明年吧，"米丽娅姆说，"让我们先享受一下人生。"她当时二十九岁，比他小九岁。两人打算冬天去马尔代夫度假，每当谈及此事，米丽娅姆都会面带微笑地看着他。

客户欣赏他的率真直爽。加上年终奖金，他每年能拿到九万欧元。见完客户开车路上,他喜欢在车里听爵士乐,生活什么都不缺。

他们是早上七点过来的。当天,他原本要去汉诺威拜访新客户,谈一家公司的全套家具采购,那是一笔很大的订单。他们给他戴上手铐,把他带出家门。米丽娅姆盯着那张羁押令,身上还穿着她喜欢的睡衣。"二十四起虐童案。"她认出了一个小女孩的名字,那是她任教班级的学生。两名警察押着霍尔布雷希特穿过狭窄小径走向警车时,她正和一名警察站在厨房里。黄杨木树篱是她去年才种下的;斜搭在他肩上的西装外套是她圣诞节送他的礼物。警察说,妻子大多时候都毫无察觉。他想给她一丝安慰。接着,他们对整栋房子进行了搜查。

诉讼程序很简短。霍尔布雷希特否认了所有指控。法官驳斥他说,警方在他的电脑上发现了色情影片。尽管影片不涉及儿童,也都是合法的,但女演员都很年轻,其中一个的乳房几乎还没有发育。法官六十三岁。他相信小女孩的话。小女孩哭着告诉法官,霍尔布雷希特总是在她回家的路上拦截她,将她带到他家阳台,摸她的"下面"。另外一个小女孩也作了证,说她甚至亲眼见过两次。两个小女孩描述了他家房子和小花园的样子。

米丽娅姆没有出席庭审。她让律师把离婚文件带给了审前羁押中的霍尔布雷希特。他连看都没看就签了字。

法院判处他三年半监禁。判决书中写道,法院没有理由怀疑两名小女孩的证词。霍尔布雷希特在监狱里服满了整个刑期。心理治疗师劝说他认罪。他没有说话。

———◆———

他的鞋子已经被雨水泡软,水滴透过鞋沿渗入,袜子也湿透了。公交车站有塑料棚顶,但他更愿意站在外面。雨水沿着后颈流进大衣。他所有的个人物品都装在身旁的灰色行李箱里:几件换洗衣物,几本书,大约二百五十封写给妻子但从未寄出的信。他的裤兜里放着假释监督员的地址,还有可供他暂时落脚的公寓住址。他有一笔在监狱劳动挣的过渡资金。霍尔布雷希特已经四十二岁了。

接下来五年,他的生活都很平静,靠给一家旅游餐馆充当人形广告柱为生。他会站在选帝侯大街上,套着贴有彩色比萨图的纸箱,头戴一顶白帽子。发放传单的技巧是,递过去时轻轻向对方点一下头。大多数行人都不会拒绝。

他住在舍嫩贝格一套一室一厅的公寓里。雇主对他很满意,因为他从不缺勤。他不想依赖社会救济生活,也不想从事其他职业。

他一下子就认出了她。那个十六七岁的年轻女孩，穿着一件紧身 T 恤，看起来无忧无虑。她跟男朋友走在一起，吃着冰激凌，把头发往后甩去，一脸笑容。她就是那个女孩。

他迅速扭过头去，突然感到一阵难受。他把身上的广告箱脱下来，跟餐馆老板说自己病了。他的脸色如此苍白，老板没有追问下去。

在城市快铁上，有人在布满灰尘的车窗上写了"我爱你"，另一个人则写下"流氓"。到家后，他和衣躺到床上，还往脸上敷了一条浸湿的厨房毛巾。他睡了十四个小时，然后起身煮了咖啡，坐到敞开的窗边。一只鞋落在了邻居家的雨篷上，一群孩子正试图用棍子去够它。

下午，他去见了一个朋友，那人是个流浪汉，正在施普雷河边钓鱼。他在他身旁坐下。

"这次的事和一个女人有关。"霍尔布雷希特说。

"事情总是和女人有关。"对方说。

两人陷入沉默。等朋友从河里钓起一条鱼，并在河岸的水泥地上把它砸死后，他回了家。

到家后，他又望向了窗外。那只鞋还在雨篷上。他从冰箱里取出一瓶啤酒，把瓶身贴到太阳穴上，却感受不到一丝凉爽。

她每周六都路过选帝侯大街,与他和他的广告箱擦肩而过。他周末都请假,然后等待着。每当她经过,他就尾随上去,在商店、咖啡馆和餐馆外面蹲守。没有人注意到他。第四个周六,她买了电影票。他就在她正对的后排选了个座位。他的计划能成。她把手搭在男朋友的大腿上。霍尔布雷希特坐了下来,闻到她的香水味,听见他们在窃窃私语。他从腰带里抽出厨刀,把它紧紧地揣在西装外套里。她把头发扎了起来,露出后颈纤细的金色汗毛。他几乎可以数清每一根。

他觉得,自己完全有权利这样做。

我不知道霍尔布雷希特是怎么找到我的律师事务所的,我通常不接待临时上门的客户。或许只是因为事务所在电影院附近。秘书一大早就给我打了电话,说有个没预约的男人正坐在事务所门口的楼梯上等着,身上还带了一把刀。秘书已经跟我搭档很多年,当时她感到很害怕。

霍尔布雷希特垂头丧气地坐在椅子上,盯着面前桌上放的那把刀,一动不动。我问他,我可不可以把刀拿走。霍尔布雷希特点了点头,没有抬眼看我。我把刀装进一个信封,拿到秘书处,然后坐回来等待着。不知过了多久,他才看向我,开口说的第一句话是:"我没有那样做。"我点了点头,有时候,当事人不会轻易开口。我递给他一杯咖啡。我们就坐在那里,抽着烟。时值盛夏,透过会议室敞开的大窗户,能听见外面嘈杂的声响:一群集体出游的孩子在嬉闹,年轻人在对面的咖啡馆里欢笑。我把窗户关上,室内变得安静、闷热。

过了很久,他才开始跟我讲他的故事。他说话的方式很奇怪,每说一句话就点一下头,好像必须再确认一次自己说的话,每段话之间都有很长的停顿。最后,他说,他跟着那个女孩进了电影院,但没有用刀捅她,他做不到。他全身都在颤抖。他在律师事务所门前坐了一整夜,此刻又困又乏。秘书给电影院打了电话,确认了什么事都没有发生。

第二天,霍尔布雷希特带来了旧案的诉讼材料,女孩的地址可以在通讯信息栏上找到。我写信问她是否愿意跟我聊一下。我们想不到其他办法了。出乎我意料的是,她真的来了。

女孩在接受餐饮行业的职业培训。她脸上有雀斑,面露紧张。她的男朋友也跟着来了,我请他在另一个房间等候。我跟她讲完霍尔布雷希特的事后,她平静下来,向窗外望去。我跟她说,如果她不出来作证,我们无法在再审程序中胜诉。她没有看我,也没有回答。我不确定她是否愿意帮助霍尔布雷希特。但当她向我握手告别时,我发现她哭了。

几天后,她把自己的旧日记本寄给了我。那是一个粉红色的本子,布质封皮上印着骏马和爱心图案。事发几年后,她才把一切写了下来,但从未得到真正的解脱。为了便于我阅读,她在其中几页贴了黄色便笺。她八岁那年编造了整件事,因为想独占老师米丽娅姆。霍尔布雷希特有时来接米丽娅姆回家,这让她心生妒忌。一切都是一个小女孩的幻想。她还说服了自己的朋友为她作证。这就是全部真相。

再审申请通过了。当年那个朋友也承认了她们做的事。霍尔布雷希特被当庭宣告无罪。出庭作证对于两个年轻女孩来说并不容易。两人在法庭上向霍尔布雷希特道了歉。但他已经无所谓了。我们没有对媒体透露任何消息。霍尔布雷希特因无辜遭受牢狱之灾而获得一笔赔偿,金额是三万欧元多一点。

霍尔布雷希特在夏洛滕堡买了一家小咖啡馆,供应手工巧克力和美味的咖啡。他现在跟一个意大利女人生活在一起。她很爱他。有时我会去他那里喝一杯浓缩咖啡。我们再也没有提过那件事。

解剖学

　　他坐在车上，短暂地睡了一会儿，睡得不沉，也没做梦，只是打了几秒钟的盹。他一边等，一边喝着从超市买来的瓶装烈酒。大风扬起尘沙吹打在车身上。这里到处是沙土，在草下有几厘米厚。他就在这一带长大，熟悉这一切。过不了多久，她就会走出家门，步行去公交站。或许又是穿着一条轻盈的裙子，最好是绣着黄绿色碎花的那条。

　　他想起自己跟她搭讪的经历，想起了她的脸蛋、裙下的皮肤，还有身高和美貌。她几乎没看他一眼。他问她要不要一起喝一杯，但不确定她有没有听明白。她语带嘲笑地对他说："你不是我的理想型。"因为音乐声太大，她不得不扯着嗓子大喊，还补了一句："真可惜。"他耸耸肩，好像完全无所谓，还咧嘴笑了笑，不然还能怎样呢？然后他走回了自己的座位。

　　她今天不会再取笑他了。她会对他百依百顺。他也会占有她。他想象着她恐惧的样子。被他杀死的动物也会恐惧，他看得出来。它们临死前散发的气味都不一样了。体形越大的动物，产生的恐惧就越大。宰杀鸟类很无聊，猫狗要好很多，因为它们知道自己即将走向死亡。但是动物不会说话，而她会。关键在于要慢慢地动手，以便他从中获得更多乐趣。是的，不能操之过急。如果他过于激动，就会把事情搞砸。就像杀第一只猫时，他割掉猫耳朵后就情绪失控了，过早地对它一顿乱捅。

他的那套解剖器具价格昂贵，但应有尽有，包括骨剪、颅骨分离器、软骨刀和钝头探针。全是他从网上订购的。他对人体解剖图几乎烂熟于心，还在日记本里写下了盯上她的整个过程，从和她的迪厅初见到今天。他偷拍了她的照片，把她的头像拼接到色情图片上。他在自己打算解剖的地方画了黑色虚线，就像人体解剖图那样。

她走出家门，他伺机而动。她一关上身后的庭院大门，他就下了车。接下来是最困难的一步：他必须逼迫她上车，而且不能让她呼救。他把所有可能出现的状况都写了下来。

后来，警察在他父母家的地下室里找到了那些笔记、年轻女子及动物尸体的照片，还有数百部血腥暴力电影。警察是在他车里发现他的日记本及解剖器具后，才对整栋房子进行了搜查。他还在地下室建了一个小小的化学实验室，试图配制氯仿，但没有成功。

当时他刚下车，一辆奔驰车从右侧驶过，把他撞飞了。他摔过引擎盖，脑袋磕到挡风玻璃上，最后落在车的左侧。他死在了被送往医院的路上,年仅二十一岁。

我为奔驰车的司机做了辩护。他因过失杀人罪被判处一年六个月有期徒刑,执以缓刑。

那个男人

保尔斯贝格站在他的车旁。每天傍晚回家,他都会像这样在中途拐弯,开上一处小山坡,来到这棵古老的白蜡树下。小时候他经常逃学,坐在树荫下刻木雕。他放下车窗,白昼变得越来越短,天气也逐渐转冷。四下一片寂静。这是他一天中唯一的独享时刻。手机也关了。从这里可以看到他从小到大生活的房子。那是他曾祖父修建的,里面灯火通明,院子里的树也被照亮了。他看到路边停了很多车。几分钟后他就会回到家,客人们已经在等候了。他将不得不应付社交场合上毫无意义的聊天话题。

保尔斯贝格今年四十八岁,在德国和奥地利一共拥有十七家门店,专卖男士奢侈服装。因为曾祖父在山谷后面办过针织厂,保尔斯贝格从小就掌握了关于面料及裁剪的所有知识。后来,针织厂被他转卖了。

他想到了自己的妻子。她落落大方,身材苗条,优雅迷人,会招待好所有来宾的。她三十六岁,在一家国际律师事务所当律师,喜欢穿黑色职业装,披散着头发。他们是在苏黎世机场认识的。当时,他们都坐在咖啡厅里等候延误的班机,而她被他逗得开怀大笑。他们约好要再见面。两年后，两人结了婚，至今已经过去八年。他们的人生本该朝着好的方向发展。

可酒店桑拿房发生的事改变了一切。

婚后，他们每年都会去上巴伐利亚的阿尔卑斯酒店度几天假。他们喜欢那种放松方式，只是吃饭、睡觉、徒步。这家酒店是著名的"疗养胜地"，配有蒸汽浴池、芬兰桑拿浴、室内外泳池，还提供按摩和矿泥热敷服务。地下停车场里停的都是奔驰、宝马、保时捷等高档车。这里属于上层圈子。

跟大部分同龄男人一样，保尔斯贝格也有小肚子，妻子则保养得好很多。他为她感到骄傲。他们一起蒸桑拿时，他观察着那个盯着他妻子看的年轻人，对方一头黑发，南欧长相，可能是意大利人；相貌俊朗，晒得黝黑的皮肤很光滑，大约二十五岁。这个陌生男子像观赏美丽的动物一样打量着他的妻子。她有点不胜其扰。男子对她微笑，她就把头转向一边。然后他站起身，阴茎半勃，往门口走去。途中，他在她面前停下，转过身，阴茎冲着她的方向。保尔斯贝格正想阻止，男子却拿起浴巾裹住了臀部，还冲他点点头。

后来他们回到房间，还拿这件事开起了玩笑。晚饭时，再遇到那个陌生男子，保尔斯贝格的妻子冲他笑了笑，脸一下子就红了。当晚剩下的时间，夫妇俩都在谈论那个陌生男子，夜里还一起设想，接下来会跟他发生些什么。那天晚上，他们久违地做了爱，感到既害怕，又享受。

第二天同一时间，他们又去了桑拿房。陌生男子等候已久。她一进门就解开浴巾，光着身子从男子身旁慢慢经过。她知道自己在做什么，她要对方也知道。男子站起身，又一次来到她面前。她坐在长椅上，先看了他一眼，又望向保尔斯贝格。保尔斯贝格缓缓点头，大声地说："可以。"她握住男子的阴茎。透过桑拿房的蒸汽，保尔斯贝格看到妻子的胳膊正有节奏地律动着，而她身前的男子的肩背闪耀着橄榄色的湿润光泽。没有人说话，只能听见男子的喘息声。妻子胳膊的动作渐渐慢了下来。然后，她转向保尔斯贝格，让他看到男子留在自己脸上和身上的精液。陌生男子拿上浴巾，一言不发地走出了桑拿房，留他们继续待在高温中。

他们先是在公共桑拿房尝试，然后加入了交换伴侣俱乐部，最后开始在网上刊登小广告。他们制定了规则：拒绝暴力，不能产生感情，禁止带回家。如有任何一方感到不舒服，活动立刻终止。但他们从未中断过。起初他负责写广告，她则把打了马赛克的照片传到网上。四年后，他们已经轻车熟路。他们找到了一处隐蔽的乡间旅馆，周末就在那里与回应了小广告的男人会面。他说，他的妻子供人享用。他们觉得这不过是一场游戏，但多次聚会后，游戏却变了质，成了他们人生的一部分。妻子依旧是律

师，明艳照人，难以接近。但一到周末，她就会成为别人的玩物。他们都是自愿的。事情就这样自然而然地发展下去。

他不认识邮件上的名字，也没认出照片上的人。他早就不细看男人们发来的照片了。妻子给男人回了邮件。现在，男人正站在酒店大堂，就在他们跟前。他是保尔斯贝格有过几面之缘的中学同学，那已经是三十五年前的事了。他们在中学时代同年级但不同班，没有任何交情。他们坐在大堂酒吧的高脚凳上，聊着老同学间常聊到的话题：以前的老师，以及他们都认识的朋友，试图借此忘记当下的状况，可无济于事。男人点了威士忌而不是啤酒，说话嗓门很大。保尔斯贝格知道他供职的公司，两人是同行。三人共进晚餐时，男人喝多了。他跟保尔斯贝格的妻子调情，夸她年轻漂亮，说他很羡慕保尔斯贝格，其间一直喝个不停。保尔斯贝格想走，她却开始谈论性，说起那些给她发照片或者同她约会过的男人。没过多久，她把手放在了男人的手上，两人回了那个早已订好的房间。

那个男人跟妻子做爱时，保尔斯贝格就坐在沙发上，看着床头的那幅画：一个年轻女孩站在海边。画家只画了她的背影，她身穿二十世纪二十年代常见的蓝白条纹泳衣。"她一定很美。"他想。某一刻，她会转过身，冲着画家微笑，跟他一起回家。保尔斯贝格想起，他们已经结婚八年了。

事后，夫妻俩回到车上，他们都没有说话。她透过副驾驶的车窗望着漆黑夜色，直到到家为止。夜里，他起床去厨房喝水，回来时,发现她床头柜上的手机屏幕亮着。

她服用抗抑郁药物百忧解已有很长一段时间,觉得自己已经上了瘾,只要出门,就从不会落下那些白绿色胶囊。她也不知道自己为什么要满足那些男人。偶尔在夜里,四下一片寂静,保尔斯贝格也陷入熟睡,她会因为无法忍受闹钟上的浅绿色数字,穿上衣服来到院里,躺在泳池边的躺椅上仰望夜空。她在等待那种自父亲去世后就有的感觉。她几乎快要无法承受。银河中存在数十亿个太阳系,宇宙中又有数十亿条银河,置身其中,是何等冰冷而空虚。她完全失控了。

保尔斯贝格早已忘了那个男人。参加每年都于科隆举办的行业协会年会时,他站在早餐自助餐厅里,听到那个男人在喊他的名字。他转过身。

突然间,世界慢了下来,一切都变得黏稠。他后来还能清晰地回忆起每个画面:浮在冰水中的黄油、五颜六色的杯装酸奶、红色餐巾纸和酒店白色瓷盘上的香肠片。保尔斯贝格觉得那个男人看起来就像一种没有视力的两栖动物,小时候他曾在南斯拉夫黑暗的山洞里见过这种动物。当时他抓到一只,一路捏着回了酒店,想拿给母亲看。可等他再张开手,动物已经死了。那个男人胡子刮得精光,有着水汪汪的眼睛、细眉毛和几近发紫的厚嘴唇。就是这双厚嘴唇亲吻了他的妻子。男人的舌头如慢动作般抬起,叫出保尔斯贝格的名字时,舌头碰到门牙内侧。保尔斯贝格看见他透明的唾液、舌头上的味蕾、细长的鼻毛,还有不断挤压泛红皮肤的凸起的喉结。保尔斯贝格听不清那个男人在说什么。他又看见了酒店那幅画里穿蓝白泳装的女孩,她转过身,冲他微笑着,然后用手指着跪在他妻子身上的精瘦男人。保尔斯贝格觉得心脏停止了跳动。他想象着自己向后摔倒并把桌布扯下来的画面,看到自己已经死亡,就躺在橙子切片、白色香肠和新鲜奶酪中间。但他并没有摔倒。那只是个一闪而过的念头。他向男人点了点头。

行业协会的年会上都是一些例行演讲。大家看着幻灯片,喝着从银色保温瓶里倒出来的过滤咖啡。几个小时后,就没有人再专心听会了,也没什么可听的。

下午,那个男人敲开了他的房门。两人喝着男人带过来的啤酒,他还给保尔斯贝格倒了一行自己随身携带的可卡因。他把粉末倒在玻璃桌上,将纸币卷成筒状吸食。他去卫生间洗手时,保尔斯贝格跟了进去。男人站在洗手池前,弯下腰洗脸。保尔斯贝格看着男人的耳朵,注意到了白衬衫泛黄的衣领。

他别无选择。

现在,保尔斯贝格正坐在床上。这个房间跟他住过的无数酒店房间一样。棕色迷你吧台上放着两块巧克力、真空袋装花生和黄色塑料开瓶器。空气中散发着消毒水和浴室洗手液的气味。瓷砖上的告示牌写着："重复使用毛巾有助于保护环境。"

他闭上眼睛，想到了那匹马。早上，他踏上一座桥、走过石阶，迎着清晨河床上飘散的雾气，来到了莱茵河的河谷低地。然后那匹马就出现在了他面前，呼着热气，鼻孔鲜红而柔嫩。

晚些时候他还是得跟她通个电话。她会问他何时回来，给他讲这一天发生的事，关于事务所的同事、把垃圾桶敲得砰砰响的清洁女工，还有生活中各种各样的琐事。他不会跟她提起那个男人。然后，他们会挂掉电话，继续努力生活。

保尔斯贝格听到那个男人在浴室里呻吟。他把烟头扔进半杯水里，提上行李，走出了房间。在前台结账时，他说，最好赶快上楼清理一下。前台的女服务员看着他，但他没再说什么。

二十分钟后，他们才发现了那个男人。他活了下来。

保尔斯贝格用客房里的烟灰缸动的手。它产自上世纪七十年代，用深烟色玻璃制成，又厚又沉。法医后来说男人遭受的是钝挫伤，撞击点的边缘模糊不清。烟灰缸被确认为作案工具。

保尔斯贝格看到男人脑袋上的伤口，从那儿渗出的血比他想象中更加鲜红。"他死不了的。"保尔斯贝格一边猛击他的颅盖骨，一边想，"血是流了，但他死不了。"最后，保尔斯贝格把男人夹在浴缸和马桶中间，将他的脑袋按到马桶盖上。保尔斯贝格本想再给他最后一击，手臂都挥了起来。男人的头发在血污中结成硬块，看起来就像浅色头皮上插着黑色钢针。可突然间，保尔斯贝格想起了妻子，想起了他们第一次道别的情景。那是十年前，一个冰天雪地的一月，两人站在机场外的大街上，都快冻僵了。他记得她当时穿了一双单薄的鞋子，站在融雪上，身上披了件大纽扣的蓝色大衣。她把衣领立起来，一只手封住翻起的领口，开心地笑着。她曾经那么孤独、美丽、脆弱。当她坐上出租车，他就知道，她属于他。

保尔斯贝格把烟灰缸放到了地上，警方后来在瓷砖上的红色血迹间找到了它。保尔斯贝格离开时，那个男人还在喘气。保尔斯贝格不再想杀人了。

庭审在五个月后开始。保尔斯贝格被指控谋杀未遂。检察官说，他企图从身后将男人杀死。起诉书上写着，该案涉及可卡因。检察官深谙此类案件。

保尔斯贝格没交代犯罪动机，也没有提到那个男人。"给我的妻子打电话吧。"这是他被捕后对警方说的唯一一句话，之后他一直沉默。法官们试图找到他的作案动机。没有人会无缘无故在自己的酒店房间里杀人，但检察官也没有发现两人之间有什么关系。精神科医生说，保尔斯贝格"完全正常"。他的血液里没有检测出毒品，也没有人认为他作案是出于杀人的嗜好。

唯一能够提供线索的就是那个男人，但他也保持沉默。法官无法强制他供述。警方在那个男人的口袋和玻璃桌上找到了可卡因，开始针对他展开调查，这使得他有权保持沉默，因为一旦开口，可能对自己不利。

当然，法官并非必须知晓被告人的动机才能做出判决。但他们仍想知道，人为何会做出这样的事。只有真正了解了作案动机，才能更好地依据被告人的罪责来量刑，否则重判的可能性会增大。

法官不知道的是，保尔斯贝格是想保护妻子。妻子是律师，而他现在犯了罪。律师事务所还没有解雇她，毕竟面对发疯的丈夫，妻子也无能为力。但是律所合伙人不可能接受真相——一个女律师竟跟那么多陌生男人约会。一旦真相暴露，她就再也待不下去了。保尔斯贝格把决定权交给了妻子，让她去做她认为正确的事。

她只身出庭，身边没有律师，在保尔斯贝格看来有点太脆弱、太无力了。首席法官告知她相关权责。没有人相信审判还会有转机。但当她开始说话时，一切陡然生变。

几乎在所有庭审过程中，都会出现那么一刻，案情豁然开朗。我曾以为她会说出那些陌生男人的事。但她却讲述了另外一个故事，不间断地讲了四十五分钟，思路清晰，内容明确，逻辑自洽。她说，她和那个男人有外遇，保尔斯贝格察觉了。他曾打算和她离婚，因为嫉妒心而变得精神失常。这是她的错，跟丈夫无关。丈夫还发现了她和情人拍摄的视频。她把一张DVD递给法警。保尔斯贝格和她经常拍这类视频，DVD里的东西就是跟那个男人约会时拍的，当时，架着摄像头的三脚架就摆在床边。无关人员被请到了庭外，但我们必须观看。网络上这种片子数不胜数。但毫无疑问，和她上床的就是那个男人。视频播放时，检察官一直在观察保尔斯贝格的反应。他十分镇定。

　　检察官还犯了一个错误。德国刑法典已有一百三十多年历史，是一部睿智的法律。有时候，案件的发展并不如罪犯所愿。比如，一个男人想杀一个女人，手枪已经上膛，内有五发子弹。他一边走向女人一边开枪，可前四发子弹都没命中，只有一枪擦伤了她的胳膊。然后，男人站到了女人面前，用手枪的枪管抵着她的腹部，要扣动扳机。这时，他看到血从她的胳膊流下，看见了她的恐惧。他或许会重新思考自己的行为。在这个节骨眼上，糟糕的法律执着于以谋杀未遂的罪名给男人判刑，睿智的法律则着眼于拯救那个女人的性命。德国的刑法规定，若犯罪中止，则当事人不因犯罪未遂而受罚。也就是说，如果男人现在停手，没有杀害女人，便只会被判危险性人身伤害罪，而非谋杀未遂。罪名为何取决于他。如果他做出正确的选择，放受害者一条生路，法律就会轻判。大学教授们称之为"黄金桥理论"。我一直不喜欢这一表述，因为一个人在此种境况下产生的情绪实在太过复杂，而"黄金桥理论"更适合出现在中式庭院的设计里。但是，这种法律理念是正确的。

　　保尔斯贝格停了手，不再猛砸男人的脑袋，最终决定不杀他。于是，谋杀行为中止，法官只能判处他危险性人身伤害罪。

　　法院无法反驳保尔斯贝格的应诉答辩及其妻子的证词，也无法质疑他的动机。大刑事审判庭庭长判处他三年零六个月有期徒刑。

妻子定期到监狱探望他。后来，他被转移到开放式监狱服刑，又于判刑两年后获得假释。她辞去了律师事务所的工作，两人搬回她的家乡石勒苏益格-荷尔斯泰因州。她在那里开了一家小型律师事务所，他则卖了商铺和房子，开始专注于摄影。不久前，他在柏林首次举办了个人摄影展：所有照片上都展示着一个没有露脸的裸体女人。

手提箱

　　女警正站在柏林绕城高速边的某个停车场上，冻得瑟瑟发抖。她跟同事们负责车辆例行检查的最后一关。这份差事很无聊，她宁愿自己是一名司机，坐在有暖气的车里，车窗只用开一条小缝。当时的气温已达零下九摄氏度，结冰的积雪下只有一些被冻住的杂草，湿冷的寒气透过制服钻入骨髓。她更希望站在前面挑选检查的车辆，但那都是老警官的任务。她从科隆调到柏林才两个月，现下十分想念家里的浴缸。她适应不了这种寒冷，科隆从没这么冷过。

　　迎面开来的是一辆挂有波兰牌照的银灰色欧宝欧美佳轿车。车子保养得很好，没有凹痕，车灯也无异样。司机按下车窗，把驾驶证和车辆证件递了过来。一切似乎都很正常。司机身上没有酒气，还友善地微笑着。但不知为何，女警产生了一种奇怪的感觉。她试图在车辆证件上找出问题所在。在警校受训时，她就学会了相信直觉，但还是得为此找出合理的解释。

　　这辆轿车是从国际租车公司租来的，租赁方是司机，所有证件齐全。然后她意识到了是什么让她感到不对劲——车子完全是空的。车里没放任何东西,没有揉成一团的口香糖纸,也没有杂志、行李、打火机或手套,什么都没有。整个车子空空如也,就像刚从车厂提出来的一样。司机不会讲德语。她挥了挥手,把会讲一些波兰语的同事叫了过来。他们让司机下车,他依旧全程保持微笑。他们请他把后备厢打开,司机点点头,按下按钮。后备厢同样一尘不染,只是中间放了一个人造皮革的红色手提箱。女警指了指箱子,打个了手势,让司机把它打开。他耸耸肩,摇了摇头。她俯身过去查看密码锁。那是一排常见的数字密码锁,上面的数字全部位于零,一下子就能打开。她掀开箱盖,然后被吓得猛地往后一退,后脑勺磕到了后备厢盖上。她强忍着扭过头去,在路边吐了起来。没见到箱子内部的那位同事迅速拔出枪,对着司机大喊,命令他把双手放在车顶上。其他警察冲了过来,把司机制服。女警脸色苍白,嘴角还挂着一些呕吐物。她说:"噢,我的老天!"然后又吐了起来。

警察把男人带到凯斯大街上的"涉人身犯罪调查科"。红色手提箱被送到了法医研究所。那天是星期六,法医室主任兰宁格还是被叫了过来。手提箱里有十八张彩色的尸体照片,看起来像是用激光打印机影印的。照片上的死者都有着相似的面部表情,嘴巴大张,眼球凸出。每次出了人命,法医都要验尸,这是他们的职责。但即便在法医研究所的工作人员看来,这些照片也极不寻常。死者包括十一名男子和七名女子,所有尸体以同样扭曲的

姿势仰卧在地，而且看起来惊人地相似：全都赤身裸体，被一根粗糙的尖木桩刺穿腹部。

"扬·巴托维兹"是他波兰护照上的姓名。他被送到警察局时，警察想立即审讯他，口译员都安排好了。巴托维兹很有礼貌，几近谦卑，但一直重复说，想先跟大使馆通个电话。这是他的权利。警方最后同意了。他说了自己的姓名，大使馆的法务部门建议他在律师到达前保持沉默。这也是他的权利。巴托维兹只是在行使自己的权利。

刑警队长佩措尔德，最多可以把被告人扣留至次日。他也正打算这样做。巴托维兹被带到临时看守所，关进了一个小隔间。就像对待其他嫌疑人一样，警察没收了他的鞋带和腰带，防止他自缢。当我第二天下午两点到达警察局时，讯问才能正式开始。我建议巴托维兹拒绝警方的讯问，但他选择了接受。

"您的名字？"佩措尔德看似有些不耐烦，但头脑异常清醒。口译员如实翻译了每个问题和回答。

"扬·巴托维兹。"

佩措尔德看了他的个人资料，让人查验了护照，看起来这身份是真的。他们昨天就向波兰当局咨询了巴托维兹是否有犯罪前科。同往常一样，这种咨询要等很久才会收到回复。

"巴托维兹先生，您知道自己为什么会在这儿吧？"

"您的警员把我带过来的。"

"是的。您知道为什么吗?"

"不知道。"

"您那些照片从哪儿来的?"

"什么照片?"

"我们在您的手提箱里找到了十八张照片。"

"那不是我的手提箱。"

"是吗。那究竟是谁的呢?"

"我家乡维托斯瓦夫的一个商人的。"

"那个商人叫什么名字?"

"我也不知道。他只是把箱子交给我,让我带到柏林来。"

"您一定知道他的名字。"

"不,我没有必要知道。"

"为什么?"

"我们是在酒吧认识的。是他主动跟我说的话,当场付了我现金。"

"您知道照片的内容吗?"

"不知道,箱子给我的时候是锁着的。我完全不了解。"

"您没打开看看?"

"它上着锁呢。"

"锁是开着的。您本可以打开看看。"

"我不会做那种事。"巴托维兹说。

"佩措尔德先生,"我说,"我的委托人究竟因何事被指控?"

佩措尔德看着我。他也明白这才是关键。

"我们让人分析了照片。兰宁格教授说,这些尸体很有可能是真的。"

"是吗?"我说。

"您这是什么意思?您委托人的手提箱里有尸体的照片,尸体还被木桩刺穿了。"

"我还是不明白对他的指控是什么。运输彩印的尸体照片?兰宁格不是修图专家,他说'很有可能',就意味着无法确定。即便尸体是真的,持有这种照片也并不违法。这里面根本就不存在犯罪事实。"

佩措尔德知道我说得对。我也能够理解他的立场。

事情发展到这一步,我们本来已经可以走了。我站起身,拿起我的公文包。但我的委托人做了一件我无法理解的事:他把手搭在我的小臂上,请警长继续讯问。我本想打断,但巴托维兹摇了摇头,说:"请您尽管让他问吧。"

佩措尔德继续问道:"这个手提箱是谁的?"

巴托维兹答道:"酒吧那个男人的。"

"您打算怎么处理这个箱子?"

"这一点我已经说过了。我只负责把它运来柏林。"

"那个男人跟您说过箱子里是什么吗?"

"是的,他说过。"

"什么?"

"他说,这是一项大工程的建筑图纸,值很大一笔钱。"

"建筑图纸?"

"对。"

"他为什么不用快递寄送?"

"我也这么问过。但他说他不相信快递公司。"

207

"为什么？"

"他说波兰的快递公司经常出卖客户，他宁肯找一个谁也不认识的陌生人跑一趟。"

"您要把照片送到哪里？"

巴托维兹毫不迟疑地回答："克罗伊茨贝格。"

佩措尔德点点头，看起来快要逼近目标了。"在克罗伊茨贝格跟谁交接？叫什么名字？"

我听不懂波兰语，但能从巴托维兹的语气判断出，他十分镇定。"我不知道。我只需要在周一下午五点将东西送到一个电话亭就行。"

"在哪儿？"

"梅林达姆地铁站，约克大街。"这是用德语说的。接着他又说回了波兰语："那儿应该有一个电话亭。我只需要明天下午五点到达那里，就会有人打电话告诉我接下来怎么办。"

佩措尔德继续讯问了一个小时，再没问出任何新信息。巴托维兹的态度一直十分友好，礼貌地回答了每一个问题，没有急躁。佩措尔德无法反驳他的供词。

警方对巴托维兹做了身份鉴定。但电脑数据库里找不到任何匹配的信息。波兰当局也终于回复，表示他一切正常。佩措尔德只能要么放了巴托维兹，要么将其移交法庭。检察官拒绝申请羁押令，佩措尔德没有其他选择。他问巴托维兹能否把手提箱交给警方。巴托维兹耸了耸肩，说只要给他开个回执就行。晚上七点，他获准离开警察局，在这座老旧建筑的台阶上跟我道别。他走向他的车子，消失在夜色中。

第二天，二十名警察埋伏在电话亭附近，周围的警车也随时待命。一名与巴托维兹身形相仿的波兰裔便衣警察穿上了同他相似的服装，于下午五点准时提着红色手提箱等在电话亭里。法官还批准了对电话线路进行监听。可电话始终没有响起。

周二早上，一名慢跑者在森林停车场发现了巴托维兹的尸体。他的身上只有一个六点三五毫米口径勃朗宁手枪留下的小小圆形弹孔，直径几乎不到半厘米。这是一次处决。佩措尔德只能新建一个档案，并通知了波兰警方。巴托维兹的命案始终未破。

渴望

她把椅子挪到了窗前，她喜欢坐在那儿喝茶。从窗前还可以看到儿童游乐场。有个小女孩正在做侧手翻，两个小男孩在一旁看着。小女孩比小男孩年纪要大一点。她摔了一下，哭了起来，然后跑回母亲身旁，给她看擦伤的手肘。母亲带了一瓶水和一条手帕，轻轻地给她擦洗伤口。女孩站在母亲两腿之间，伸着手臂，看着男孩们。那天是周日。一个小时后他会带着孩子们回来。她将摆好咖啡桌，等朋友们过来拜访。家里一片寂静。她继续望着游乐场，但不再留意那里发生的事。

他们过得很好。她如常做着所有事，跟丈夫谈论他的工作、到超市购物、给孩子报网球课、去父母或公婆家过圣诞节。她总是说着以往常说的话，穿着以往常穿的衣服。她会跟女性朋友一起逛街买鞋，如果保姆忙得过来，她每月还会去一次电影院。她持续关注着展览和戏剧演出的最新消息，看新闻，阅读日报的政治版面，照料孩子，出席家长会。她不做任何运动，但仍然没有长胖。

她一直觉得丈夫跟自己很般配。那不是丈夫的错,也不是其他人的错,它就这样出现了,她无法抵抗。直到某天晚上一切才显露出来,她记得当时的每个细节。

"你生病了吗?"当时他问,"你的脸色看起来好苍白。"

"没有。"

"你怎么了?"

"没事,亲爱的,我要上床睡觉了,今天太累了。"

晚些时候,两人躺在床上,她突然感到呼吸困难,天亮都还清醒着。恐惧和内疚让她浑身僵硬、大腿抽筋。她不想要这种感觉,但它不肯消失。第二天早上她为孩子准备早餐、检查书包时,她意识到那种感觉将永远无法改变:她的内心空荡荡的。她必须这样生活下去。

那已经是两年前的事了。现在他们依然生活在一起。他没有察觉她的异常,没有人能。他们很少同房,但要做,她也配合。

渐渐地,什么都消失了,她只剩一副躯壳。她感觉世界变得陌生,仿佛自己不再属于这里。孩子们欢笑,丈夫发怒,朋友们谈天说地——没有任何事能触动她。她可以严肃、开怀大笑、放声哭泣,也能给予安慰——根据需求表现得一切如常。但当私下一片安静,她看着咖啡馆和电车上的人时,会觉得一切皆与她无关。

终于,她开始做那件事。她在放有丝袜的货架前站了半个小时,走开后又折返,然后不分颜色和尺寸地抓了一把丝袜,将它们塞进大衣。仓促间几双袜子掉落在地,她弯下腰捡起,迅速离去。一路上她心跳飞快,脖子上的脉搏也在狂跳,手上起了鸡皮疙瘩。她全身被汗水浸透,感知不到大腿的存在,只是颤抖着往前走,穿过收银台时还被人撞了一下。外面晚风刺骨,还下着雨。她肾上腺素飙升,想大声喊出来。走过两个街角后,她把丝袜丢进垃圾桶里,脱下鞋子,一路淋着雨跑回了家。在家门前,她抬头仰望天空,任由雨滴拍打在额头、眼睛和嘴上。她还活着。

她偷的都是自己用不着的东西。只有当一切变得难以忍受时,她才去偷窃。她知道,事情总会败露的。如果丈夫知道,他会说,有因必有果。他总是说这种话。他是对的。当她被商场警卫在街上逮到时,她立即就承认了。行人都停下脚步看她,一个小孩指着她说:"那个阿姨偷了东西。"警卫抓着她,一路紧扣她的胳膊,把她带回他的办公室,给警方写了一份告发书,上面详列了她的姓名、住址、身份证号、犯罪经过和价值十二点九九欧元的清单,还设了一个打钩栏,写着:"是否认罪:是 / 否。"他穿着格子衬衫,身上一股汗臭味。而她是一个手拿路易威登手提包、用着古驰钱包的女人,身上带了信用卡和八百四十五点三六欧元现金。他给她指了指签字的地方。她通读了一遍告发书,思考了一下要不要像教自己孩子那样纠正他的拼写错误。他说她会收到警方的信函,对着她一阵冷笑。办公桌上还放着吃剩的香肠小面包。她想到了丈夫,仿佛也看到了即将面临的审判,以及向她问话的法官。警卫从商场侧门把她带到了外面。

警方要求她写一份书面声明。她带着信函到事务所来找我,事情很快便办妥。这是她首次被抓，涉案金额很小，她也没有前科。检察官没有起诉。她家里没有人知道这件事。

事情平息了下来，正如她生活中的一切也都平息了。

雪

老人正在厨房抽烟。八月的天气十分炎热，他已将窗户完全打开。他注视着烟灰缸，上面是一条有着绿色鱼尾的裸体美人鱼，下方以手写字体写着"欢迎来到绳索街"。他忘记烟灰缸是从哪里得来的了。美人鱼图案有些褪色，"绳索街"的首字母也已磨损。水滴落在厨房的不锈钢洗手池上，缓慢而有力。这让他感到心安。他可以一直站在窗前吸烟，什么也不做。

特别行动突击队已经在门口集结。特警穿着有些显大的制服，头戴黑色头盔，手持透明盾牌。只有当任务特别困难，对方很可能持械抵抗时，他们才会出动。他们个个都是硬汉，严守铁一般的行动纪律，但行动时仍难免出现伤亡，因此，这时他们感到肾上腺素飙升。这次的行动指令是："屋里藏有毒品，嫌疑人可能持有枪械，要将其逮捕。"他们中的一拨人悄无声息地埋伏在庭院的垃圾桶旁，另一拨人则在楼梯间和公寓门口待命。头盔和冲锋防护面罩让他们闷热难耐。他们迫切地等待着队长下令。过不了多久，队长会喊一声"行动"，他们就将亮出自己的本领。

站在窗边的老人想到了哈桑和他的伙伴。他们有他公寓的钥匙,夜里来了就在厨房里分装包裹。他们把这个过程称为"掺兑"——将三分之二的海洛因和三分之一的利多卡因混合,再用千斤顶把混合粉末压成方块状,每块重一公斤。

哈桑每月付给老人一千欧元房租,从不拖欠。对于这个位于后屋四楼、采光不太好、且只有一间半的房子来说,租金着实不少。但他们需要老人的公寓,认为没有比这儿更适合的"掩体"了。厨房足够大就可以。老人住在卧室。他们过来时,他会打开电视,这样就听不到他们的声音了。只是他现在已经没法做饭,厨房到处都是塑料薄膜、精密天平、抹刀和胶带。最糟糕的是,白色粉尘四处弥漫。哈桑曾把相关风险告知老人,但他表示无所谓。他没有什么可害怕的。这是一桩划算的交易,反正他本来也不做饭。他吸了一口烟,抬头望向天空:万里无云,傍晚天气还会更加炎热。

特警破门而入时,他才察觉他们的动静。整个过程十分迅速,反抗毫无意义。他被扑倒,整个人摔在厨房的椅子上,两根肋骨骨折。接着他们开始冲着他吼叫,命令他说出阿拉伯人的藏身之处。因为他们太吵,他的肋骨又很疼,他一句话都没说。之后到了侦查法官面前,他也会继续保持沉默。他经常进出拘留中心,知道现在开口还为时尚早。他们反正也不会马上放他离开。

拘留中心C栋第一百七十八号隔间里，老人还躺在床位上。钥匙开门的声音传来，他知道自己必须跟那个警察说几句话，或者点点头、动动脚，否则她不会离开。她每天早上六点十五分过来，进行所谓的"生命监控"——查看夜里是否有嫌疑人去世或自杀了。老人说，一切都很正常。警察说可以帮他带信出去，但他没有可以通信的人。她没有再问下去。警察走后，他转头盯着墙壁。墙体的三分之二被粉刷成了淡黄色，往上是一片白，地板是浅灰色。整个拘留中心都是如此。

再醒来时，他想起今天是他和妻子的结婚纪念日，进而又想到了那个跟他妻子私通的男人。

一切都因那件内衣而起。他还记得二十二年前的那个夏日傍晚，他在床底发现了那件内衣。它被揉成一团丢在那里，脏兮兮的。尽管妻子一口咬定那是他的内衣，但他知道并非如此，它属于另一个男人。从此以后，一切再也回不到从前。最后他把那件内衣用来擦鞋了，但无济于事。过了一段时间，他感觉自己必须离开，否则会憋死。妻子一直在哭。他没有带走任何东西，钱财、汽车，还有她送他的手表，都留了下来。他辞了工作，尽管那份差事很好，但他没法再继续上班，因为他忍受不了这一切。每天晚上，他都存心喝得酩酊大醉，整个行为机械而沉默。渐渐地，酗酒成了一种习惯。他沉沦在烈酒的世界里，偶尔干点情节轻微的违法勾当，靠社会救济度日。他别无所求，只待生命终结。

但今天不同。那个想见他的女人名叫亚娜，后面的姓氏由一长串字母组成。警察说，他们没有搞错，女人已经申请了探视证，这无须获得他的许可。他在约定的时间来到探视室，跟她同坐在一张铺着绿色塑料膜的桌子旁。负责监控谈话的警察坐在角落里，尽量不打扰到他们。

她盯着他看。他知道自己很丑，鼻子和下巴快长到一块儿去了，几乎要长成一个半圆。他胡子灰白，头发也快掉光了。尽管如此，她还是一直盯着他看。已经很多年没有人这样看他了。他挠了一下脖子。然后，她带着浓重的波兰口音说，他的手很好看。他知道她在撒谎，但可以接受她这么说。她长得很漂亮，就像乡下教堂里的圣母。小时候，他做弥撒时常盯着圣母像，想象上帝就在她的腹中。但他想不明白上帝是怎么进去的。亚娜已有七个月的身孕，体态浑圆，充满活力，光彩照人。她隔着桌子俯过身，指尖碰了碰他干瘪的脸颊。他盯着她的胸部看，然后感到一阵羞愧，说："我的牙齿全掉了。"说完试着挤出一丝微笑。她善意地点点头。两人在桌旁坐了二十分钟，没再说一句话。警察见惯了这种情况，嫌疑人和访客总是相对无言。当警察说探视时间结束时，她站了起来，再次探过身，在老人耳边轻声说："我的孩子是哈桑的。"他闻到了她的香水味，苍老的脸颊还碰到了她的秀发。她的脸红了。这就是事情的全部经过。她离开后，他又被带回隔间，一个人坐在床上，盯着自己的双手，看着上面的老年斑和疤痕。他想到了亚娜和她腹中的孩子，心想，孩子待在里面是多么温暖、安全。他知道自己该怎么做了。

亚娜回到家时，哈桑已经睡了。她脱下衣服，在他身边躺下，后颈处能感受到他的呼吸。她喜欢这个她看不透的男人。他跟波兰农村的男孩不同。他成熟稳重，皮肤还如天鹅绒般光滑。

不久，他短暂地醒过来了一会儿，她告诉他，老人不会把他供出来，他可以放心了。只是他要为老人做点事，出钱为他安上新牙。她已经联系了一名社工负责跟进。没有人会知道内情。她太激动了，导致语速有些快。哈桑抚摸着她的肚子，直到她入睡。

"您的委托人是否愿意供出幕后主使？如果愿意，法院可以考虑让他免于羁押。"我作为公益辩护律师为他辩护，并申请了羁押审查。案子并不复杂，我已经跟法院协商妥当，如果老人配合调查，就可以被释放。警察在他的公寓找到了两百克海洛因。更糟的是，老人口袋里藏了一把刀。法律上称之为"携带武器的贩毒行为"，其量刑与故意杀人罪相同，最低判五年，因为法律要保护警察不受攻击。把真正的毒贩供出来几乎是他的唯一出路。但是他依然保持沉默。"这样的话，只能继续羁押。"法官边说边摇头。

老人很满意。那个波兰女孩不必独自迎接孩子的降生。"这比我自己重要多了。"他心想。同时他也知道自己收获了一些比自由更重要的东西。

　　四个月后，庭审开始。警察把老人带出隔间，往审判庭的方向走去。他们在圣诞树前停了一会儿。圣诞树立在拘留中心正门口，巨大而突兀，电子蜡烛映照在整齐摆挂的装饰球上，大的在下面，小的在上面。按照安全规定，浅红色电缆盘引出的电线被黑黄相间的警示胶带固定在地板上。

　　法官们很快就明白，老人不可能是毒品持有人，他根本没钱购买。尽管如此，量刑也至少五年起步。没有人想判他如此重的刑，这不公平。但似乎也没有其他办法。

　　休庭期间发生了一件奇怪的事：吃奶酪面包时，老人拿出塑料刀，把面包切成小块。我看着他，他不好意思地说，自己没有牙齿了，只能把吃的东西切成小块。这样一来，一切都可以解释了。为此，仅仅是为此，他才在口袋里放了一把刀。他需要用它吃东西。联邦最高法院有过一个判例，如果刀子明确具有其他用途，就不属于"携带武器的贩毒行为"。

　　用牙齿来解释这整件事或许有些古怪，但这是年末最后一场庭审，所有人的心情都很放松，休庭时检察官聊起了自己还没买圣诞礼物。每个人都在想今年还会不会下雪。最后，刑事审判庭判了老人两年缓刑。他被释放了。

　　我想知道他会去哪里过圣诞节。他租的房子已被解约，也无人可以投靠。我站在楼上的走廊，看着他缓缓走下楼梯。

十二月二十四日，老人住在医院。手术本该于一月二日进行，但医院担心他酒瘾复发，坚持让他获释后立即入院。社工安排好了一切。起初老人不愿意去，但所见社工说，一个叫亚娜的人已经为他付了安假牙的费用，他便同意了，表现得好像亚娜是他的亲人一样。

医院的床铺很干净。他洗了澡，刮了胡子，他们还给了他一套有着黄花图案的睡衣。床头柜上放着一个用巧克力做的圣诞老人，圣诞老人的胸口处有些凹陷，身子奇怪地歪斜着。他喜欢这个巧克力，心想："它就像我一样。"他有点害怕做手术，因为医生打算从他的臀部取出一块骨头，但他对安装新牙充满了期待。几个月后，他就能正常进食了。入睡后，他再也没有梦到床底下那件内衣。他梦到了亚娜，梦到了她的头发、气味和肚子。他很开心。

大约两公里外，亚娜正坐在沙发上，对着熟睡的婴儿讲圣诞故事。她为哈桑做了罗宋汤。这道菜很费神，但她十分擅长。还住在波兰西南部的卡尔帕奇时，她的父亲去世后，母亲就是靠这个让一家人渡过难关的。为绕山徒步而来、饥肠辘辘的游客烹煮用牛腩和甜菜根制成的罗宋汤，就是她的童年回忆。母亲每天都带着煮锅和本生灯，跟其他女人一起在户外的寒风中干活，把榨汁剩下的蔬菜渣扔到身后的雪地里。亚娜抱着婴儿说，那片被甜菜汁染红的雪地远远就能望见，浓汤和本生灯还会散发出好闻的香气。她想起了山里的村落，想到了自己的家人。她说到了圣诞节、昏黄的灯光和烤鹅,还有开面包房的马列克叔叔。他今天一定又烤出了全村最大的蛋糕。

她知道哈桑不会回来了。孩子出生时他曾陪着她,握着她的手,给她擦额头上的汗珠。她疼得叫出声时,他也不慌不乱——在关键时刻,他总能从容不迫。她相信只要他在身边,自己就不会有事。但她总有一种预感,他终会离开,毕竟他太年轻了。如果两人分开,她只有到远方去爱他,才能安心过日子。她突然觉得很孤独,进而想念起了她的村子和家人。思乡之情如此强烈,以至于心生痛感。她决定第二天早上就坐火车回波兰。

哈桑开着车在城里游荡。他不能去找她,不知道该说什么。他跟黎巴嫩老家的一名女子有了婚约,必须娶她,那是父母在他很小的时候就定下的亲事。亚娜是个好女人,帮他摆脱了牢狱之灾。她办事总能抓住要害,以巧取胜。渐渐地,他感到了愤怒,对自己、家人和所有一切都愤恨不已。然后,他看见了那个男人。

男人刚从一家商店出来,买完了最后几件圣诞礼物。之前他还欠哈桑两万欧元,却就这样消失无踪。几周来哈桑一直在找他。哈桑先停了车,从储物箱中取出一把锤子,尾随那个男人进入一栋房子。他掐住男人的脖子,把他推到墙边,购物袋掉落在地上。男人说,他会还钱的,只是得再等等,求他放过他。哈桑再也听不进他的话。他看着散落在过道的礼品盒,上面印有圣诞老人、绑着金色的丝带,一切突然就涌进脑海中:亚娜和婴儿,黎巴嫩的暑气,父亲,还有未婚妻。他意识到,自己对这一切都无能为力。

整个过程持续了很久。后来一个邻居说,他所见惨叫声中夹杂着捶打声,那是一种湿漉漉的、沉闷的声响,跟在肉铺听到的声音一样。等警察终于把哈桑从男人身上拉开,男人的嘴巴已经血肉模糊。哈桑用锤子敲掉了他十一颗牙齿。

那个夜晚,外面真的飘起了雪。圣诞节来了。

钥匙

那个俄罗斯人说德语时口音很重。他们三人分别坐在阿姆斯特丹一家咖啡馆的三张红沙发上。俄罗斯人已经喝了几个小时的伏特加。弗兰克和阿特里斯喝的是啤酒。他们看不出俄罗斯人的年纪，可能五十岁左右。自中过一次风后，他的左眼睑就耷拉了下来，右手缺了两根手指。他说自己曾当过红军，参加过车臣战争，边说边举起残缺的手指。他喜欢聊战争。"叶利钦是个娘们，普京才是真汉子。"现在是市场经济，而人人都知道，市场经济就是大家想买什么就买什么。俄罗斯的议员席位标价三百万美元，部长职位则价值七百万。还是和车臣人打仗的时候更好些，他们更真诚，是群真男人。尽管他杀了很多车臣人，但对他们心怀敬意。那儿的小孩都玩卡拉什尼科夫冲锋枪，个个都是出色的战士，顽强不屈。说到这里，他觉得应该为此干上一杯。那天晚上，他们喝了很多。

弗兰克和阿特里斯不得不一直听着那个俄罗斯人长篇大论，最后才等到他聊起迷幻药。他说，药丸是乌克兰化学家研制的。乌克兰国有企业被解散后，化学家就失业了，只能出来单干，毕竟还要养老婆孩子。那个俄罗斯人还做其他生意：机关枪、榴弹炮、手榴弹。他的钱包里就放着一张坦克的照片。他深情地看看照片，然后才递给另外两人。他说他还能搞到病毒，但这种买卖太过肮脏。两人都表示认同。

弗兰克和阿特里斯对武器不感兴趣，他们只想要迷幻药。前一晚，两人从迪厅带回三个女生，让她们尝试了这种毒品。女生们德语英语参半地说，她们打算读历史和政治学。他们坐车来到酒店，边喝酒边打闹嬉笑。弗兰克和阿特里斯给她们吃了迷幻药。阿特里斯总是不由自主地回想起女生们的行为。红发女生躺在弗兰克身前的桌子上，把香槟冷却桶里的冰块倒在脸上，大声喊着好热，让人打她，但弗兰克没有兴趣。他站在桌前，褪下裤子，抽着一根大雪茄，臀部以均匀而缓慢的节奏前后移动，女生的双腿抵在他胸前。整个过程中，他还就苏联解体对毒品贸易产生的影响发表了一通极其复杂的讲话，嘴里叼着的雪茄让人听不懂他在说什么。阿特里斯躺在床上看着他。他阻止了另外两个女生在他腿间忙活后，她们就睡了过去，其中一个女生睡梦中还含着他的右脚大拇指。阿特里斯意识到，这种迷幻药再适合柏林不过了。

那个俄罗斯人现在谈到了缉毒犬。他对它们了如指掌。"因为太贵，韩国人甚至克隆了缉毒犬。"他说。他们必须在车里焊上特制的金属箱子，然后塞入垃圾袋、咖啡和洗衣粉，所有东西都要用厚塑料膜密封分装，才能成功躲过缉毒犬的鼻子。之后，他又聊回了战争，问阿特里斯和弗兰克有没有杀过人。弗兰克摇了摇头。

"对付车臣人就像吃薯片一样。"俄罗斯人说。

"什么?"弗兰克问。

"薯片。对付车臣人就像在吃一袋薯片。"

"我没明白。"弗兰克说。

"一旦开始杀人,你就不能停下来了,直到把所有人杀光。你一定要把他们都干掉,一个都不能留。"俄罗斯人大笑,突然又严肃起来,盯着自己残缺的手指,说,"否则,他们还会回来。"

"啊,"弗兰克说,"这是薯片的复仇……我们现在可以继续聊聊迷幻药吗?"他想要回家了。

俄罗斯人呵斥弗兰克道:"你这个蠢货,你为什么不认真听我讲呢?看看你的朋友。他就是一团肉,但至少能认真听讲。"

弗兰克望向坐在沙发一角的阿特里斯,见他额头上的一根青筋暴起。弗兰克见识过这根青筋,他知道接下来会发生什么。

"我们在谈论战争,你却没有时间听?这样我们没法做买卖。你们都是蠢货。"俄罗斯人说。

阿特里斯站了起来,他的体重足有一百一十公斤。他手握玻璃桌边,把桌子掀翻,酒瓶、杯子和烟灰缸全部滑落在地。他朝着俄罗斯人走去。俄罗斯人跳起来,速度比想象中更快。他从腰间抽出手枪,枪口抵在了阿特里斯的额头上。

"冷静,我的朋友,"他说,"这是一支马卡洛夫手枪,可以给你留一个大洞,非常大,比美国人的玩具枪强多了。你最好先坐下,否则会有大麻烦。"

阿特里斯的脸涨得通红。他往后退了一步。枪口在他的额头上留下了一个白印。

"这就对了。先坐下。我们再多喝点。"俄罗斯人说。他又叫来了服务员,他们继续坐下喝酒。

这是一笔好买卖,他们能赚不少钱,不会有任何问题。他们现在只需要保持克制,阿特里斯心想。

咖啡馆对面是个公交站。没有人注意到坐在候车椅上的女人。她穿着黑色连帽衫,帽子套在头上,在夜色下几乎和周围的环境融为一体。她没有上任何一辆公交,看起来像是睡着了。只有在阿特里斯站起来时,她才短暂地睁开了眼睛。其余时刻,她一动也不动。

阿特里斯和弗兰克都没留意她,也没发现俄罗斯人快速给她打了个暗号。

阿特里斯站在选帝侯大街公寓的阳台上,目送深蓝色的高尔夫轿车离开。外面飘着毛毛雨。二十四小时后,弗兰克会从阿姆斯特丹回来,到时他们将拥有新型定制毒品,比市面上的所有货都要好。俄罗斯人说,可以委托他们销售这种迷幻药,三周后向他支付二十五万欧元就行。

阿特里斯转身走回弗兰克的公寓。这是一栋典型的柏林老式住宅:墙高三点八米,灰泥粉刷,镶木地板,共五个房间。每个房间几乎都是空荡荡的。弗兰克的女友是室内设计师。她说:

"必须让房间展现它本身的魅力。"于是，她让人把沙发、椅子及其他家具都搬走了。大家只能坐靠背窄小的灰色毛毡方凳。阿特里斯觉得很不方便。

弗兰克出发前给阿特里斯安排了任务，指令简单、明确——弗兰克总是这样跟他说话。"事情不难，阿特里斯，你只要仔细听着。第一，不能让钥匙离开你的视线；第二，看好玛莎拉蒂；第三，除非布迪要拉屎，否则不要出门。"布迪是弗兰克的大丹犬。弗兰克让他复述了五次："钥匙，玛莎拉蒂，布迪。"他不会忘的。阿特里斯十分佩服弗兰克，因为对方从不取笑他，反而会指点他做事。阿特里斯总是全部照办，无一例外。

十四岁时，阿特里斯住在柏林威丁一带，是班上最弱小的男孩，总是挨揍。弗兰克一直在保护他。弗兰克给他买了合成类固醇，说吃这个能让他变强壮。阿特里斯也不知道弗兰克从哪儿买的。二十岁时，他被医生诊断出肝损伤，脸上长满脓疱和渗水的肿块。二十二岁时，他的睾丸几乎萎缩不见。但阿特里斯现在很强壮，没有人敢动他。有人说合成类固醇本是给牲畜吃的，他也不信。

他今天打算看几张 DVD，喝点啤酒，不时带大丹犬出去遛遛。玛莎拉蒂停在楼下的街边。储物柜的钥匙就放在厨房的桌上。弗兰克把所有事项都写在了纸条上，比如"下午六点给布迪喂食"。阿特里斯不喜欢这只体形硕大的动物，它总是用奇怪的眼神看着他。弗兰克说，他也给布迪吃过合成类固醇，但不知哪儿出了岔子，大狗变了个样。尽管所有人都觉得阿特里斯脑子不太好使，但他觉得，这次大狗在自己身边不会出什么问题。

他走回空荡荡的客厅，想打开 Bang & Olufsen 品牌的高级电视。他坐在毛毡方凳上，花了很长时间才搞明白怎么用遥控器。阿特里斯感到很自豪，因为弗兰克把公寓、宠物狗、豪车和新中央火车站储物柜的钥匙都交由他照管了。他从桌上拿起一根大麻卷烟，点上火，心想，他们就要发大财了。他打算给母亲更换一套全新的双灶台厨房设备，那是他从弗兰克的一本精美杂志上看到的。他吐了个烟圈，马上又吸了一口，然后把脚架到桌子上，试图认真观看访谈节目。

狗粮是切成小块的牛肉丁，盛在厨房桌上的碗里。大丹犬躺在黑白相间的瓷砖地板上，肚子饿了，就闻着肉味站起来，先是发出呼噜声，接着狂吠不止。阿特里斯丢下遥控器，奔向厨房，但还是晚了一步。狗正把桌布往地上扯，牛肉丁黏成一堆掉落下来。阿特里斯看到大丹犬已选定位置准备就绪，张嘴等待着食物的到来。突然，这堆肉丁里有个东西闪了一下，阿特里斯只用了百分之一秒就反应了过来那是什么。他大声喊着"闪开"，从门边飞扑过去。但大丹犬的速度更快，甚至都没有注意到他。肉丁掉入它张开的大口中，它没有咀嚼就一股脑儿全吞了下去。阿特里斯滑过地板，撞上大丹犬跟前的墙角。它正在舔地板。阿特里斯冲它咆哮，扒开它的嘴往喉咙深处去，同时用胳膊肘死死卡住它的脖子。大丹犬发出低吼，冲他反扑过去。阿特里斯反应不及，左耳垂被咬了下来。阿特里斯给了大狗的鼻口处一拳，然后跌坐在地板上，血滴落下来，衬衫也被撕烂了。阿特里斯瞪着大狗，大狗也瞪着他。弗兰克离家才不到两小时，他就把事情搞砸了——大狗把储物柜的钥匙吞进了肚子。

———— ▪▶ ————

他们差点把他打死。那是个意外。

跨过边境后，弗兰克就被警方的特别行动突击队盯上了。他把车开进一个加油站的停车场，打算去一趟洗手间。突击队长太过紧张，以至于做了一个错误决定——下令抓捕。事后，州警察局不得不向加油站的老板赔偿两个破损的洗手池、马桶、被撬坏的厕所门、空气干燥器的费用并支付清洁费。他们给弗兰克的脑袋套上布袋，将他从厕所里拽了出来，押回柏林。抓捕过程中，他反抗激烈。

从阿姆斯特丹开始，连帽衫女人就一直尾随弗兰克的高尔夫轿车，用一架小型望远镜观察着警方的行动。警方撤退后，她才到电话亭，拨通了阿姆斯特丹一个被盗手机的号码。通话持续了十二秒。接着她回到车上，在导航仪上输入一个地址，放下帽子，重新驶上高速公路。

———— ▪▶ ————

阿特里斯等了八个小时，还是没等到大丹犬把钥匙吐出来。

他不愿再坐以待毙，硬拉着布迪出了门。这时外面雨越下越大，淋得布迪全身湿透了。等它终于钻进玛莎拉蒂，却搞得车里全是狗的味道。他之后必须把坐垫清理干净，但当务之急是拿到钥匙。兽医在电话里说，他得过去一趟。阿特里斯发动汽车，怒气冲冲地猛踩油门，车子从停车位冲了出去，右侧挡泥板擦撞到前面一辆奔驰车的后保险杠，发出一阵刺耳的金属剐蹭声。阿特里斯骂骂咧咧地下车查看刮痕。他想用手指将刮痕磨平，却被车漆的碎屑划破了手，流了血。阿特里斯踢了奔驰车一脚，然后回到车上，疾驰而去。手指的鲜血染红了方向盘的浅色皮革。

兽医的诊所位于莫阿比特一栋楼房的底层，蓝色牌子上写着"小动物诊所"。阿特里斯的阅读能力不行，等他终于弄懂了牌子的意思，又拿不准布迪算不算"小"动物。他把狗从车里拖出来，在街上用脚踹它的屁股。布迪扑过来想咬他，但没咬到。"你这个垃圾畜生，小崽子。"阿特里斯骂道。他没心思等待，便冲着诊所的女护士大呼小叫，吵得她只能让他先进去。一进诊室，他就往医生面前的不锈钢桌上放了一千欧元，全是面值五十欧元的钞票。

阿特里斯说："医生，这只死狗吞了把钥匙。我需要钥匙，也想要狗活着。你给这只畜生开个刀，把钥匙取出来，再给它缝好。"

"我得先给狗拍个片子。"兽医说。

"我才不管你怎么做。我只想拿回钥匙，而且有急事得马上走，这条死狗和钥匙缺一不可。"

"如果我给狗开了刀，您就不能把它带走。它至少得静卧两天。您得把狗留在这里。"

"你开完刀我就把它带走。这畜生坚强得很,死不了。"阿特里斯说。

"不行。"

"我多给你点钱。"阿特里斯说。

"不行。多给钱狗也不能马上康复。"

"胡说八道,"阿特里斯说,"钱能治百病。我不是把钱给这只死狗,而是给你。你赶紧开刀,拿出钥匙,再把它缝好。你拿上钱,大家都能高高兴兴地回家。"

"这样行不通。请您理解。无论您给我多少钱都不行。"

阿特里斯陷入思考,在诊所里来回踱步。"好吧,咱们换个思路。这条死狗能不能把钥匙拉出来?"

"如果您运气好,有这种可能。"

"你能给它吃点什么,让它快速排便吗?"

"您是指泻药,可以,这个没问题。"

"这就对了。你看看自己有多笨,为什么还要我向你解释这些?你才是医生啊。赶紧给它吃泻药,多给点,开到给大象吃的剂量。开始吧,赶紧。"

"您必须喂它天然的泻药,比如动物的肝脏、肺或乳房。"

"什么?"

"这些很管用。"

"你疯了吗?我从哪里搞到动物乳房。我总不能让狗去捕猎牛,然后把牛乳房咬下来吧。"阿特里斯望向女护士的胸部。

"您可以去肉铺买。"

"你现在就给它喂药,快点!你是医生,专门负责开药。肉铺老板卖动物的乳房。每个人的职责不同。你明白吗？"

医生不想再多费口舌。一周前银行才来信催缴欠款，现在桌上就摆着一千欧元。最终，他给大丹犬开了动物通便剂。由于阿特里斯又往桌上多放了两百欧元，药量给到了建议剂量的五倍。

阿特里斯拉着布迪回到街上。外面大雨倾盆。他不停地咒骂着。医生说，要让狗多运动，泻药才能更快起效。他不想淋得全身湿透，于是用副驾驶门夹住狗链，缓慢往前开。狗跟着玛莎拉蒂一路小跑。路上的其他车鸣笛催促时，阿特里斯就把车载音响的音乐开大。一名警察把他拦了下来，阿特里斯说狗生病了。警察大声呵斥了他，他只能把狗拉回车里，继续往前开。

刚到下一个拐角处，他便听到了一阵可怕而低沉的呼噜声。大丹犬张开嘴，喘着粗气，痛苦地狂吠，然后开始排泄。它蜷缩在前排座椅上，从靠背间隙使劲地往后挤，把坐垫都咬下了一大块。液体状的排泄物喷射到座椅、车窗、车内地板和后窗台板上。狗爪子还把排泄物抹得到处都是。阿特里斯紧急刹车，从车上跳下来，迅速关上驾驶座的车门。整个过程持续了二十分钟，阿特里斯一直在雨中站着。车窗内侧起了雾。他隐约能看见狗的鼻口、红色牙龈和尾巴。伴着响亮的吠叫，排泄物不断地喷射在车窗上。阿特里斯想到了弗兰克，还有自己的父亲。小时候，父亲骂他笨得连路都走不直。阿特里斯心想，或许父亲说的也有道理。

柏林看守所的医院里，弗兰克从昏迷中醒来。警方的特别行动突击队下手太重，他出现了严重的脑震荡，全身红肿，锁骨和右上臂骨折。侦查法官在他的病床前下达了羁押令，初步指控只涉及拒捕及人身伤害：导致八名警察中的一名小指骨折。警方没有发现任何毒品，但他们确信是被他藏到了其他地方。

我接下了弗兰克的辩护委托。弗兰克打算保持沉默。检察院很难证明他进行过毒品交易。羁押审查会在十三天后举行，到时如果没有新证据，弗兰克就会被释放。

"你身上一股屎臭。"哈桑说。

阿特里斯过来前给他打过电话。在那之前，他在玛莎拉蒂上足足找了一个小时，衬衫裤子都沾满了排泄物，但还是一无所获。钥匙肯定还在大丹犬体内。阿特里斯一时束手无策。而哈桑是他的表哥，整个家族公认的聪明人。

"我知道我身上有屎臭。车里很臭，布迪全身都很臭，我也一样。我知道，不用你说。"

"阿特里斯，你真的全身都臭死了。"哈桑说。

哈桑的店位于柏林城市快铁铁道下的一处拱洞里。这种拱洞改建的场地很常见，铁路部门会将它们对外出租。那里聚集了汽车修理厂、仓库和废品回收站。哈桑以处理废弃轮胎、从中赚取清理费为生。他所做的就是用卡车运走废弃轮胎，然后扔到他在勃兰登堡州某片森林发现的一处峡谷里。他赚了不少，大家都夸他有商业头脑。

阿特里斯跟哈桑讲了狗的事。哈桑让他把狗牵进来。大丹犬看起来很虚弱，一身白毛被染成了棕色。

"这只死狗也很臭。"哈桑说。

阿特里斯叹了口气。

"把它绑在铁柱上。"哈桑说。

他给阿特里斯指了指后屋的淋浴间，递给他一套干净的橙色环卫服。

"这是什么？"阿特里斯问。

"我处理轮胎时穿的。"哈桑说。

阿特里斯脱下脏衣服，将其塞到垃圾袋里。二十分钟后他从淋浴间出来，第一眼看到的便是血泊里的千斤顶。哈桑正坐在椅子上抽烟。他指了指地上的狗尸。

"不好意思，但你最好先把衣服脱下来。如果你穿成这样开刀，又会搞得一团糟。这是我最后一套干净衣服了。"

"该死。"

"这是唯一的办法，否则钥匙永远取不出来，它被卡在狗的胃里了。我们再去搞条新狗。"

"那玛莎拉蒂呢？"

"我已经打过电话了，安排人去偷一辆一模一样的。我们等着就行。车子会有的。"

———

深夜两点，阿特里斯回到了选帝侯大街的公寓。他把新搞到的玛莎拉蒂停放在地下车库。这辆车和原先那辆全然不同：车身是红色而非蓝色，座椅是黑色而非米色。他很难向弗兰克交代。

阿特里斯乘电梯上了楼。钥匙插进门锁后卡了一下，但他太累了，没留意到异常。他无从抵抗，甚至试都没试。女人身形纤细，穿着连帽衫，看不清脸。她的枪硕大无比。

"把嘴张开。"她说，声音很亲切。

她把枪管塞进阿特里斯嘴里，上面有股润滑油的味道。

"慢慢后退。如果你乱动或者我没站稳，你的后脑勺就没了。所以，一定要小心，听明白了吗？"

阿特里斯小心翼翼地点头，枪管上的准星硌到了他的牙齿。他们走进了客厅。

"我现在要坐到凳子上，你得跪在我面前，动作慢点。"她跟他说话的方式就像医生对待病人一样。女人在毛毡方凳上坐下。阿特里斯跪在她跟前，嘴里一直含着枪管。

"很好。从现在起，只要你不犯任何错误，就什么事都不会发生。我不想杀你，但杀了你也无妨。你明白吗？"

阿特里斯再次点了点头。

"那么，我来给你解释一下。"

她放慢语速，慢到让阿特里斯可以听懂每一个字。她往后靠着椅背，跷起二郎腿，阿特里斯不得不跟着她的动作把头向前倾。

"你和你的伙伴订购了我们的迷幻药。你们需要向我们支付二十五万欧元。你的伙伴在高速公路上被捕了。我们对此感到遗憾，但你还是得付钱。"

阿特里斯咽了咽口水，心想，弗兰克这回倒大霉了。他点了点头。她停了一会儿，直到确定阿特里斯听懂了她的话。

"我很高兴你都听明白了。现在我要问你一个问题，你可以拿开嘴里的枪管回答，答完后再把枪管塞回嘴里。就这么简单。"

阿特里斯已经习惯了她的声音。他不必思考，只需跟着声音的指令做就行。

"钱在哪里？"她说。

阿特里斯开口道："钱在火车站。布迪吞了钥匙，它把屎拉得到处都是，我只能……"

"住嘴，"女人打断他，声音变得尖锐起来，"马上把枪管塞回去。"

阿特里斯默不作声地照女人的吩咐做了。

"你的故事太长了。我不想听小说。我只想知道钱在哪里。我现在再问你一次，希望你只用一句话回答。你可以好好想想怎么说，想好了再张嘴。但只能说一句话。敢多说一个字，我就把你的蛋蛋切下来。听明白了吗？"

她的声音依旧尖锐。阿特里斯开始冒汗。

"钱在哪里？"

"在中央火车站的储物柜里。"说完，阿特里斯立即把枪管含回嘴里。

"很好，你已经上道了，就这么做。现在，下一个问题。你先想清楚，然后张嘴说一句话，说完就闭嘴。想好答案再开口。好了，这个问题是，储物柜的钥匙在谁手上？"

"我。"阿特里斯说完便闭上了嘴。

"你带在身上吗？"

"带了。"

"做得好。这样我们就能继续了。下一个问题是，你的车在哪里？"

"在地下车库。"

"看样子我们配合得很好。接下来得复杂一些了。我们这么做：你站起来，但动作要慢。明白吗？关键在于慢慢来。我们都不希望因为我受到惊吓而枪走火吧。如果大家都小心点，就什么事都不会发生。"

阿特里斯慢慢起身，嘴里一直含着枪管。

"我现在要从你嘴里拿出枪。然后，你转身走向门口，我跟在你身后。我们要一起去火车站。如果钱在那里，你就可以走了。"

阿特里斯张开嘴，让她拔出枪管。

"出发之前，你还得知道一件事。这把枪装的是特殊弹药，它含有一滴甘油。你走我前面，如果逃跑，我就只能开枪。甘油会在你体内爆炸，你将尸骨无存，听明白了吗？"

"明白。"阿特里斯说。他绝对不会逃跑的。

他们乘电梯下了楼。阿特里斯走在前面，推开了地下车库的门。有人大喊一声："就是那个浑球！"阿特里斯看到的最后一样东西是一根金属棒球棍，上面有一抹血红。

他们偷了不该偷的玛莎拉蒂。车主是一名说唱歌手。他当时正和女朋友在施吕特大街吃晚饭，饭后找不到车，就给警察局打了电话，却被告知车没被拖走。这件事搞得他女朋友心情很差，也令他烦躁不已。他给克罗伊茨贝格区的老朋友穆哈尔·埃尔·凯塔尔打了个电话，对方答应帮他摆平这件事。

只要你不是警察，就不难弄清被偷的车在谁的手上。凯塔尔是一个大团伙的头儿，团伙成员都是黎巴嫩的库尔德人，来自同一个村庄。凯塔尔想找回那辆车。他说得很清楚，他的朋友，也就是那个说唱歌手，现在成了名人，他一定要帮这个忙。凯塔尔派去找哈桑的四个手下并不想杀他，只想知道他是为谁偷的车。但是中间出了点状况。四个手下回来说，哈桑拼死反抗，虽然交代了车子的下落，可还是死了。

阿特里斯清醒过来时，被全身赤裸地绑在椅子上。那是个无窗的潮湿房间。阿特里斯感到一阵恐惧。克罗伊茨贝格的每个人都对这个地下室有所耳闻。它属于凯塔尔的地盘。大家都知道凯塔尔喜欢用酷刑。据说那是他从黎巴嫩战争中学到的。坊间还有很多相关传闻。

"这是在干什么？"阿特里斯问坐在桌旁的两个人。他的舌头干涩肿胀，双腿之间摆着一个接了两根电线的汽车电池。

"等。"年轻些的那个人说。

"等什么？"

"等就对了。"年长一点的人回答。

十分钟后，穆哈尔·埃尔·凯塔尔走下楼梯。他看了一眼阿特里斯，然后回头呵斥两个手下。

"我已经跟你们讲过上千次了，要在椅子下面铺塑料防水布。为什么你们总是不明白？下次我不会再说了，看你们怎么收拾现场。"

事实上，凯塔尔不愿意用酷刑。多数情况下，一句话就能让对方乖乖招供。

"你想要什么，穆哈尔？"阿特里斯问，"你想让我做什么？"

"你偷了一辆车。"凯塔尔说。

"不，我没有，是另外几个小伙子偷的。另一辆玛莎拉蒂里全是狗屎。"

"好吧，我明白了。"凯塔尔说，尽管他并不明白，"你要赔偿车子的损失，那是我一个朋友的。"

"我赔。"

"你还要补偿我。"

"当然。"

"钱在哪里？"

"在中央火车站的储物柜。"阿特里斯现在已经知道，长篇大论并没有用。

"钥匙在哪里？"凯塔尔说。

"在我的钱包里。"

"你们两个蠢货，"凯塔尔对两个手下说，"为什么不搜他的身？什么都要我来做。"

凯塔尔走到阿特里斯身前。

"为什么穿着环卫服？"凯塔尔问。

"说来话长。"

凯塔尔拿到了钱包，里面有一把钥匙。

"我要亲自去火车站。你们看好他。"他交代完手下后又对阿特里斯说，"如果钱在那里，你就可以走了。"

他走上楼梯，却又倒着退了下来，嘴里含着一把枪。凯塔尔的两个手下抄起了棒球棍。

"把球棍放下。"持枪的女人说。

凯塔尔用力点头。

"如果大家都保持冷静,就没人会出事,"女人说,"现在,我们一起来解决问题。"

半小时后,凯塔尔和他那个年长的手下被缆绳绑着,坐在地下室的地板上,嘴巴用胶带封住了。年长的手下身上只剩一条内裤,阿特里斯穿上了他的衣服。那个年轻的手下坐在一大摊血泊里。他犯了个错——从口袋里掏出了短钢棍。当时,女人的枪管还塞在凯塔尔嘴里,她左手从连帽衫的腰包里掏出剃刀,翻开后旋即往他右大腿内侧用力一划。整个过程极其迅速,他还没反应过来就瘫坐在了地上。

"你的大腿动脉已经被我割断了,"她说,"你会因失血过多而死,整个过程将持续六分钟。你的心脏会像泵一样把你体内的血液源源不断地压出来。你的大脑会先供氧不足,然后失去意识。"

"请救救我。"他说。

"现在告诉你个好消息:你还有机会活命。方法很简单,你得把手指伸进伤口找到动脉断掉的地方,然后用拇指和食指掐住它。"

那人狐疑地望着她,血泊越来越大。

"如果我是你,我会动作快点。"她说。

他在伤口处折腾了好久。"我找不到，该死的，我找不到那个位置！"然后，血突然止住了。"找到了。"

"从现在起你不能松手。如果想活命，你就得乖乖坐着不动。等医生过来，他会用一个小钢夹夹住动脉。所以老老实实待着吧。"

接着，她对阿特里斯说："我们现在就走。"

阿特里斯和女人开着偷来的玛莎拉蒂来到中央火车站。阿特里斯走到储物柜前，开锁，把两个袋子拿到女人面前打开。她往袋子里看了一眼。

"里面有多少钱？"她问。

"二十二万欧元。"阿特里斯说。

"另一袋是什么？"

"一点一公斤可卡因。"阿特里斯说。

"很好，两个我都要。事情就此了结。我要走了，你再也不会见到我，也从来没有见过我。"她说。

"好的。"

"重复一遍。"

"我从来没有见过你。"阿特里斯说。

女人拿着两个袋子转身离开，往自动扶梯的方向走去。阿特里斯稍待片刻，然后冲进了最近的电话亭，拿起听筒，拨通了报警电话。

"有个穿黑色连帽衫的女人，身高约一米七，身材苗条，正向中央火车站的出口走去。"他了解警方术语，"女子持有枪械，身上有一袋假币和一公斤可卡因。她偷了一辆蓝色，哦不，红色的玛莎拉蒂。车子停在二层停车场。"说完，他挂掉了电话。

他又回到储物柜前，将手伸进去。投币槽后粘着第二把钥匙，从外面是看不到的。他用这把钥匙打开了隔壁的储物柜，从里面取出一个袋子，快速地往里看了一眼，钱还在。然后，他回到候车大厅，乘自动扶梯去往城市快铁的站台。他看到女人倒在了最底层的地上。八名警察正围着她。

阿特里斯搭上了前往夏洛滕堡的最近一班城市快铁。列车开动时，他向后靠了靠。他拿到了钱。从阿姆斯特丹寄过来的大包裹将在明天送到母亲那里，迷幻药就掺在其中。弗兰克还往里面放了能发出红绿光的风车。母亲就喜欢这类东西。俄罗斯人跟他们说过，现在的邮局还没有配备缉毒犬，成本太高了。

那个女人会被判四到五年。所谓的可卡因只是一袋白砂糖，但弗兰克和阿特里斯以前也被假币骗过。另外，女人还要背负持枪和偷车的罪名。

再过几天，弗兰克就会被放出来，没有证据可以起诉他。迷幻药将会大卖。等他回来，阿特里斯会送他一只幼犬，体形无论如何都要小一些。他们省下了二十五万欧元，女人被捕的损失要算到俄罗斯人头上，这就是规矩。弗兰克会给自己买一辆玛莎拉蒂总裁系列的豪车。

阿特里斯给我讲完所有来龙去脉后说："女人就是不可靠。"

孤独

事隔十五年，今天她又一次路过那栋房子。她坐在一家咖啡馆，给我打了电话问我还记不记得她。她已经成年，结了婚，有两个女儿，一个十岁，一个九岁，都很漂亮。小女儿长得像她。她说，她不知道可以给谁打电话。

"您还记得那件事吗？"她问。

是的，我还记得。每个细节都不曾忘。

拉里莎那年十四岁，和父母住在一起，一家人靠社会救济为生。父亲已经失业二十年，母亲做过清洁工，后来他们都成了酒鬼。父母经常晚归，有时干脆就不回来了。拉里莎对此早已习以为常，也习惯了挨揍，就像孩子总会适应一切一样。她的哥哥十六岁就搬了出去，从此再无音讯。她以后也会这样。

那天是周一。父母都待在两条街之外的酒水商店——他们几乎每天都在那里。拉里莎独自在家，正坐在床上听音乐，门铃响了。她过去开门，透过猫眼向外看了看。是拉克纳，父亲的朋友，住在隔壁。她只穿着三角裤和 T 恤。他问她父母在不在家，进屋后又确认了一遍。然后，他掏出一把刀，逼她换好衣服跟他走，否则就割断她的喉咙。拉里莎别无选择，只能顺从。她跟着拉克纳走了。他要回自己家里，免得受人干扰。

在楼梯间，住对门的哈尔伯特夫人迎面碰到了他们。拉里莎挣脱拉克纳，哭喊着跑到她怀里。很久之后，一切尘埃落定，法官问哈尔伯特夫人当时为何不保护拉里莎，又为何推开拉里莎，任她落入拉克纳的魔爪。还问她为何在女孩哭着求救的情况下仍任由男人把她带走。面对法官的每一个问题，哈尔伯特夫人总是给出同样的回答："这不关我的事，与我毫无干系。"

拉克纳把拉里莎带回自己的住处。她还是处女。他结束后就把她打发走了，告别时还说："替我问候你的父亲。"回家后，拉里莎用很烫的热水冲了澡，皮肤都快被烫伤了。她拉上房间的窗帘，整个人都陷入疼痛与恐惧，但无人可以倾诉。

接下来几个月，拉里莎的身体越来越差。她感到困倦，恶心想吐，精神涣散。母亲说，她不该吃那么多甜食，结果得了胃灼热。拉里莎胖了近十公斤。她正处在青春期，刚把墙上的骏马图撕下来，挂上 BRAVO 杂志上刊登的照片。她的情况越来越糟，尤其腹痛愈发严重。父亲说"那是胃绞痛"。月经也停了，她以为这是呕吐导致的。

四月十二日中午，她强撑着来到厕所，感觉肠子都快裂开了。整个上午她的胃一直在痉挛。这种感觉不对劲。她将手伸向两腿之间，碰到了异物。它正从她的体内长出来。她摸到了湿漉漉的头发，一颗小小的脑袋。"它不能留在我的身体里。"后来她说，这是她当时唯一不断重复的念头："它不能留在我的身体里。"几分钟后，婴儿掉入马桶，她听到水花溅起的声音。她一直没动，就这样坐了很久，久到她已经感知不到时间的流逝。

后来，她终于站了起来。婴儿还在马桶里，苍白的身体泡在红色的血水中，脏兮兮的，已经死了。她从洗手池上方的置物架上拿起指甲剪，剪断脐带，然后用厕纸擦干了身体。她不想把废纸扔到婴儿身上，就塞到了洗手间的塑料桶里。她瘫坐在地，直到浑身发冷。接着她强撑着起身离开，踉跄着去厨房取来垃圾袋，因为一路扶着墙走，墙上留下了血迹斑斑的手印。然后，她把婴儿从马桶里捞了上来，它的腿几乎跟她的手指一般细。她把它放到一块毛巾上，非常快速地瞥了一眼，那短暂的一瞬间却深深地印在了她脑海里——它躺在那儿，脑袋青紫，双眼紧闭。她用毛巾包住婴儿，将它小心翼翼地放进塑料袋里，心想，"就像在放一块刚烤好的面包"。她双手捧着塑料袋，来到地下室，把它放到自行车旁。她无声地哭着。上楼时她又开始流血，血顺着大腿根往下流，但她没有注意到。她好不容易回了屋，最终却晕倒在过道上。母亲回来后叫了救护车。到医院后，医生帮她取出了胎盘，还报了警。

女警和善可亲。她没有穿制服，一直在轻轻抚摸拉里莎的额头。拉里莎躺在干净的床铺上，护士给她带了些鲜花。拉里莎交代了一切，说"它还在地下室"。然后，她说了一句让人难以置信的话："我不知道自己怀孕了。"

我在女子看守所见到了拉里莎。一位法官朋友请我为她辩护。她才十五岁。父亲接受了街边小报的采访，说她一直都是个乖孩子，他也搞不懂这一切怎么会发生。为此，他得到了五十欧元的采访费。

隐性怀孕的现象一直存在。仅在德国，每年就有一千五百名女性很晚才发现自己怀了孕，其中近三百名直到分娩那一刻才意识到。她们误读了所有症状：停经是因为压力太大，肚子隆起是因为吃得太多，乳房增大是因为内分泌失调。这些女性要么非常年轻，要么已经超过四十岁，其中很多甚至有过生育经验。人会自我压抑一些事，没人知道这是怎么做到的。这类情况有时甚至能骗过医生，从而阻碍他们做进一步的检查。

拉里莎被无罪释放。首席法官说，婴儿生下来时还活着，之后才溺亡，因为其肺部已经发育完全，里面还发现了大肠杆菌。法官说他相信拉里莎。强奸给她造成了心理创伤，她本不想生下孩子。于是她把一切强力而彻底地压抑了下来，以至于完全没有意识到自己已经怀孕的事实。在厕所产下婴儿时，拉里莎自己也受了惊吓，因此陷入一种无法分辨是非对错的精神状态。婴儿的死不是她的过失。

拉克纳在另一场审判中被判六年半有期徒刑。

拉里莎乘坐电车回家,身上只带了女警为她收拾好的黄色塑料包。母亲问了问她法庭上的情况。半年之后,她从家里搬了出去。

我们通完电话后,她给我寄了一张两个女儿的照片,还附了一封信,蓝色信纸上圆润漂亮的字迹一看就是用心慢慢写下的:"我跟丈夫和女儿生活得很好。我感到很幸福。但我经常梦到那个独自躺在地下室的婴儿。是个男孩。我很想他。"

司法

该刑事法庭位于柏林的莫阿比特区。那里总是灰蒙蒙的,没人知道其名字的由来,不过听起来有点像斯拉夫语里的"沼泽"。欧洲最大的刑事法院坐落于此,一共有十二个法庭、十七座楼梯。一千五百人在这里供职,包括两百七十名法官和三百五十名检察官。这里每天大约举行三百场庭审,八十个国家的一千三百名嫌疑人在此羁押;同时每日还有上千名访客、证人和诉讼参与人到访。每年约处理六万起刑事诉讼。以上皆是统计数据。

带图兰进来的女警低声说:"真是一个可怜虫。"他拄着两根拐杖,拖着右腿走进探视室,左腿内弯,看起来像步行街上的乞讨者。他今年四十一岁,瘦弱矮小,浑身只剩下皮包骨。他的脸凹陷,牙齿几乎掉光,胡子拉碴,一看就无人照顾。为了跟我握手,他还得把一根拐杖靠在肚子上,站都站不稳。图兰坐了下来,艰难地讲述他的故事。他正在服刑,处罚令早已生效。起因是他带着斗牛犬攻击了一名男子。据称,"他凶残地把男子打趴在地上"。图兰说,他是无辜的。他回答问题时要想很久,说话也用了很长时间。我没有完全听懂他的话，其实他也不必说这么多。他走路都成问题，一条小狗就能把他撞倒。当我准备离开时，他突然抓住我的手臂，拐杖掉在了地上。他说，他不是坏人。

几天后，我拿到了检察院送来的卷宗。卷宗不厚，还不到五十页：霍斯特·科夫斯基，四十二岁，当时正在新克尔恩散步。新克尔恩是柏林的一个城区，那里的学校都要聘请私人保安，百分之八十的小学生是外籍，一半居民依靠社会救济生活。霍斯特·科夫斯基正在遛他的腊肠犬。后来，腊肠犬跟一只斗牛犬厮咬在了一起。斗牛犬的主人被激怒，矛盾升级，最后把科夫斯基打翻在地。

科夫斯基回到家时，嘴角还在流血。他的鼻梁骨折，衬衫也被撕烂了。妻子为他包扎时说，她认识"那个牵斗牛犬的男人"，他叫塔伦，是她工作的那家日光浴沙龙的常客。她查了沙龙的电脑，找到了塔伦的打折卡和住址：科尔贝环路五十二号。夫妇两人来到警察局，科夫斯基把从电脑上打印出来的信息交给了警方。市户籍登记库里没有塔伦的名字，警察对此并不意外。在新克尔恩，不是所有人都会按照规定登记户籍的。

第二天，一名巡警查了科尔贝环路五十二号的一百八十四个门牌，都没找到塔伦的名字，但发现有个门牌写着"图兰"。该巡警到柏林的户籍登记处询问，得知确实有个叫哈尔坎·图兰的人住在科尔贝环路五十二号。巡警认为报警人可能搞错了拼写，正确的名字应该是"图兰"而非"塔伦"。他按了门铃，无人应答，他在信箱留下一张传票，通知图兰到警察局接受调查。

图兰没有去警察局，也没有申请择日再去。四周之后，警官把卷宗移交检察院。检察官申请了处罚令，法官也签了字。"如果不是他做的，他早该来说清楚了。"法官认为。

接到处罚令时，图兰还有机会扭转一切。他只要给司法机关写一句简单的话就行。两周之后，处罚令生效。司法执行部门给他发来一张汇款单，让他缴纳罚款。他当然没有支付，也根本没有那么多钱。于是罚款就演变成了监禁。从拘留中心寄来的信函上写道，他必须于十四天内自首。图兰把信扔了。三周后，两名警察把他带走了。此后他就一直被关押着。图兰说："不是我干的。德国人这么严谨，他们一定会弄清楚。"

图兰天生残疾，一生都在不停地做手术。我给他的医生写了信，取得他的病历并发给一位专家过目。专家说，图兰不可能把人踢倒在地。图兰的朋友们来到了律师事务所，说图兰怕狗，也从未养过狗。其中一个朋友甚至认识养斗牛犬的塔伦。我申请了再审，图兰被释放。三个月后庭审开始，科夫斯基说，他从未见过图兰这个人。

图兰被宣判无罪。司法机关却忘了起诉塔伦。

根据法律规定，图兰可以向国家申请赔偿，每被关押一天可获得十一欧元。但申请必须在六个月内提出。图兰没有拿到赔偿。他错过了申请期限。

补偿

亚历山德拉长得很漂亮，一头金发，有一双棕色的眼睛，老照片上的她还扎着发带。她在奥尔登堡附近的农村长大，父母经营农场，饲养奶牛、肉猪和鸡。她不喜欢自己脸上的雀斑，爱读历史小说，一心向往城市生活。中学毕业后，父亲安排她到城里一家声誉不错的面包店当学徒，母亲则帮她找了住处。她一开始很恋家，每个周末都回来，后来渐渐在城里交了一些朋友。她热爱生活。

学徒期结束后，她买了人生中第一辆车。钱是母亲给的，但她想自己挑选。她当时十九岁，汽车销售员大她十岁，是个身材高大、臀部紧实的男人。他们一起试车，他给她讲解车子性能。她总是不由自主地盯着他的双手看，那是一双修长有力的手，她很喜欢。交易完成后，他邀请她一起吃晚饭或看电影。她过于紧张，笑着拒绝了，但在购车合同上留了自己的电话号码。一周后，两人开始约会。她喜欢他讲话的方式，喜欢什么都被他安排妥当的感觉。她觉得一切都好极了。

两年后，两人结婚。婚礼照片上，她身穿白色礼服，皮肤晒得有点黑，正挽着比她高两个头的丈夫冲镜头灿烂地笑。他们聘请了专业的摄影师。这张照片会一直放在她的床头柜上，她连相框都买好了。两人都对婚礼很满意，也很喜欢那个弹奏哈蒙德风琴的独奏艺人。他们随着音乐起舞，尽管他自己说不太会跳。双方的家人很合得来。她最爱的祖父是个患有尘肺病的石匠，他在婚礼上送了他们一尊雕像——外形很像她的裸体女孩。公公则把礼金包在信封里送给他们。

亚历山德拉对婚姻没有恐惧，她相信自己会跟这个男人过得好。一切的确如她所愿。他表现得温柔体贴。她以为自己足够了解他。

他第一次打她，是在孩子出生之前很久。那天他半夜才回家，喝得大醉。她醒来后埋怨了一句，说他身上有酒味。她不觉得有什么，只是这么一说而已。他却冲着她大喊，把她的被子掀了起来，等她坐起身，就朝她脸上打了一拳。她被吓到了，一句话都说不出来。

第二天早上他哭了，说都是酒惹的祸。她不忍心看他坐在厨房地板上的样子。他说以后再也不喝酒了。他去上班后，她把屋子里里外外都打扫了一遍，一整天都没法做其他事。婚都结了，这种事在所难免，她想着，就当是个小插曲吧。他们再也没有提起这件事。

亚历山德拉怀孕时，一切如常。他周末会带鲜花回来，平时也会把头贴在她的肚子上，试着听孩子的动静，温柔地抚摸她。她生完孩子出院后，他已经把家收拾得焕然一新，把婴儿房墙壁粉刷成了黄色，还买了一张换尿布用的桌子。婆婆给婴儿买了各种日用品。大门口挂上了纸做的花环。

女儿接受了洗礼。他原想给她取名尚塔尔，但他们最后达成一致，决定叫她萨斯基亚。亚历山德拉觉得很幸福。

孩子出生后，他再也没有跟她同过床。她尝试了几次，但他都不情愿。她感到有点孤独，但因为身边有了孩子，慢慢也就习惯了。一个朋友说，如果丈夫曾在产房陪产，有时就会发生这种事，但迟早会过去的。她不知道是不是真的如此。

几年后，生活变得艰难起来。汽车销售行业不景气，他们还有公寓的贷款要还。无论如何，日子还过得下去，只是他比以前喝得更多了，有时夜里回来，身上还带有其他女人的香水味，但她什么都没说。她的朋友们和各自丈夫之间的矛盾更多，大部分都离了婚。

一切始于那个圣诞节。她已经摆好餐桌，用白色桌布搭配祖母的银质餐具。五岁的萨斯基亚正在告诉她要把装饰彩球挂在圣诞树的哪个位置。傍晚六点半,她点上蜡烛。但直到蜡烛燃尽,他都没有回来。母女俩吃了晚饭,饭后她把萨斯基亚抱上床,给女儿念新买的书,哄她入睡。她跟父母和公婆都通了电话,如寻常家庭般互道圣诞快乐。只是当长辈们问起他时,亚历山德拉说他开车去了加油站,因为家里没有火柴点蜡烛了。

他打人时一声不吭。他以前练过拳击,知道打哪里最疼。尽管酩酊大醉,他每次下手依然精准,出拳规律而凶狠,而且会避开脸。他们就站在开放式厨房的美式早餐桌和冰箱之间,冰箱门上还贴着孩子的照片和花纹贴纸。为了不喊出声,她拼命咬住自己的手,心里想着萨斯基亚。他揪着她的头发,把她从客厅拖回卧室。他强迫她肛交时,她感觉身体快要撕裂。他很快高潮,然后一脚把她从床上踹了下去,倒头便睡。她躺在地上,动弹不得,过了很久才起身来到浴室,全身瘀青,还尿了血。她在浴缸里躺了很久,直到呼吸恢复正常。她欲哭无泪。

圣诞假期结束后的第一天,她恢复了一些气力,说要带着萨斯基亚回娘家。他在她之前出了门。她收拾好行李,将行李箱搬上电梯。萨斯基亚很高兴。等他们来到楼下,他正站在大门口。他从她手中拿过行李箱,动作很轻。萨斯基亚问,她们是不是不能去外婆那里了。他用左手牵着女儿,右手拉着行李箱,走回电梯间。到家后他把行李箱放到床上,盯着她摇了摇头。

"你哪儿都去不了,我总能找到你。"他警告。他回到门厅,抱起萨斯基亚,说:"我们现在去动物园。"

"太好了。"萨斯基亚说。

直到门被关上，亚历山德拉才重新感觉到自己双手的存在。她刚才太过用力地抓抠椅子，断了两个指甲。当天夜里，他打断了她一根肋骨。她躺在地板上，失去了知觉。

他的名字叫费利克斯，租住在后面楼房的一间小公寓里。她每天都能看到他骑着自行车出入。在超市购物时，他总会跟她打招呼。有一次，她因为肾脏疼痛蜷缩在过道上，他还帮她提了购物袋回家。此刻，他正站在她家门前。

"您家有盐吗？"他说，"好吧，我承认，这个借口太蠢了。您想和我一起喝杯咖啡吗？"

两人都大笑起来。她的肋骨还在隐隐作痛。她已经习惯了挨打。她还要再忍受四五年，等萨斯基亚再长大一些。她现在才九岁。

她喜欢费利克斯的公寓。那里很温馨，有着浅色的地板，窄小的木质书架上摆满了书，床垫上铺着洁白的床单。他和她讨论书，一起听舒伯特的音乐。他看起来像个大男孩，还有些忧郁，她想。他对她说，你真漂亮。然后两人就陷入了漫长的沉默。回到家后，她想，也许一切还没有那么绝望。当晚，她又被迫在床边的地板上过夜，但她觉得没有那么难熬了。

三个月后，她和他睡在了一起。她不想他看到自己裸露的身体，尤其是那些瘀青和擦伤。她拉上百叶窗，在被子里脱了衣服。她三十一岁，而他经验不多。但这是自萨斯基亚出生以来，她第一次和男人真正地做爱。她喜欢被他抱着的感觉。事后，两人在昏暗的房间里躺着。他跟她说，想带她去旅行，到佛罗伦萨、巴黎，还有很多她从未去过的地方。这一切让她感觉十分放松。她喜欢听他的声音。她只能待两个小时，但她对他说，她现在不想回去了。就这样脱口而出，应该也算一种爱的宣言吧。她意识到，自己是认真的。

后来，她找不着丝袜了，两人都大笑起来。突然间，他打开了灯。她把床单挡在身前，但为时已晚。她看到了他眼中的怒火，他说必须马上打电话报警。她花了很长时间劝阻他，说她担心自己的女儿。他不愿意听下去，嘴唇一直在颤抖。

两个月后，长假开始了。他们把萨斯基亚送到了乡下的外婆家。小女孩很喜欢那里。返程途中，她丈夫说："现在开始，你要学会听话。"费利克斯给她发了短信，说他想她了。她在高速公路休息站的卫生间里读了短信。那里弥漫着一股尿味，但她觉得没什么。费利克斯说，她的丈夫是个虐待狂，从羞辱和伤害她中获得快感。这是一种精神疾病，对她很危险，必须让他去接受治疗。而且，她必须立刻远离他。她不知道该怎么办。她不能告诉母亲，因为她为丈夫，也为自己感到羞耻。

八月二十六日，萨斯基亚回家的前一天，两人打算去接她，并在亚历山德拉父母那儿过一夜。之后一家三口会去马略卡岛度

假一周，机票就放在过道的小桌上。她想，到了那里，情况或许会有所好转。女儿不在的日子，他喝得越来越没有节制。而她几乎无法行走。过去的两周，他每天都强迫她肛交和口交，对她拳打脚踢，强迫她用放在地上的宠物喂食碗吃饭。在他面前，她必须一丝不挂，而且只能睡在他床前的地板上，现在连身上的被子都被抽走了。她无法跟费利克斯见面，只是发短信告诉他，现在的情况就是不行。

在这最后一晚，他说："萨斯基亚已经成熟了。我一直在等着。等她回来之后，她就是我的了。"

她听不明白他的话，问他这是什么意思。

"我要像干你一样干她。她已经准备好了。"

她尖叫着冲向他。他站起来，朝她腹部抡了一拳，那一击迅猛而结实。她马上吐了起来，他转过脸去，命令她把地擦干净。一小时后，他上床睡觉。

丈夫再也没有打鼾。两人睡在一起的头一个美好的夜晚，她就知道他有打鼾的习惯。起初她觉得很是陌生，心想，这真是个与她全然不同的人，声音也不一样。但慢慢地她便习惯了。他们已经结婚十一年。人生不可重来，摊上这样的丈夫便注定只能过这样的生活。她坐在另一个房间听收音机，里面播放着她听不懂的内容。她呆呆地望着漆黑的夜色。两个小时后天将破晓，到时她就得回到卧室，回到她的卧室。

她父亲请求我为她辩护。我申请了探视许可证。负责本案的检察官叫考尔巴赫，体形壮实、头脑清晰。他的话总是言简意赅。

"真是可怕，"他说，"我们这里不常发生谋杀案，但这件案子一目了然。"

考尔巴赫给我看了案发现场的照片。

"她用雕像把自己丈夫砸死了，当时他还在熟睡中。"

"关于他是否在熟睡中，法医也还没有定论吧。"我说。但我知道这个论点站不住脚。

问题很简单。不同于犯罪题材影视剧所表现的，谋杀与杀人罪的区别不在于是否"蓄意"。所有谋杀都属于杀人，但要具备某些要素，谋杀才能成立。这些要素并非随意决定，而是法律有明文规定的，比如凶手是出于"满足性欲""贪婪"或其他"卑鄙的动机"而害人性命，或者凶手杀人的手法具备"阴险""残忍"的特征。如果法官认为上述任一要素成立，便别无选择，只能判处凶手终身监禁。但若只是杀人，法官还可以视情况判处五至十五年有期徒刑。

考尔巴赫说的没错。如果一个人睡觉时被打死，是无法进行反抗的。他不知道自己正受到攻击，处于一种无助的状态。也就是说，凶手的行为是"阴险的"，可以构成谋杀，将被判处终身监禁。

"请您仔细看一下这些照片，"考尔巴赫说，"男人仰卧，双手没有反抗的痕迹，被子也整齐地盖在身上。那里没有发生过打斗。没人会怀疑他正在熟睡中。"

检察官知道自己在说什么。从现场照片上看，雕像底座把男人的脸给砸烂了。血迹四溅，甚至落到了床头柜的照片上。参审员们不会想看到这种照片。

"此外，您的委托人今天认了罪。"

这一点我还不知道。我不由得想，自己还能为这场诉讼做些什么。我完全帮不了她。

"非常感谢，"我说，"我现在就去见她。之后我们再谈。"

亚历山德拉正躺在看守所的医院里。她微微一笑，是人们在医院里面对陌生访客时会露出的那种表情。她坐起来，披上浴袍。浴袍有点大，她看起来不太自在。地板铺有油毡布，屋子里散发着消毒水的味道，洗手池缺了一个角。她旁边躺着另一名女囚，床铺之间只隔着一道黄色帘子。

我在她的病房待了三个小时，听她讲述了自己的经历，让人给她伤痕累累的身体拍了照。她的诊断报告长达十四页：肝脾均破裂，两个肾脏出现挤压性损伤，皮下大面积淤血，两根肋骨骨折，另外六根肋骨有旧伤。

三个月后，此案正式开庭。首席法官即将退休。他脸颊瘦削，平头灰发，戴着一副无框眼镜——形象与崭新的审判庭格格不入。室内设计师按照当时流行的风格给审判庭配置了浅绿色的塑料座椅和白色的复合板桌子，旨在体现民主司法系统的气质，但判刑尺度不会因此有任何改变。首席法官宣布开庭，确认诉讼参与人均已到场。然后，他中断了庭审，先把旁听者请到庭外，又把亚历山德拉送回拘传室。一直等到现场重新安静下来，他才再次开口。

"女士们，先生们，坦白说，"他语速很慢，语气中尽显疲惫，"我不知道该怎么做。我们会完成案件的审理，理清卷宗。但我不想判被告人有罪，她被这个男人折磨了整整十年，差点被他打死，而他的下一个施暴对象很可能就是自己的女儿。"

我不知道说什么。如果在柏林，这位法官会因立场偏颇而立即被检察院要求回避。开庭审理前如此公开发言是不可想象的。但在乡下地方就不同了。这里圈子更加狭小，大家还得相处下去。首席法官不在乎检察官的想法。考尔巴赫始终一言未发。

"但我必须判她有罪，法律要求我这么做。"首席法官看着我说，"除非您能想出别的办法。我会给您提供一切机会。"

庭审只持续了两天，没有证人出庭。亚历山德拉讲述了她的故事。法医报告了死者的尸检情况，但用更长的时间陈述了亚历山德拉遭受的虐待。法庭的调查取证就此结束。检察官主张将此案定性为谋杀。他的陈词不带任何感情，内容无可指摘。他说，被告人的情况满足从轻判决的先决条件，但根据法律规定，谋杀不存在减刑的可能。因此，唯一适用的判决就是终身监禁。我的总结陈词被安排在第二天。在那之前暂时休庭。

离开审判庭前，首席法官把检察官和我叫到了法官席前。他已经脱下了长袍，里面穿了一件绿色西装外套，皱巴巴的衬衫上满是污渍。

"你错了，考尔巴赫先生，"他对检察官说，"谋杀固然无法轻判，但还有其他可能。"他递给我们两人几份复印件。"明天之前，请仔细地研究这份判例。我想从您那里听到合理的辩护词。"这是说给我听的。

我知道那个判例。联邦最高法院大审委会认为，对谋杀罪的量刑并非绝对。在特殊情况下，终身监禁也应有减刑的可能。除了这样总结陈词，我别无他法。

法院最终宣判亚历山德拉无罪。首席法官认为，她的行为属于正当防卫。正当防卫的界定很苛刻，只有在正遭受攻击或即将遭受攻击的情况下实施防卫才可算作正当防卫，免受刑罚。而本案唯一的问题在于，熟睡之人无法发起攻击，也没有任何法院会认为，一个睡着的人会马上发起攻击。首席法官说，这只是独立的个案判决，一个特例，不适用于其他案件。亚历山德拉不必等到丈夫醒来再自卫。她想保护女儿，也应该被允许这样做。同时，她也还要考虑到自身的安危。法院撤销了羁押令，解除了对她的羁押。后来，首席法官还说服了检察官不再提起上诉。

宣判结束后，我来到街对面的咖啡馆。客人们可以坐在屋外一棵高大的栗子树下喝咖啡。我回想着那位年迈的首席法官、整场仓促的审判和我自己愚蠢的总结陈词。我请求从轻判决，法院却宣判她无罪。接着我突然意识到，法庭还没有听取指纹专家的证词。我查看了笔记本电脑中的档案卷宗：雕像上没有留下任何痕迹，凶手必定戴了手套；而且雕像重达四十一公斤，亚历山德拉的体重和它差不了多少。床的高度也有五十多厘米。我重新翻看了她的供词。她说自己作案后就回婴儿房坐到了天亮，然后才去报的警，其间没有洗澡，也没有换过衣服。卷宗往后翻大概一百页，可以看到她衣服的照片：她穿着白色衬衣，上面没有一处血迹。首席法官经验丰富，不可能没有注意到这一点。我合上了电脑。那是夏末的最后几天，吹来的风还带着热意。

我看到她从法院走了出来。费利克斯正在出租车上等她。两人一起坐在车子的后座，他握紧了她的手。她打算带他去见她的父母，拥抱萨斯基亚，而这一切终将过去。他们会小心地经营这段关系。只有当她感觉到被温暖呵护之时，她才会主动回应那双杀死丈夫的手。

家人

　　瓦勒以最佳成绩从汉诺威的一所高中毕业。他的父亲曾是名钢筋工人，个子瘦小，双肩下塌。尽管妻子抛下孩子弃他而去，他还是想方设法让儿子上了文理中学。瓦勒毕业十六天后，父亲去世了：他失足跌入建筑工地新浇注的混凝土床，手上还拿着啤酒瓶。施工人员来不及停下机器，父亲活活淹死在混凝土泥浆里。

　　参加葬礼的除了瓦勒，还有父亲的四个工友。瓦勒穿着父亲仅有的一套西装，十分合身。他有着和父亲一样的国字脸与薄嘴唇，但眼睛和其他方面却与父亲全然不同。

　　德国学业基金会为瓦勒提供了奖学金，但他没有接受。他买了一张去日本的机票，只带上一个行李箱就飞往京都，在当地一家寺院待了十二个月。这一年他学会了日语，随后便受聘于东京一家德国机械制造公司，五年后成了分公司总经理。他住在一处廉价的膳宿公寓，挣来的钱全都拿去投资了。一家日本汽车制造商把他挖走，六年后他晋升到了外籍员工所能达到的最高职位。

当时他的银行账户存了约两百万欧元，但他仍然住在那家膳宿公寓，没什么日常开销。三十一岁那年他辞职搬到伦敦，八年后在股市赚了近三千万欧元，但他还是住在伦敦的一处小屋子里。三十九岁时，他在巴伐利亚的一个湖边买了一幢庄园大宅，其他钱都买了国债，从此不再工作。

几年前的夏天，我在那个湖边租了一处小屋，住了三周。各家之间没有栅栏，透过树林就能看到那幢庄园大宅。在我屋前的码头上，我第一次见到了瓦勒。他做了自我介绍，问我是否能在这儿坐坐。我们两人年纪相仿。那天很热，我们把脚伸进水里，看着往来的小艇和身穿各色衣服的冲浪者，几乎没怎么交谈，却也不觉得尴尬。两个小时后，他回了家。

第二年夏天，我们约在法兰克福酒店的大堂见面。我到得有点晚，他早就在等着了。我们点了咖啡。我因为出庭忙了一整天，感到有些疲惫。他让我一定要再回湖边看看，说那里每天早上都会有一大群苍鹭从湖面和屋顶飞过。最后，他问能否给我寄一份文件。

文件在四天后送达。是一份由侦探事务所搜集的关于他家人的资料：

瓦勒的母亲在离家一年后再婚，又生了一个儿子，也就是瓦勒同母异父的弟弟弗里茨·迈纳林。迈纳林两岁时，父亲离家出走；他刚上小学，母亲又因酒精中毒意外身亡。迈纳林被送到了儿童之家。他梦想做一名木匠，儿童之家便帮他安排了一份学徒的工作。但他开始和朋友们喝酒，不久就因酗酒过度，上午常常无法按时上班，最终被辞退。他离开了儿童之家。

自那之后,他就走上了犯罪道路:偷盗,斗殴,扰乱交通秩序。他曾两次短暂入狱。在慕尼黑啤酒节上,他喝了太多,血液酒精浓度高达千分之三点二。他当众骚扰两名女子,最后被按醉酒犯罪的标准判了刑。之后他日渐堕落,公寓也没了,只能住进流浪者收容所。

啤酒节事件发生一年后,他抢劫了一家食品商店。后来他只对法官说自己需要钱。可实际上,他在作案前夜喝得酩酊大醉,以至于女店员用一把簸箕就把他制服了。他被判了两年零六个月监禁,但因要接受戒酒治疗而提前获释。

有几个月他努力保持清醒,还找了个当销售员的女朋友,两人搬到了一起。他十分善妒。有一次她回来晚了,他就用锅盖砸她的左耳,导致她耳膜破裂。法官又判了他一年。

迈纳林在监狱结识了一名毒贩。两人出狱的时间仅相隔一周。毒贩劝说他从巴西携带可卡因回德国。迈纳林拿到了机票和五百欧元报酬。警方收到线报,在他去往里约热内卢机场的出租车上将其逮捕,发现他随身携带的行李箱里藏了十二公斤高纯度可卡因。他被关进当地看守所,等待审判。

文件资料到此结束。我读完后给瓦勒打了电话。他问我是否愿意为他关在巴西的同母异父的弟弟安排辩护事宜。他不想跟他有任何瓜葛,但觉得自己还是得救他。他想让我亲自飞过去,请律师,联系大使馆,处理一切事务。我同意了。

里约热内卢的看守所没有隔间,只有内设狭窄木板床的牢

笼。一众囚犯蜷缩双腿坐在湿漉漉的地上，墙上还有蟑螂在爬。迈纳林蓬头垢面。我告诉他，有个不愿透露姓名的人为他支付了辩护的费用。

我聘请了一名出色的刑事辩护律师。迈纳林被判处两年监禁，之后被引渡回德国受审。由于巴西监狱条件恶劣，那里的一年刑期相当于德国的三年。因此，德国停止审理此案。他被释放出狱。

三周后，他在酒馆因半瓶苦艾酒跟一个俄罗斯人发生争执。两人都喝多了，酒馆老板把他们扔了出去。

酒馆门前是一处工地，迈纳林捡起一个施工照明灯就往对方头上砸去。俄罗斯人倒在地上。迈纳林打算回家，但找不到方向了，只是绕着工地的围栏打转，二十分钟后又回到了原地。俄罗斯人正在前面不远处爬行，身上血流不止，急需救助。照明灯还放在地上。迈纳林拿起灯就往下砸，直到俄罗斯人断了气。他在作案现场直接被捕了。

等再次来到慕尼黑，我开车去见了瓦勒。

"您现在打算怎么办？"我问他。

"我不知道。"他说，"但我再也不想帮他了。"

那一天晴朗宜人。挂有绿色百叶窗的黄色宅邸在阳光下闪闪发光。我们坐在底层的船库里。瓦勒穿了一条米色的短裤和一双白色棉布鞋。

"您稍等一下,我去拿点东西。"他回到楼上。阳台上躺着一名年轻女子。湖面平静无波。

瓦勒回来后,递给我一张照片。

"这是我的父亲。"他说。

那是一张七十年代用宝丽来拍的照片。有些褪色,呈现出橙棕色调。上面的男人看起来就像瓦勒本人。

"他进过四次监狱,"他说,"三次是因为主动挑起斗殴,还有一次是盗窃。他偷了收银机里的钱。"

我把照片还给他。瓦勒把它塞进口袋。

"他的父亲一九四四年被纳粹分子判处死刑,因为他强奸了一名女性。"他接着说。

他坐回椅子上,朝湖面望去。两艘小艇正在比赛,蓝的那艘眼看就要赢了,紧接着,红的却突然改变航向,退出了比赛。瓦勒起身,走到烧烤架前。

"很快就可以吃了,您也留下吧?"

"好,"我说,"乐意之至。"

他用一把叉子捅了捅炭火。

"我们的后代也不见得会变好。"他突然说。这是他最想说的话。

他的女朋友下楼加入了我们。我们聊了别的话题。吃完饭后他送我到车前。这个孤独的薄唇男人。

几年后,我从报纸上得知了瓦勒的死讯。他在水上遭遇风暴,从船上落水溺亡。他的财产捐赠给了日本的那家寺院,大宅则留给了巴伐利亚湖边小镇的政府。我喜欢瓦勒。

秘密

连续两周,那个男人每天早上都来我的事务所,每次都坐在大会议室的同一个位置,大多时候捂着左眼。他叫法比安·卡尔克曼,精神有点不正常。

我们第一次谈话时他就跟我说,他被美国中情局和德国联邦情报局盯上了。他知道他们想要的秘密。我们进行了以下对话。

"他们在追杀我,你明白吗?"

"不是很明白。"我说。

"你去足球场看过球赛吗?"

"没有。"

"你一定要去一次。所有人都在喊我的名字,不停地喊'莫哈蒂特''莫哈蒂特'。"

"但您的名字是卡尔克曼。"我说。

"没错,但在情报局那里我叫莫哈蒂特。这也是我在史塔西[①]

[①] 即德意志民主共和国国家安全部。

档案上的名字。所有人都知道。他们想得到我的秘密,那个终极秘密。"

卡尔克曼向前探过身。

"我曾去眼镜店配新眼镜,你知道吧。他们通过我的眼睛把我麻醉了。我在店里待了一整天才出来,整整二十四个小时。"

他看着我。

"您不相信我,行,我可以证明给您看。看这儿。"他掏出一本小笔记本,"就这儿。什么都写着呢。"

笔记本上以大写印刷体写着:四月二十六日下午三点进入实验室,四月二十七日下午四点离开实验室。卡尔克曼合上笔记本,得意扬扬地看着我。

"现在您看到了,这就是证据。眼镜店属于美国中情局和德国联邦情报局。他们给我打了麻药,把我带到了地下室。那里有一个大实验室,就像詹姆斯·邦德的那种不锈钢实验室。他们给我做了二十四小时的手术。就是他们干的。"说着他往后靠了回去。

"他们对您做了什么?"我问。

卡尔克曼环顾了一下四周,压低声音道:"摄像头。他们给我的左眼植入了一个摄像头,就在眼睛的晶状体后面。现在他们能看到我所看到的一切。这个设计简直完美,情报局能看到莫哈蒂特看到的一切。"说完后他又大声吼道:"但是他们永远也得不到那个秘密。"

卡尔克曼想让我告发德国联邦情报局和美国中情局,以及在背后操纵一切的美国前总统里根。我说里根已经死了,他回答:

"您真信这个？实际上，他还住在赫尔穆特·科尔[1]的阁楼上。"

他每天早上都来跟我讲述他的经历。渐渐地我开始受不了，跟他说他需要寻求外界帮助。奇怪的是，他立即明白了我的意思。我给精神科急诊中心打了电话，问能否带个病人过去，然后和他乘坐出租车一同前往。由于其他房间还在粉刷内墙，我们被带到了精神科强制治疗中心。身后的防弹玻璃门被关上了。一名护工带着我们往这栋建筑的深处走去。最后，我们来到一个前厅，一名我不认识的年轻医生请我们进入他的诊疗室。我们在一张小办公桌前的访客椅上坐下。我正想说明事情的来龙去脉，卡尔克曼却抢先开了口。

"您好，我叫费迪南德·冯·席拉赫，是一名律师。"然后他指着我说："我把卡尔克曼先生给带过来了。我怀疑他有严重的精神病。"

---

[1] 德国前总理。

罪 罚
S T R A F E

风平浪静之时,亦是暗流涌动之际。

——索伦·克尔凯郭尔

参审员

卡塔琳娜在黑森林高地长大。海拔一千一百米的高地上，坐落着十一户农舍、一座小教堂和一家仅在周一营业的食品超市。她家那栋斜顶的三层建筑位于村子尽头，原是母亲娘家的房子。在她家的院子背后是森林，再后面是山崖，接着又是森林。她是村里唯一的小孩子。

父亲是纸业公司总代理，母亲是教师，两人都在山下的城市工作。卡塔琳娜十一岁那年，常在放学后去父亲的公司，待在他的办公室里，专心听他打电话处理报价、折扣和交货期限之类的事务。父亲耐心地跟她解释所有事情，直到她明白为止。学校放假时，父亲就带着她出差。她帮父亲收拾行李、整理衣服，在旅馆等他办完公事回来。十三岁时，卡塔琳娜已经比父亲高出半个头，她身材很纤细，皮肤白皙，秀发近乎乌黑。父亲称她为白雪公主，每当有人打趣说他娶了一位年轻的妻子，父亲总会开怀大笑。

卡塔琳娜过完十四岁生日的两周后，正值那年初雪。天空晴朗，寒气逼人。家门前摆放着新木瓦，父亲打算在入冬前用它翻新屋顶。如往常一样，母亲正载着卡塔琳娜去学校。一辆货车行驶在她们前方。整个早上，母亲什么话都没说。

"你爸爸爱上了别的女人。"她终于说了句话。路边的树上挂着雪花，远处山峰白雪皑皑。她加速超过前面的货车，货车车厢一侧印着"南国水果"，每个字的颜色都不一样。"他的女秘书。"母亲补充了一句。她开得太快了。卡塔琳娜认识那个女秘书，对方一直十分友善。父亲什么都没跟我说——她当时内心只有这个想法。她用指甲戳着书包，直到指间感受到疼痛。

父亲搬进了城中的一栋房子。卡塔琳娜再也没见过他。

半年之后，家里的窗户外钉上了木板，自来水管全部排空，电闸也被拉下。母亲带着卡塔琳娜搬到了波恩，她们有亲戚住在那儿。

卡塔琳娜用一年的时间摆脱了家乡的口音。她为校刊撰写政论文章，十六岁时，当地一家日报首次刊登了她的作品。她留意着自己做过的每一件事。

因为高中毕业考试成绩最好，卡塔琳娜得在学校大礼堂做毕业演讲。她感到不太自在。在随后的毕业晚会上，卡塔琳娜喝多了。她和同班的一个男生一起跳舞，还吻了他。隔着牛仔裤，她感觉到男生勃起了。他戴着一副仿牛角框眼镜，手心汗津津的。卡塔琳娜有时会想到别的男人，那种自信、成熟的男人，想象着他们转过头来对她说：你真漂亮。但他们离她生活的圈子太遥远了，对她来说还十分陌生。

那个男生开车载卡塔琳娜回家。车停在她家公寓门口，她在车上满足了他。过程中，她一直想着毕业演讲时的失误。然后她上了楼。她又一次在浴室里用指甲剪划破手腕。这次血流得要比以往多。她在找止血绷带时，把瓶瓶罐罐都碰倒在了洗手池里。"我是一件残次品。"她想。

高中毕业后，她和一个高中同学合租了一个两居室套间，进入大学开始攻读政治学。两个学期后，她成为学生助理，周末还兼职当商场宣传单的内衣模特。

第四学期时，她在一名州议员那儿实习。议员来自艾费尔地区，父母在家乡经营时装店。那是他的首个任期。议员只是外表看起来比卡塔琳娜之前的男友年长一些，也是那种自顾自的做派，与其说他是个成熟男性，倒不如说更像个小伙子，身材矮小、粗壮，长着一张和善的圆脸。卡塔琳娜对他的政治前途不抱希望，但她并没有说出口。在走访选区时，议员把卡塔琳娜介绍给自己的朋友们。他为我感到自豪，卡塔琳娜心想。晚餐时，他们讨论了第二天要出席的活动，他探身越过饭桌，亲了卡塔琳娜一下。两人一同回了议员的房间。他过度兴奋，以至于瞬间就结束了。他感到有点难堪，卡塔琳娜安抚了他。

她没有搬家，虽然现在大多时候都在他那里过夜。他们偶尔出门旅行，但仅限于短途，他太忙了。卡塔琳娜小心翼翼地修改他的讲稿，不想伤害他的自尊。每次做爱，他都激动得无法控制自己的身体。这打动了她。

卡塔琳娜没有庆祝自己的毕业，她跟家人和朋友说，她太累了。男友出席活动后晚归，当时卡塔琳娜已经上床了。他系着她送的领带，拿过一瓶香槟，打开瓶盖，站在床边问卡塔琳娜是否愿意嫁给他。你不用马上答复我，他拿着酒杯说。

当天夜里,她走进浴室,瘫坐在淋浴头下,任由热水冲刷全身,直到皮肤几乎要被灼伤般通红。她心想,这种感觉会一直跟着她。在中小学时,卡塔琳娜就意识到了它的存在。当时她称其为背景辐射,正如宇宙中无处不在的微波。她默默落泪,感觉好受一些后,一股羞愧感却又席卷而来。

"我们下周回去看望我的父母吧。"吃早餐时,男友说。

"我不去。"她说。

然后她谈起了他的自由和她自己的自由,提到两人还有很多事要体验。她长篇大论地说着那些与事实不符或与他们无关的东西。盛夏的暑气从敞开的窗户扑进来,她语无伦次,分不清是非对错,直到再也无话可说。她站起身,收拾男友摆好的餐桌。她觉得受到了伤害,既空虚又疲惫。

她又躺回了床上。她听到男友在隔壁房间哭泣,起身走到他身边。两人又做了一次爱,好像这意味着什么,但又什么都不是,也与承诺无关。

下午,卡塔琳娜将个人物品塞进两个塑料袋里,公寓钥匙留在了桌上。

"我没能成为自己想成为的人。"她说。他没有回头看她。

她路过大学校园,穿过王宫花园那散发着热气的草坪,沿着林荫大道走到宫殿前。她在长椅上坐下,蜷起双腿,鞋面满是尘土。宫殿顶端的圆球闪耀着铜绿色的光泽。风往东吹,势头越来越猛,随后,暴雨来临。

她住处的空气令人窒息。她脱下外衣,倒在床上,立即睡着了。醒来时,她听到了风雨声,还有附近教堂的钟声。然后她又一次入睡,再次醒来时,周围一片死寂。

卡塔琳娜开始在一家政治基金会工作，接待前来参加各种会议的政治家、企业家及政治说客。开会的酒店散发着洗手液的味道，男性宾客吃早餐时都把领带搭上肩膀，以免弄脏。日后这段经历给她留下的只是一段模糊的记忆。

她的工作逐渐步入正轨。基金会主席看到了她的天赋：每个人都喜欢她，她的寡言少语反而让大家愿意向她分享更多。基金会主席让卡塔琳娜担任他的顾问，陪伴他左右，为他撰写新闻稿、出谋划策。基金会主席说她的工作能力十分出色，但她认为自己一文不值，表里不一，工作内容也无足轻重。出差时，他们有时会睡在一起，一切似乎顺理成章。

这样生活了三年之后，她的身体开始隐隐作痛，体重也不断下降。工作之余，她甚至疲累到无力约见朋友，一次会面、一通电话或一封邮件，都会让她筋疲力尽。夜里她也总是将电话放在床头。

趁着两场会议间隙，卡塔琳娜去拔智齿，这期间却突然精神崩溃了。她一直哭闹，无法自抑，牙医只好给她注射了镇静剂。药性太过强烈，她失去了意识，再次醒来时已经到了医院。

她坐了起来，身上只穿着敞露后背的病号服。窗前挂着黄色窗帘。随后，走进来一名心理治疗师，他冷静而温柔。她与治疗师交谈了许久。治疗师说，她太在意别人了，要小心照顾自己，学会将自己视作独立的个体。如果她不做出改变，情况还会恶化。

一周后，她辞去了基金会的工作。

在那次精神崩溃过去四个月后，基金会主席打电话给她，问她身体是否好转。他说柏林一家软件公司正在招聘新闻发言人，同事都是年轻人，他推荐了她。他觉得或许她会感兴趣，无论如何，他都祝她一切顺利。

卡塔琳娜明白自己必须重新开始工作，生活节奏已经被打乱太久了。她联系了那家公司，一周后飞往柏林。她以前经常来这座城市，但只知道政务中心、各种会议室和装了空调的酒吧。

软件公司的总裁比她年轻，牙齿洁白，眼睛澄蓝。他向她展示了如何操作公司开发的手机应用程序，领着她参观了各处工作间，员工们十分年轻，大多都盯着电脑屏幕。

傍晚，她回到旅馆，把躺椅推到敞开的窗户前，脱下鞋子，将双脚搁到窗台上。交通信号灯红绿交替的光影轮番映照在门前大树上。街对面的一间公寓里亮起了灯。她看到了屋里的书架和照片，还有窗台上立在窗帘之间的蓝白色花瓶。房间里有窗前菩提树和栗子树的气味，以及楼下入口处出租车的柴油味。

次日清晨，卡塔琳娜坐飞机返程。她回想起自己的第一任男友，还有二人的普罗旺斯之行，然后他们沿着海岸线，越过比利牛斯山，一路去到西班牙。那是他们的第一次长途旅行。火车行驶缓慢，每半小时就停靠一次，很多站点都没人上下车。轨道两旁是玫瑰花和薰衣草园地，乡间明媚而迷人。她把头搁在男友腿上，虽然没能看见大海，却总能感受到海的方向。

飞机降落后，她在座位上呆坐了很久。直到有人提醒她得离开机舱，她才点头示意。走过机场大厅时，她感到很冷。她坐上一辆出租车，见仪表盘边贴着照片，上面是一位戴头巾的女士和一个穿着足球运动服的少年。车子行过一座桥，开阔的莱茵河在阳光下流淌。

卡塔琳娜开始在柏林的软件公司工作。工作内容很简单，处理新闻稿，接受采访，偶尔和客户吃饭。她是办公室里唯一的女性。有一次，她在同事的电脑上看到自己的头像，它被拼接到了一名裸体女子身上。程序员们有时会跟她搭讪。她从不回应，更喜欢一个人待着。

州法院的信件用的是环保信纸。卡塔琳娜被委任为参审员，任期五年。她拨打了信纸抬头的电话，说明这是个误会，她没有时间做这个。电话那头的男人很不耐烦地告诉她，可以试着拒绝委任，听起来他经常这样回答。他说，只要她是州议会、联邦议会、联邦参议院或欧盟议会的议员，或者是医生或护士，就能拒绝委任。他提醒道，这些规定都写在《法院组织法》上，她可以自行查阅。如果她仍坚持认为自己有无法胜任的理由，也可以写信申请，法院会在征询检察院的意见后做出决定。

卡塔琳娜询问了公司的法律顾问。他认为她只能接受。

首次出席庭审的那天上午，卡塔琳娜来得太早了。查验身份证件后，她费了一番工夫才找到审判庭。法警查看了传票，点点头，打开审判庭旁边的审议室，让她进去等候。她来到桌子旁坐下。随后，法官进来，就天气和卡塔琳娜的职业同她寒暄了几句。法官说，他们今天将审理一起人身伤害案。第二位参审员直到快开庭才到达，他是一所职业学校的教师。他告诉卡塔琳娜，这已经是他第五次参审。

九点过几分后，他们从侧门进入审判庭。全体起立。法官宣布庭审开始,不过先要让新参审员进行宣誓。接着,他开始逐句宣读誓词,卡塔琳娜得跟着念,同时举起右手,一张以大写字母打印的誓词就放在她面前。宣誓结束后,全体落座。被告人坐在辩护律师身旁,法警在看报纸,没有旁听观众。

法官先向辩护律师及检察官致以问候,然后询问被告人的出生日期及住所。被告人已经被羁押了四个月。女书记员一五一十地记下所有对话,她就坐在卡塔琳娜身旁。她的字迹有点潦草。

检察官起立宣读起诉书,指控被告男子蓄意对其妻子造成人身伤害。辩护律师称,他的委托人"暂且不发言"。法官请法警传唤证人到场。

证人坐下,把她的手提包放在地上。法官说,她不一定要发言作证,因为她是被告人的妻子;如果要发言,请务必基于事实。

女人说,事情要从黄色便笺说起。丈夫总给她写便笺,这是多年来的习惯。他的口袋里一直放着一种自带粘胶的黄色便笺本,他会在上面列出他去上班后妻子要做的事情,比如餐具上贴了写着"冲洗"的便笺,衣物上贴了"洗涤",冰箱上贴了"奶酪"或者其他需要采买的食物。他把便笺贴得到处都是,这让她无法忍受。她曾告诉丈夫,她受不了这些黄色便笺,她知道自己该做什么。但丈夫没有就此打住,还是不断地贴便笺。他抱怨自己每天上班很辛苦,还要分心料理家务。"蠢得跟猪一样。"这是丈夫最喜欢对她说的话。"什么都不会做,"他每天都在念叨,"真是一点用都没有。"

她无法生育,丈夫很久之前也对此有过埋怨。这让她难过了很多年。可她现在已经习惯了,况且他也不再提起这件事。

到了夏天，他们几乎总是待在户外，一个位于高速公路和机场之间的小花园。他们在那儿盖了一间小屋。丈夫说，连花园都是他亲自打理的，妻子只有一次"主动"从市场买了些蓝色花苗回来种在那里。他却把花苗都挖了出来。他觉得，那种鲜花不适合种在那儿。

法官在翻阅卷宗。上面写着，丈夫已经因对她实施家暴而四度被判刑，每次出事都是医院报的警。最近一次，他用橡皮艇的船桨殴打妻子，被判刑后获得缓刑。而在本案中，他已被羁押候审，如果罪名成立，缓刑就会被撤销。

"您知道吗？他喝了酒之后，就会变成另外一个人。"女人说。她觉得他是个好人，只是喝酒毁了他。

事发当天，他们在花园里烧烤，邻居们也在场。她将香肠放到烤架上，丈夫和邻居围坐在外面的桌子旁，一边闲聊，一边喝啤酒。她先是去厨房取了面包，接着回到了烤架前，然后便产生了一种"很奇怪"的感觉。她听着丈夫的谈话声，心思突然就不在烤香肠上了。她眼看着香肠被烤到裂开，油脂滴到炭火上，香肠被烧焦。丈夫走过来，大声呵斥她笨到连烧烤都不会，还用拳头殴打她的后脑勺。她觉得被打也无所谓，几乎没有反应，只是单纯感到什么都不在乎了。随即他一脚踢翻烤架，炭火飞溅，灼伤了她的小腿和脚掌。邻居开车将她送到医院，丈夫没有跟去。她说，烫伤只留下了几处小伤疤，"没有什么大不了的"。

法官宣读了医院的急诊报告。那女人说，没错，事情的经过就是这样。法官询问卡塔琳娜和另一名参审员，是否要对证人提问。那名参审员摇头。卡塔琳娜脸色苍白，害怕自己说不出话来。

"感到什么都不在乎时，您想到了什么？"卡塔琳娜问道。

那女人抬起头，望着她，想了好一会儿。

"想到了我们的车。"她说。那是他们的第一辆车，当时他们都很年轻，刚结婚六个月。两人从车商那儿买了辆二手车，但价格对他们来说还是太高，所以还贷了款。那是一辆浅蓝色大众甲壳虫汽车，带有天窗和镀铬保险杠。取车当天，两人一起在加油站把车冲洗干净，用吸尘器清洁车内，还给车身做了抛光。一切结束后他们才安心去睡觉。第二天醒来，两人并肩站在窗前，望向停在楼下街边的车子，它在阳光下闪闪发亮。他用手臂搂住她的肩膀。这就是她当时想到的。她说，她曾想好好地照顾丈夫，同他一起创造美好生活，白头偕老。

卡塔琳娜看着那个女人，那个女人也看着卡塔琳娜。卡塔琳娜开始哭泣，她哭是因为女人的遭遇也是她的遭遇，因为她看懂了这个女人的人生，还因为孤独无处不在。没有人再开口说话。

辩护律师站了起来，平静地说，他现在必须提出一项"不可推延的申请"。法官点点头。审判暂停一个小时。

在审议室里，法官说，辩护律师会因疑心卡塔琳娜立场偏颇而拒绝她担任参审员。如果该申请通过，公诉就会终止，因为没有候补参审员。法官坐了下来，他看起来十分疲惫。

卡塔琳娜问她是否可以请假，她心里很难受。

"这样做只会帮倒忙，"法官说，"还是去喝杯咖啡，冷静一下吧。"

卡塔琳娜和另外那名参审员来到法院食堂。那名参审员安慰她，什么情况都有可能发生，不必太过自责。旁边有人把杯碟放到餐车上。"我没法待在这里。"卡塔琳娜说。他们走下楼梯间，穿过走廊，走到外面的大街上。

重新开庭后，辩护律师起立，宣读辩方的申请。他说，我们充分尊重法官的情感并接纳基于情理的表达。法律希望进行量刑定罪的是人，而不是机器。然而，他想申请否决的这位参审员反应着实过激，就第三者视角而言，她已经不是一名客观中立、距离适当且不偏不倚的参审员。这是一项复杂的申请，辩护律师援引了大量的判例，还一直将卡塔琳娜称为"被否决的参审员"。

法官说，卡塔琳娜必须先回审议室写一份正式的职务声明，三到四句话，说明自己是否存在立场偏颇的情况，个中陈述须与事实相符。阳光从高大的窗户洒落。另一名参审员正用塑料杯喝着咖啡。

卡塔琳娜写道，辩护律师关于她的言论准确，她承认自己存在偏颇。

羁押令撤销，被告被释放了。四个月后，他用锤子敲碎了妻子的脑袋，她在被送往医院的路上不治身亡。报纸上刊登了她的照片。

卡塔琳娜写了一封长信给司法机关，申请将自己从参审员名录中除名，卸下这份荣誉的职务。

法院驳回了这一申请。

错误的一边

湖边离城市快铁站不远的地方,一对情侣想去那里消磨时光。起先他们只是听见了苍蝇的嗡嗡声。"别动。"他喊道,一把握紧了她的手。一名男子俯卧在地上,四周无人喊叫,一切平静如常。彼时暑气未消,鲜亮的草地上阵阵热风掠过。细节变得越发清晰,能看清死者凝成一坨的黑发和周围飞快盘旋的蓝绿色苍蝇。

施莱辛格曾是一名出色的律师。他总是说:"刑事辩护就像大卫迎战巨人歌利亚①。"那时他总是相信自己站在正确的一方。他创办了一家律师事务所,相当成功,又接了不少重案要案。人生如此顺遂,直到他为一个被指控虐待孩子的男人做了辩护。因为证据不足,男人被判无罪,可他回家后,却把两岁大的儿子塞

---

①《圣经》中一个以弱胜强的经典传说。——译者注

进洗衣机，按下了启动键。

施莱辛格开始酗酒。但他经验丰富，又与法官、检察官很熟，因此很长一段时间都没出什么大问题。他会在休庭时躲到洗手间喝小瓶装的药草烧酒，蒙骗委托人自己能"把人捞出来"，承诺可以让他们无罪释放或判得很轻。委托人之所以相信他并愿意掏钱，既是因为他前期积攒的好名声，也是因为他们愿意相信任何一个扬言能让他们重获自由的辩护律师。施莱辛格不给委托人开收据，也几乎不纳税。如果败诉或判罚过重，他就指责委托人隐瞒了部分事实，说他们罪有应得。他侥幸蒙混了一段时间。但渐渐地，再没有人被他糊弄了，因为他输了太多官司，并且一大早就浑身酒气。

施莱辛格的妻子忍了很久，最后让他从家里搬了出去。他没有提出异议。两个孩子跟了妻子。她提交离婚申请时，他也没有怪罪任何人。他从不怨天尤人。

他靠接一些小案子为生，比如邻里纠纷案、酒馆斗殴案以及涉毒案。委托人中有街头毒贩，他们把小袋装的海洛因藏在嘴里，遇到警方盘查就整袋吞下。一到夜里，施莱辛格就去一家脏乱的中餐馆，几乎每晚都在餐馆的包间玩牌。他代理过赌徒，知道那是一群脾气暴躁、极度敏感且拒绝长大的人。可直到此刻他才明白，他们为何只在赌桌上感到安全：赌桌上的规矩一目了然，只要一开局，世界就只剩下这个包间和面前的卡牌，再无其他。

中餐馆的赌局上总有一两位专业玩家。施莱辛格明白，他不可能赢钱。到后半夜极度清醒或烂醉如泥的时候，他意识到，自己跟其他赌徒一样——只想要输。

从前的施莱辛格长相俊朗，很受女性青睐，如今的他却已经瘦了十五公斤，西装穿在身上松松垮垮。他在事务所的沙发上过夜，到茶水间后面的小浴室洗澡。女秘书已被他解雇。他早就将自己视为堕落之人。

施莱辛格还在侦查法官案头的刑事义务辩护律师名录上，因此每三个月要轮一次班，提供紧急服务：如果有人遭到逮捕而找不到律师，他就必须为其辩护。大多数值班日里，他的手机都不会响起；即使真的有案子，多半也无关紧要，无法给他带来多少收入。但这个晚上不同。法官在电话里说，这次涉及杀人，一名女子被指控枪杀了她的丈夫。法官两天前已经下达针对嫌疑人的羁押令，她也于昨晚被捕，将在一个小时后被传唤。她需要法院为她指定一位辩护律师。施莱辛格说他这就过去，然后挂了电话。

他看了一下表，深夜一点半。之前他没脱衣服就睡着了，衬衫上还沾着烟灰，地上堆满了空瓶子。他走进浴室，冲了个冷水澡，然后从地上的衣服堆里找出一条裤子。因为没有干净的衬衫，他只能穿高领毛衣。出门后，经过事务所旁的麦当劳时，他买了一杯纸杯装的咖啡，然后拦了辆出租车，去往钟楼大街的莫阿比特刑事法院。

施莱辛格已与这位法官相识二十年。等待开庭时，两人聊起过往的案件。法官一如既往地埋怨，警察总是在午夜才把被告人带过来。

"施莱辛格先生，您现在去见那位女士吧，"法官说道，"然后我们一起把这件事了结了。我感觉这个案子希望渺茫。您带上羁押令，去跟她谈谈吧。"

法警领着施莱辛格穿过一扇低矮的门，走下狭窄高陡的楼梯。法院大楼下，灯光昏暗的过道将牢房和各个审判庭连接起来，如同一座巨型迷宫。这里被司法界称为"地下墓穴"。一名女法警打开其中一间拘传室，里面空气污浊，充斥着汗臭、食物杂味及冷掉的香烟的气味。墙上是囚犯涂写的下流图案及句子，各种语言都有。施莱辛格对这种场合并不陌生，他已到访此处无数次。

他向那位女士做了自我介绍，坐了下来。从羁押令中他得知她四十三岁。她的眼睛呈浅绿色，身穿棕色裙子，搭配着黑色鞋子。

"我没有杀我的丈夫。"她说，语气像在谈论天气。

"好吧，但这不是关键。"施莱辛格说，"问题在于，检方是否有足够的证据说服法庭。"

"我可以回家了吗？"她问。

她不属于这种地方，施莱辛格想，但谁又属于呢？

"恐怕还不行。法官前天拿到卷宗，对您下达了羁押令，所以您才会被关在这里。我们马上会被传唤到法官办公室，到时他会向您宣读羁押令，询问您是否要陈述什么。如果您无法当场驳回指控，就会被羁押至开庭审理。"

"我应该说些什么呢？"

"暂时什么都不要说，我们还没有掌握侦查进度。等拿到卷宗，我会再来这里见您，到时我们一起把所有文件过一遍，再考虑可以做什么。您当下不论说什么都有风险。您回答警察的讯问了吗？"

"是的，我把知道的都跟警察说了。我是无辜的。"女士望着施莱辛格说，接着她反应过来，"或许每个人都会这样说。"

"是的，每个人都会这么说。这种话在这里说服不了任何人。"他说。

他们继续交谈，直到法警走进拘传室，提醒说时间到了。

法官先问了那位女士的姓名，然后宣读羁押令，总结了一番目前针对她的侦查情况，语调毫无起伏，语速飞快。"两个年轻人在湖边发现了您丈夫的尸体，"法官说，"他被子弹击中后脑而死，尸体旁有一把手枪。现在无法确定您丈夫头颅内的弹头是否来自这把手枪，但枪械鉴定专家初步评估，有这种可能性。根据您在警察局的供述，该手枪归您所有，是您从父亲那里继承来的。枪身、弹匣里的子弹以及草地上的弹壳上也都留有您的指纹。办案人员已经询问过您的邻居。他们说您和丈夫经常争吵，有时声音太大，邻居还向物业投诉过。您丈夫在死亡的两周前，购买了以您为受益人、保额超过八十万欧元的人身保险。根据目前推断的尸体死亡时间，您并不具备可供查证的不在场证明。您对警察供述的是，您当时独自在家。"

法官休息了片刻，合上卷宗，直视着被告人的眼睛。

"我的总结如下：您具备作案动机、时机及武器，而且没有不在场证明。您不必立即对指控做出回应，但可以发言并申请搜集证据。想必您已经与辩护律师交流过了，您有什么要说的吗？"

"我的委托人选择保持沉默。"施莱辛格说道。

"没问题，那么羁押令持续有效。"法官说。

"我申请让我的委托人免于羁押,"施莱辛格说,"她没有犯罪记录,半辈子都住在这里。她在柏林有一处房子,十二年来都在时装公司做采购员。我们可以缴纳保释金,也能提供身份证明……"

"不可以,施莱辛格先生,"法官打断他,"如果我没记错,您的委托人在向警察供述时提到,她在国外有较多亲友。她的父母在美国生活,女儿在意大利。她的量刑或许会很高,因此有足够的动机潜逃。我驳回您免于羁押的申请。"

女书记员坐在法官身旁的小桌边,在电脑上敲下了两行字。

"您是否还有别的申请,施莱辛格先生?"法官问。

"我申请以言词审理的方式进行羁押审查,并指派我为辩护律师。我还要申请查阅卷宗,请您也一并写入记录。"

"您都记下了吗?"法官问女书记员。她点了点头。法官继续说:"我决定并宣布:施莱辛格律师将在本次审判中担任被告人的辩护律师。"女书记员打印出一张纸,让法官在上面签字确认。

"我已经和负责的检察官谈过了,"法官对施莱辛格说,"您马上就能拿到卷宗。"接着,法官转向法警,说:"请您带被告人回去吧。"

当办公室只剩下他们两人时,法官问:"我可以提一个私人的建议吗?"

"当然。"施莱辛格答道。

"我们已经认识很多年了,我这么说您别见怪。您看起来气色很差,而且一身酒气。您需要好好地睡一觉,调整下饮食习惯。"

"好的，谢谢。"施莱辛格说。他把卷宗夹到腋下，辞别法官，坐出租车回了事务所。这时已是凌晨三点半。

事务所门口站着一名男子，施莱辛格认识他。他叫亚瑟尔，是个穿着考究的阿尔及利亚人，做讨债人的同时兼职打手。施莱辛格多年前为他做过辩护。当时亚瑟尔被指控在一家酒吧打伤了三名俄罗斯保镖，致使对方重伤住院数周。每个保镖都是亚瑟尔的两倍壮，身上还带着刀具、电击棒和棒球棍，而亚瑟尔只有一支圆珠笔。亚瑟尔被法院羁押，因为据酒吧客人供述，打斗是亚瑟尔挑起的。可后来，在法庭上，三名俄罗斯人却出人意料地表示是他们先动的手。亚瑟尔被无罪释放。

"你好，亚瑟尔。"施莱辛格问候道。

"十分抱歉，律师先生。"亚瑟尔戴着薄薄的皮手套，"债主让我来的，规矩您也知道。"

"了解。"施莱辛格说。

"您有钱还清赌债吗？"

"没有。"

"您喝醉了吗？"亚瑟尔问。

"不至于，我刚从法院回来。"

"会有点疼的。"亚瑟尔说，随即结实地朝施莱辛格的腹部抡了一拳。在施莱辛格痛得弯腰蜷缩之时，亚瑟尔又抬起膝盖猛撞他的鼻子，同时给了他后腰几拳。施莱辛格躺倒在地。

"十分抱歉。"亚瑟尔说。

"好吧。"施莱辛格说。他满脸是血，鼻梁骨折，但他知道一切还没结束。亚瑟尔还要拍照发给那些债主看。他们总是疑心很重，什么事情都要证据。亚瑟尔又朝他脸上踹了一脚。施莱辛格昏死过去。

施莱辛格再次醒来时，已经躺在了事务所的沙发上。他的脸上敷着裹了冰块的毛巾，水滴入耳朵，浸湿了他胸前的毛衣。亚瑟尔从茶水间端来一杯咖啡，然后把椅子拉到沙发前，在施莱辛格旁边坐下。

"您的办公室看起来一团糟。"亚瑟尔说。

施莱辛格想要坐起来，但做不到。

"您就躺着吧。"说着，亚瑟尔喝了口咖啡，"我欣赏您，律师先生。但您必须还债。债主要我下次切掉您一根脚趾。这样下去，不光是脚趾，您的手指，甚至整只手都会遭殃。您知道的。"

"我知道，亚瑟尔。"

"我看过一部电影，里面的人总是说'我是对事不对人'。当时我搞不懂，因为我们一生不都是在跟人打交道吗？但现在，我确实没有针对您的意思。"

"我知道。"

"您能筹到钱吗？"亚瑟尔问。

"我觉得没问题。"施莱辛格说。

"我只能给您一周的时间，"亚瑟尔说，"您明白吗？"

施莱辛格点头。

"请重复一遍这句话。"

"一周的时间。"施莱辛格说。他害怕自己又要昏迷过去。

"您必须戒酒。"亚瑟尔站起身，把咖啡杯放在了椅子上。

施莱辛格闭上了眼睛。

"卷宗我放您办公桌上了。您昏迷的时候，我翻了一下。"

施莱辛格知道亚瑟尔几乎不识字。他是个头脑聪明的人，但从未上过学。

"边错了。"亚瑟尔说。

施莱辛格没听懂他的话。他实在困意难忍。亚瑟尔披上了自己的风衣。

"一筹到钱，就请送到债主那里。也可以打电话给我，您有我的号码。"他说。

施莱辛格听见亚瑟尔从外面关上了门，然后就睡了过去。

第二天上午，他来到医院急诊室，给自己的头部、躯干及肾脏都拍了片。医生说，他还算走运，然后给他开了止痛药，包扎了鼻子及额头的伤。

施莱辛格去了当铺，抵押了结婚十周年纪念日妻子送他的手表，随后去了中餐馆还债。债主清点了三次才收下钱，把欠条还给了施莱辛格。"下次再来玩，"他说，"这里随时欢迎您。"

接下来大半天，施莱辛格都躺在沙发上，直到傍晚才起身。他坐到办公桌前，吃力地读着卷宗。眼前的文字渐渐模糊，施莱辛格意识到，人堕落起来是飞快的。这个案子是他最后的机会。他知道，自己只是碰巧被指派为辩护律师，但这是一起正经案子，他有机会打赢。他吃了两粒止痛药，换上旧牛仔裤和T恤，将事务所收拾了一遍，一直忙活到凌晨五点。他把瓶装烧酒倒进洗手池，将屋里的垃圾打包了整整五大袋，扔到垃圾回收处。他用吸尘器清理地板，打扫浴室和茶水间，将脏衣服装到两个行李箱里，打算送去清洗。整理完办公桌上的文件后，他又躺回沙发上，睡了几个小时。

第二天，他来到了看守所。委托人被他的外伤吓到了。他解释道，没什么大不了的，只是出了一场交通事故。他将侦查卷宗上的内容念给她听，每一条都对她不利。她的丈夫在生意上负债累累，在股票及期权交易上也判断失误。他无力偿还银行贷款，名下公寓也已高额抵押。委托人说，她的丈夫无法承受资金链断裂的后果，投资失败让他大受打击，因此他们愈加频繁地争吵。没错，手枪是从她父亲那里继承的。父亲教会了她如何握枪。父亲去世后，她给枪做过几次清洁，平时就保管在卧室的抽屉里。这一点她也跟警察说了，其他事她就不清楚了。

施莱辛格到打印店把卷宗里的照片放大打印，挂在事务所的墙上，盯着它们看了几个小时。他想不明白亚瑟尔说的那句话是什么意思。他一次又一次地阅读卷宗，几乎都能背下来了，努力寻找间接证据中的漏洞，希望作为辩护的切入点和突破口。三周后，他决定放弃。天气开始转凉，柏林灰暗的冬日已然来临。施莱辛格穿上大衣，往那家中餐馆走去。他又想赌博酗酒了，好忘记自己变成了怎样一个人。

亚瑟尔站在餐馆门口。

"您不会想要进去的。"他说。

"我想。"施莱辛格说道。

"您又想放弃？"

"我的委托人就是凶手。她从背后枪杀了自己的丈夫。没有其他解释，这场官司我们输定了。"

亚瑟尔摇头。"您真是个蠢货，律师先生。跟我来。"

"去哪儿？"

"我们去吃饭,您买单。"

他们坐上亚瑟尔的宾利轿车,开往选帝侯大街上最贵的海鲜餐厅。亚瑟尔点了牡蛎和白葡萄酒,施莱辛格只要了一份鱼汤。

"这里的牡蛎很新鲜,非常好吃,"亚瑟尔说,"老板每天凌晨三点就到海鲜市场进货。您喜欢牡蛎吗?"

"不喜欢。"施莱辛格说。

"还是尝一下吧。"

"没有兴趣。"

亚瑟尔将一个牡蛎夹到小碟子里,推到施莱辛格面前,说:"尝一下吧。"

"吃起来有种盐巴、冷鱼肉和金属的味道。"施莱辛格说。他很想将牡蛎吐出来。

"您应该搭配白葡萄酒食用,"亚瑟尔说,"您还喝酒吗?"

"至少不像以前那么多了。"施莱辛格说。

"很好。"亚瑟尔说完,低头沉默地吃了起来。吃完之后,他说:"问题出在边错了,律师先生。非常简单。"

"这话您之前说过,但是我不明白您的意思,"施莱辛格说,"什么该死的边错了?"

亚瑟尔朝前探了探身:"这一顿您请客?"

"没问题。"施莱辛格说。

一个小时后,亚瑟尔开车送他回了事务所。施莱辛格立即躺倒在沙发上。接手这个案子以来,他第一次睡足了十二个小时。

八个月后,案件开庭审理。报纸进行了详细的报道,公众认定被告人有罪,检察官接二连三地接受采访。

据办案人员找到的证人供述，案发前一天，这对夫妇在超市发生了激烈的争吵。卖给这名丈夫人身保险的保险经纪人称，这名丈夫应该压力很大，当时表现得十分焦虑。警方表示，被告人的举止异乎常人地冷静。精神病司法鉴定人则鉴定，被告人具备完全刑事责任能力。

庭审过程中，施莱辛格安静地坐在委托人旁边，没有提出任何问题或申请。

开庭第五天的早晨，首席法官发言道："按照证人名单，今日本庭将只听取枪械鉴定专家的证词。这之后，本庭的调查取证环节便结束了，请问各位诉讼参与人是否有新的证人要申请传唤？辩护律师，您要申请吗？"

施莱辛格摇头。首席法官挑起了眉毛。

"那好，请带鉴定专家进来。"他对法警说。

鉴定专家在证人席上落座，并报上了自己的身份信息。首席法官提醒他必须依据事实作答。

"如果我没看错，您就职于司法鉴定科学研究所？"首席法官问。

"是的，我的专业领域是枪支鉴定、弹道学、枪弹技术。"

"您对本案中的枪械及子弹进行了鉴定。"首席法官说。

"对。"

"关于本案的枪械，您能给我们说明一下吗？"首席法官问。

"这是把手枪，名为'FN 勃朗宁 HP'，产于比利时埃斯塔勒的国营工厂。这种手枪十分常见，自一九三五年首次生产以来，已被五十多个国家的警察及军队投入使用。"

"死者头颅内的弹头是否由该手枪射出？案发现场发现的弹

壳是否与该手枪及弹头匹配?"首席法官问。

"我们把这把大威力……"

"大威力?"首席法官打断道。

"这把勃朗宁手枪也被称为'大威力'(High Power)。名称中的缩写 HP 即为此意。"

"谢谢,请您继续。"

"我们用该手枪向一个四米宽的水池射击,这样能在不造成外部污染的条件下截获子弹。然后,我们将得到的子弹零部件与案发现场的弹壳及死者头颅内的弹头进行了比对。"

"您是怎么对比的?"

"开枪射击时,弹头及弹壳上会留下痕迹,这些痕迹是枪内机械作用与枪管造成的。您一定知道,现代枪械的管膛内壁并不光滑,而是分布有螺旋状的凹凸槽,以此给子弹一个纵轴螺旋力,让子弹更稳定地射出。我们可以在弹头上看到这些痕迹。在弹壳底部,还能辨认出击针痕、弹底窝痕、抛壳挺痕等。如果无法准确辨认,我们也可以借助电子显微镜。但本案没有这个必要。"

"此案的鉴定结论如何?"首席法官问。

"我可以肯定地说,被害人头颅里的弹头与现场发现的弹壳相匹配。如果需要,我可以详细解释。"

"谢谢,我听明白了。"首席法官说,"还有人要向鉴定专家提问吗?"

检察官摇头。

"好的,您可以离开了。"首席法官说。

"不行,请您留步。我还有几个问题。"施莱辛格说。

"不好意思,"首席法官有些惊讶,"您刚才一直没有提问,施莱辛格律师,所以我……没问题,请您继续。"

"我可以展示两张放大的照片吗?这样更容易让所有人跟上鉴定专家的思路。这是图片档案夹第十四与十五页中的两张照片。"施莱辛格把照片铺开在纸板上。

"好的,请继续。"首席法官说。

施莱辛格站起来,将照片摆到展示架上,然后转过架子,以便审判席及旁听席都能看见。

"这是死者的后脑勺,子弹从此处射入,"施莱辛格边说边指向第一张照片,"我们在庭审中已经听过法医的证词,这是一个'顶着脑袋射击'的伤口。你们可以在枪伤附近的皮肤上看到一个细小的黑色圆圈,这个圆圈是子弹从枪口射出时产生的火药烟晕。如果枪口顶着头颅或者射击距离只有几厘米,火药烟晕会直接沉积在伤口附近。我说的没错吧?"

"这一点我能证明,"鉴定专家说,"从这张照片来看,这无疑是个'顶着脑袋射击'的伤口。"

"但这个问题根本不该问枪械鉴定专家。"检察官说,"此外,正如您所说,这些我们早已听法医说过了。"

"请少安毋躁,"施莱辛格说,"接下来才是我要提的问题。"

施莱辛格指向第二张照片。

"这张照片是侦查人员在发现尸体的现场拍摄的,地点是湖边的草地。此前的庭审中提到,这片草地在案发前不久刚被修剪过,而死者面部朝下趴在地上。您能跟上我的思路吗?"施莱辛格问。

"可以。"枪械鉴定专家说。

"您完成鉴定报告时,是否看过这些照片?"

"没有,我只负责对弹头、弹壳及手枪进行鉴定。我收到了邮寄过来的枪械零部件,但没见过这些照片。这与我的鉴定没有关系。"

"我也这么认为,这与鉴定毫无关系,您的问题也是。"检察官说,"您这是要把我们引到哪里?"

"请不要一直打断我。"施莱辛格说着,再次转向鉴定专家。"您看照片上有两个小标签,分别标有数字 1 和 2。1 是发现手枪的地点,2 是发现弹壳的地点。"

"据我所见,这把手枪应该是我鉴定的勃朗宁手枪。"鉴定专家说道。

"警方报告也是这样写的。"施莱辛格望向首席法官,"我可以看一下这把手枪吗?"

首席法官站起来,向审判席背后的储物架走去,从一个纸箱里拿出手枪。它被装在一个透明塑料袋里。

"没错,送鉴定的就是这把手枪。"首席法官一边说,一边拆开袋子,将枪递给施莱辛格。

"谢谢。"施莱辛格说。他把枪放到了鉴定专家面前的桌子上,"是这把手枪吗?"

鉴定专家拿起手枪,对照了一下他的鉴定书。

"是的,枪支序列号一致。"

"专家先生,我对枪支一无所知,请您给我解释一下,枪管右侧的开口有什么作用?"

"它是所谓的抛壳窗。"

"请您详细说明一下。"

"在发射子弹时,手枪套筒会往后收缩,同时一个钩子会将空弹壳从弹膛拉出,空弹壳会撞到一块硬金属,即所谓的抛壳挺,就这样被抛出枪栓结构。"

"也就是说,空弹壳会从手枪侧边被抛出。"

"是的,可以这么说。"

"窗口在右侧,也就意味着弹壳也会从右边被抛出。"

"对。"

"您知道弹壳被抛出的速度和距离吗?"

"不知道,必须进行测量。"

"当然。但是如果我们说,弹壳能飞出大约一米远,这是符合实际的吧?"

"大概如此,没错。"

"专业文献上也是这样写的。"

施莱辛格在审判庭上缓慢踱步,走回照片前。

"这张照片也证实了这个说法。草地上的弹壳距手枪大约一米远,而周围既没有树木也没有其他障碍物,所以弹壳不可能是从别处反弹过来的。"

"是的。"专家说。

"但是请您再看一看照片,仔细观察一下。"施莱辛格压低了声音。法官、参审员及检察官都转头望向展示架上的照片。施莱辛格等待了片刻,然后说:"大家能看出来吗?弹壳不在尸体的右边。它距离尸体一米远,不过在左边。"

"这是……"检察官一边低声嘟囔,一边翻看卷宗。

施莱辛格走回辩护席。

"如果死者确实是被这把手枪从背后射死的,"他说,"弹壳应该在尸体右边。"

"我认为您说得没错。"鉴定专家说。

"所以弹壳怎么会出现在左边呢？"施莱辛格问。

鉴定专家陷入沉思，然后说："我无法解释这一点。"

"我有一个合乎逻辑的解释。"施莱辛格说。

"什么？"

"这名男子其实是举枪自杀的。"媒体席及整个旁听席一片哗然。首席法官暂停做笔记。所有人都盯着施莱辛格。

"他犯了一个错误，他是反着拿枪的，即持枪的时候枪托向上，只有这样弹壳才会掉在左边。一个人要对着自己的后脑开枪是非常困难的，几乎只能用这种方式握枪。"

施莱辛格又停了下来。鉴定专家再次拿起桌面上的手枪，拉了一下套筒，确认枪膛是空的以后，持枪抵住后脑。他将枪托转向了上方。

"您是对的。"鉴定专家说，"自杀只能这样握枪。"

"没错。"施莱辛格转向法官及参审员，"该男子想要制造被谋杀的假象。从之前的庭审看来，他的动机很清楚，就是想让妻子获得人身保险的赔偿。"

第二天，施莱辛格的委托人被判无罪。首席法官说，警方从一开始就将案件定性为谋杀，没有追查其他可能性。整个审判程序被一连串草率的预判误导，但实际上所有的证据均有可能从其他角度进行解读。从目前的证据链来看，无法排除男子自杀身亡的可能性。

检察官没有就判决提出抗诉。

完成无罪辩护后,施莱辛格再次邀请亚瑟尔一起吃午餐。亚瑟尔让他将整个庭审过程讲了一遍,想知道所有细节。

最后,施莱辛格忍不住问:"您是怎么做到这么快发现问题的?"

"您不会想知道这个的,律师先生。"亚瑟尔说。

浅蓝色的一天

  法官宣读了判决理由：女人杀了自己的孩子，本刑事审判庭对此事实没有异议。婴儿日夜哭闹，女人不堪其扰，于是将婴儿的头在墙上撞了四次，致其死于脑损伤。

  法官一直用"婴儿"或"孩子"指代宝宝，但女人其实已经给他取了名字。不像别的孩子都叫约纳斯或凯文，他的名字很好听，是她偶然在杂志上读到的——里安。法官坐在审判席上，宣读判决结果。法庭上所有人都认为，这就是事情的原貌。但背后其实有另一个故事，只是她当时不能讲出来。

  法官说，她在作案时只具有"部分刑事责任能力"，她的丈夫留下她独自在家照顾孩子，导致她"完全不知所措"。

  她被判处三年半监禁。街头小报认为这个判罚过轻，给她冠上了"暴戾毒母"的称号。

  检察官没有提出抗诉，该判决生效。

  监狱里没有酒。因为没钱，她也戒了烟。她每天早晨六点被叫醒，七点开始工作，给螺丝钉分类、粘贴装夹心巧克力的盒子或者组装密封胶条。所有女囚都穿着同样的蓝色围裙。

一年后,她获得了在木工作坊干活的机会。对她来说,这份工作更好。她现在主要为法庭和监狱制造长椅和桌子,因为心灵手巧,很讨木工师傅喜欢。"我的脑袋现在才恢复了正常。"她跟师傅说。她做了一个镶嵌桦木的胡桃木盒。木盒被摆在木工作坊橱窗里最显眼的位置,每个路过的人都能看见。

又过了一年半,她首次获准自由外出,可以离开监狱,回家过夜了。但她对狱警说,自己晚上更想回来过夜。

她坐公交车来到市中心,在主街闲逛。天空是浅蓝色的,就像那天一样。露天咖啡馆里坐着很多人。她看着商店橱窗的展品,用监狱发的钱买了一条丝巾。她都忘了外面的世界是多么生机勃勃。她一直逛到城市公园,躺到草地上晒太阳,又用手肘撑起上半身,观察着来往的行人。有个小男孩大约四五岁,拿着一根跟他脸蛋一般大的冰激凌。他的爸爸在他面前蹲下,用手帕帮他擦净了嘴巴。

她站起身,从脖子上扯下丝巾,丢到垃圾桶里,便坐车返回了监狱。

又过了六个月,她刑满释放。她回到家里时,丈夫正坐在沙发上。他没有去监狱接她,尽管她早就写信通知了他。她的信就放在饭桌上,弄得很脏,上面还有啤酒瓶的印痕。

"你为什么从没来监狱看过我?"她问。

他拿起桌上的打火机,把玩起来。没有看她一眼。

"电视机坏了。"他说。

"是吗。"她说。

"修理工说问题出在天线接收器上。我买了一个新的。"

他还在把玩打火机。

"我现在就去装。"他边说边站起身。

他先是把装着卫星接收器的箱子搬到阳台上,拆开包装,从厨房提来工具箱;又把户外座椅推到墙根充当梯子,但高度不够。于是他一只脚踩上椅子扶手,另一只踩在了阳台栏杆上。

"把红色螺丝刀给我。"他说。

"好。"

她在工具箱里翻找了一下,递给他红色螺丝刀。他尝试着把墙上的旧螺丝钉拧下来。

"螺丝钉陷得太死了。"他说。

那时,她出门去购物。只去了半个小时。等她回来,他正坐在卧室的地板上,说,孩子从他手上滑落了,他也没有办法。法官会判他终身监禁,因为他有伤人和抢劫的前科,他了解那些法官。她把死去的儿子抱进怀里,给了他一个吻。他的脸蛋是如此漂亮。

"你连庭审都没去听。"她说。

他低头往下看了一眼。他的衬衫悬在裤子外面,肚子上满是体毛。

那时他说,她应该揽下罪责,这样对大家都好。揽下罪责——他以前从未说过这样的话,她本该有所警觉的。

他还在努力拔着螺丝钉。

"螺丝钉坏了,"他说,"生锈了。"

他说,她的刑罚不会太重,而且女子监狱也没那么可怕。之后，他们还能在一起，还是一家人。"一家人"，她把死去的里安抱在怀里，不断重复着这个词。当时她并不知道，孩子是被他扔在墙上撞死的。她相信了他的说辞。当时。

"我当时真傻。"现在她说。

她一脚踹向椅子。他张大了嘴，她看见他脸上的胡楂，发黄的牙齿，还有那双曾让她喜爱的水蓝色眼睛。他脚下一滑，向后倒去，从四楼坠下，摔在了水泥地上。撞击导致他的右心瓣撕裂，一根肋骨刺穿主动脉。他躺在了血泊中。她缓缓走下楼梯，站在人行道上，在他旁边注视着，直到他断气为止。

负责本案的正是上次起诉她的检察官。他现在已是主任检察官，还留了八字胡。他认为她也杀害了自己的丈夫。

她在监狱中吸取了教训，不再回答警察的讯问，只是说她要见律师。警察只得把她带回拘传室。

第二天，法官下达了羁押令。尽管证据薄弱，法官还是想给凶杀案调查组争取一些时间。

警察走访了邻居。没有人听到他们争吵。一个老人看到他们在阳台上，但没注意细节。另外一名证人说她丈夫躺在路上时，她就"僵硬地"站在旁边。

法医鉴定指出，死者处于醉酒状态，所有的外伤都是坠楼撞击造成。从法医学角度来看，没有证据显示这是他杀。

十天后就是羁押审查。她遵循律师的建议，一直保持沉默。主任检察官坚信她杀了人，但没有证据。法官点点头，撤销了羁押令。

她和律师一起走出审判庭。在门口,她忍不住把全部经过告诉了律师。她再也无法保持沉默了。"我一定要说出来。"她说。她也不知道那种行为算是报复,还是出于某种她无法用语言描述的原因。她并不内疚,问律师能否理解她。

她跟着律师走到大厅,在一张长椅前停下脚步,蹲下来,看了看座椅下方。"这是我做的,"她说,"是张很好的长椅。"

莉迪娅

"我和别的男人好上了。"迈尔贝克的妻子说。那是一个周日的上午,她的盘子里放着一个现烤小面包,她连碰都没碰。迈尔贝克却很有食欲。他吃面包时,妻子飞快地说着话。迈尔贝克从小就结巴。只有没人的时候,他才能流畅地讲话。

今天本来打算去湖边玩的,迈尔贝克心想。妻子一般会在湖边读杂志,他则出神地望着天空,一切都将和往常一样。接下来,两人会去那家比萨店,坐在室外花园里喝上一杯冰啤酒。

妻子说,她回不了头了,然后哭了起来。他们在一起已经有很长一段时间。迈尔贝克站起身,把手插到裤兜里,望向厨房窗外。

四个月后,迈尔贝克搬进了一间位于四楼的公寓,那里有两个房间,配备厨房、卫生间和阳台。已经不再是他妻子的女人帮他跟房东交涉,替他更新了储蓄银行账户信息、安装了新的门铃

牌。住进新家的第一晚，他打开橱柜，看着她给他买的餐具，数量很多。迈尔贝克坐到椅子上，重新抽起了烟，这原是结婚前的习惯。

他在一家公司工作了十三年。新家离公司不远，只需乘坐两站快铁，再走一小段路。他的办公室隔壁就是服务器机房，有空调，但没有窗户，只有一个天窗。虽然他是公司里最好的程序员，却拒绝了晋升部门主管的机会。迈尔贝克不擅长跟人相处，更喜欢公司以书面形式给他安排任务。

他现在都去公司的食堂吃午饭，之前只有圣诞聚餐时才去。高耸的餐厅会产生回声，他感觉太吵了。晚饭他一般在快餐店解决，回家后就看电视，周末有时去电影院。他再也没有去过湖边。

四十五岁生日那天，前妻给他发了祝福短信。他还收到了储蓄银行统一印制的贺卡。公司的女上司送了他一盒超市买的夹心巧克力。她问他会不会觉得孤独，还说："迈尔贝克先生，可不能一直这样单身下去呀。"迈尔贝克没有回话。

一个周日的夜里，迈尔贝克在电视上看到了有关性玩偶的报道。节目还未播完，他就打开笔记本电脑，浏览起了生产商的网站。他在论坛里查看买家评论，一直忙活到凌晨五点。

第二天，他无心工作，比平常更早下班回家，在电脑上不断地组合搭配性玩偶：脸型、胸部大小、肤色（从"浅白色"到"可可色"）、唇色（杏黄色、粉色、红色、古铜色、自然色），指甲、眼睛及头发的颜色，还有十一种不同形状的阴道。有史以来第一次，他请了病假。他睡了几个小时，醒来后，终于想好了性玩偶的名字——莉迪娅。

八周后，迈尔贝克请了一天假。买的包裹在当天午后送达。他在配送员的签收机上签了字，把纸箱搬进了家里。

玩偶被裹在柔软的丝布里。让他开心的是，她穿了内衣。她很重，差不多有五十公斤。他将她从纸箱里抱出来，放到沙发上，随即取来自己的浴袍披在她肩上，然后躲进了厨房，把自己关在里面。他此前已经翻阅了所有关于她的资料：她有一副钢质骨架，"不允许非自然扭曲"，皮肤需要定期扑上一层薄粉才能保持"柔软"和"逼真"的质感。过了一个小时，迈尔贝克才返回客厅，但不敢正视玩偶。他先把包装纸箱压叠，打算扔到垃圾回收处。走到门口时又折返回来，打开了电视。

莉迪娅来到家里的十天后，迈尔贝克才第一次和她睡在一起。又过了三周，他在网上给她订购了裙子、性感内衣、鞋子、睡衣和围巾。迈尔贝克学会了做饭，这样晚上就不用去餐馆，可以和她待在一起。他经常和她一起看爱情电影，上班时也会想念她，每周一都给她买花。晚上回家后，他会给她讲述这一天发生的事。几周后，他讲话不再结巴，还为保持身材购买了家用健身器材。夜里和她躺在床上时，他会和她分享未来的计划，谈起他想买栋房子，这样一来她就可以坐在花园里享受阳光，不受任何人打扰。

一个温和的晚夏午后，迈尔贝克在大街上扯下领带，解开了衬衫最上面的扣子。以前他绝不会这样做。几天之前，是莉迪娅的生日，他给她买了香槟和十二枝玫瑰花。她已经在他身边待了十二个月。多么美妙的一年啊，他想。

他家的阳台门被撬开了。玩偶倒在客厅沙发的扶手上，裙子和内衣都被撕碎，脑袋被拧转了一百八十度。她的双腿夸张地叉开，嘴巴、肛门和阴道都塞着家里烛台上的蜡烛。客厅的桌子上用迈尔贝克为她买的口红写着"死变态"。

迈尔贝克知道，这是邻居干的。他多次留意到，这个邻居老是从阳台栏杆探出头来，窥探他的住所。

他取出蜡烛，小心地把莉迪娅的双腿和脑袋扭正，像医生一样轻轻触摸她的身体，检查骨架有没有受损。他双手把她抱进浴室，放入浴缸，拧开水龙头，给她洗了两个小时的澡，还轻声同她说话。他用一块柔软的海绵给她擦身，以清水冲洗各处孔口，给她梳好头发并吹干。他时不时要离开浴室一下，因为不想让她看见自己哭泣的样子。洗完后，他把她从浴缸里抱出来，擦干身体抱回床上，小心翼翼地给她的皮肤抹粉，同时轻轻地抚摸着她。他给她穿上睡衣，盖上被子，然后才熄灯。

回到客厅，他把撕碎的衣服和蜡烛块塞进垃圾袋，擦干净客厅的桌子，直到再也看不见一点口红印。接着，他钉死了阳台门。

那一晚，迈尔贝克就睡在沙发上。他几次醒来，起身查看莉迪娅的情况，坐在床前的椅子上，握着她的手。

第二天早上他给公司打电话，说家里出了意外，要请一段时间的假。接下来几天，他都陪伴在莉迪娅身旁。他将电视机挪进了卧室，还读书给她听。

四周后，迈尔贝克的邻居被送到了医院急诊室。两根肋骨及左侧锁骨骨折，睾丸碎裂，两颗门牙被敲落，右侧眉骨处的伤口缝了八针。急诊医生的记录显示，他是在自家门口被发现的，一位邻居拨打了急救电话。

警察开车来到他的住址，走访调查整栋楼的住户。他们按响了迈尔贝克的门铃，他开了门，什么都没说便把装着棒球棍的塑料袋递给警察，球棍上还沾着血。警察马上给他戴上手铐，将他摁倒在地。他没有反抗。确定他不会造成任何威胁后，警察才允许他坐起来。玩偶还躺在卧室的床上。迈尔贝克被带回了警察局。

一个小时后，一名女警官开始审讯迈尔贝克。就目前掌握的情况来看，他没有前科，工作稳定，已经离婚。棒球棍是他在网上订购的，账单还放在塑料袋里。女警官让迈尔贝克不要紧张。他口吃得厉害，连报自己的名字都困难。她问他玩偶叫什么名字，他第一次抬起头来，说："莉迪娅。"那之后，再开口便容易多了。

检察机关以危险性人身伤害罪起诉迈尔贝克。该案在参审法庭受理，庭审将在案发十个月后进行。现在我说的每个词都很关键，迈尔贝克心想。他把这个想法告诉了莉迪娅，一次又一次地在她面前排练。但到了庭上，他却连最简单的句子都说不好。当首席法官问指控是否属实时，他只是点了点头。邻居提交了医生证明，以身体原因为由没有出庭。只有女警官作为证人到场。她讲述了对迈尔贝克的侦查及审讯过程，说迈尔贝克立即全盘招供了，她不认为他有精神障碍。"他只是一个孤独的男人。"女警官说。

法庭请来了一名精神病司法鉴定人。首席法官问他，迈尔贝克是否会危害他人。

"爱上玩偶确实有点古怪，"精神病司法鉴定人说，"但不会危及他人。"

"这种情况常见吗？"首席法官问。

"最近二十年，"精神病司法鉴定人说，"这个用硅胶、钢架或铝架制造人形玩偶的产业才出现。这类玩偶的售价从三千五百欧元到一万五千欧元不等，主要产地是俄罗斯、德国、法国、日本、英国的英格兰和美国。在不久的将来，玩偶体内还会装上电脑，从而具备语言功能。虽然目前还没有足够科学、足够有代表性的研究成果，但资料显示，典型的买家是独居的白人、异性恋者，年龄在四十岁到六十五岁之间。在生产商的网站上，玩偶通常被当作自慰工具或性玩具推广，但是买家经常会对玩偶产生超越性爱的感情，有人还把玩偶当成终身伴侣。在日本，如果买家在现实中和真人结了婚，他们还会给玩偶举办葬礼。"

迈尔贝克注意到，检察官在摇头。

"恋人偶癖，即对人形雕塑或玩偶产生爱恋，属于恋物症的一种。恋物症，表现为对非生命物体产生性偏好。"精神病司法鉴定人解释道。

"这就能满足男性的需求吗？"首席法官问，"玩偶并不会回应爱情。"

"人的相爱过程十分复杂。首先，人爱上的并非对象本身，而是对这个对象的想象。当这种想象被现实消磨，当事人意识到对方实际上是怎样的人时，这段关系就会进入危险期。"精神病司法鉴定人说，"据我们了解，美国有很多生活稳定、衣食无忧的女性与囚犯建立了婚姻关系，她们大多是通过报纸上的小广告认识了那些男囚。她们知道自己或许永远都不会跟对方一起生活，但这段关系却十分稳定。同迈尔贝克的情况一样，这些女性对囚犯的爱永远不用接受现实的考验，迈尔贝克对玩偶的爱也不可能成为现实。或许正因如此，这种爱情反而能保持稳定，成为一段长久的幸福关系。"

迈尔贝克被判处六个月监禁，执以缓刑。首席法官说，每个人都有权过自己认为正确的生活，只要不伤害他人，国家法律无权干涉。"尽管如此，我们还是必须对您做出有罪判决。我们相信，您是将损害玩偶的行为视为对您生活伴侣的攻击，也不认为您比那些妻子被人强奸的丈夫更危险。但是，即便莉迪娅是真人，也无法令您的行为归于正当。只有正处于或即将面临被攻击状态时，您的行为才符合正当防卫的适用范围。但您邻居的行为早已结束，您已无法以正当防卫作为理由。您的行为是一种复仇。我们都能理解这个动机，但我们的法律制度不容许这种行为。"

回到家后,迈尔贝克拉上窗帘,以便和莉迪娅单独待在一起。他跟她说,被判缓刑其实没那么糟。他还给她讲了庭审过程,讲到了首席法官,还有自己的恐惧。许久之后,她的头倒在他的臂弯间。他想:"这是一段能够长久的幸福关系。"迈尔贝克相信自己做得没错,不管法官说了什么,他都必须这么做。

然后,他们一起睡着了。

邻居

清晨,他闭着眼去摸索妻子的手。二十四年来,他的每一天都是这样开始的。两人很少分开睡。妻子总是在半睡半醒间抱紧他的手,自然得就像婴儿的生理反射。

身旁没有人,他在睡梦中又忘了。布林克曼坐起来,打开灯。埃米莉五十三岁时,小腿上开始出现斑块。是黑色素瘤。医生说,肿瘤已经"扩散",转移至淋巴结、肺部和肝脏,这在医学上被称为"远端转移",手术也无济于事。一个月后,埃米莉住进医院,那张枕在白色枕头上的脸一周比一周瘦小。去世前,她醒来过一次。他躬下身,让她用双手搂住他的头。她说不出话来,他看到了她的恐惧。

一个半小时后,一台仪器响起警报,两个女护士将她的病床推出病房,床沿撞了一下门框。护士说,他不能跟过去。之后,过了很长时间都没有消息。

第二天早晨,一名年轻的医生走进病房,说:"您的妻子已经走了。"他还说她走的时候没有痛苦。但这是谎言。布林克曼把病房柜子里的物品装到了埃米莉那个红白格子行李箱里,包括她的睡袍、化妆品和梳子，还有那几本她生前就不再看的书。他现在多想再跟她说说话。在他们的第一处住所里，两人共用一张书桌，他占这边，她用那边。他们从来不曾停止交谈。

回到家，从信箱中取出信件后，他就一直站在门口，手上提着她的行李箱，捏着收件人一栏写着她的信件。他等待着什么事情发生，但周遭一切如常。他在太阳伞边的椅子上坐下，给女儿们打电话。她们想马上赶回来，但他说没有必要，一切都还好。直到天色破晓，他都没有上床，他想要保持清醒，等待埃米莉。

两天之后，他去医院见了埃米莉。她的脸色既不严肃，也不迷人，疼痛、欢愉及善意都已无处可寻。他选择了火化，因为这是她的意思。参加葬礼时他想，死亡并没有神秘到让人必须顶礼膜拜。她去世后很长一段时间里，他总是梦到她的声音。世上再无可留恋之物。

现在，四年过去了。布林克曼穿着浴袍在厨房煮咖啡，随后端着咖啡杯来到花园。天色尚未破晓。他注视着集装箱船和休闲游船上若隐若现的光。后来他洗澡时感到一阵眩晕，只能靠住墙，紧闭双眼，直到眩晕感消失。他剃了胡须，换好衣服，还把鞋子擦亮。他害怕自己跟不上时代的步伐。

穿好外套后，他拿上钥匙出了门。小卖铺里，年迈的女店主仍坐在柜台后面织毛衣。埃米莉以前总拿这个调侃老奶奶，说老人家的儿女、孙子和曾孙的柜子里，肯定塞满了粗毛线针织的毛衣。

布林克曼买了报纸和香烟。大街上，一辆敞篷车从他身旁缓慢开过，车里的年轻女子靠着车窗睡着了。开车的男人很小心，布林克曼心想，他不想吵醒她。这两个人也许刚参加完乡下的宴会，天不亮便返程，再过一会儿，男人就会把她抱到他的床上。布林克曼的胃部一阵抽搐。他走下长长的阶梯来到岸边，又沿着河经过一排两层高的房子和那些漂亮的前院，一直走到咖啡馆门口。他点了一份小份早餐，接着在那里读了两个小时报纸。他有时会观察邻桌的夫妇，男人在玩手机，女人则眺望着河对面。布林克曼小时候就跟父亲来过这里。那个年代，领航员和水手夜里都坐在河滩上喝酒。他结完账后就往回走，像往常一样数着那一百三十六级台阶爬上马路，有点上气不接下气。还有整整一天的光阴在等着他，乏味而空洞，埃米莉走后的每一天都是如此。

———

布林克曼生日时，女儿们送给他一次加勒比海游轮之旅。他在船上无所适从，船上的娱乐艺人、水上滑梯和巨大宴会厅里的晚餐，都让他反感。他一直待在自己的舱房里。生日当天，船上的工作人员为他布置了餐桌，摆上了鲜花和礼物，这让他感到尴尬。也有女人上来搭讪，但是他全部拒绝了。

等他旅行回来，隔壁的房子已经卖掉了。车库门前停了一辆深绿色的轿车，产自六十年代的敞篷捷豹。几天后，新来的女邻居按响了他的门铃。她只说自己叫安东尼娅，还带来一个磅蛋糕，说是"自己烤的"。布林克曼请她进屋，煮了咖啡，两人一起到院子里坐下。她说,他们很高兴能在这一带买到房子,毕竟易北大道上几乎没有人卖房。"我们找了很久。"她说,其间两次碰到布林克曼,一次是手臂,一次是手指。布林克曼试图认真听她讲话,却无法集中精神。半小时后她起身离开,深V露背裙让人印象深刻。到了院子门前,她转过头来向他道别。布林克曼心想,她看起来很像埃米莉,有着同样的高颧骨,同样的微笑,体态同样优雅。"有空就来我们家坐坐,期待您的到来。"她说。

然后,夏天就来了。邻居家重新装修了游泳池,加装了泳池灯,还重铺了浅色的石块地板。布林克曼夜里就站在阳台上观察那一方青绿色的水池。

酷暑来临的第一天,他在一家食物精选商店买了两瓶埃米莉生前爱喝的白葡萄酒,按响了邻居的门铃。安东尼娅穿着浅色短裤和白色T恤来开门。她没穿胸衣,双腿被阳光晒成了棕色,皮肤光滑。

布林克曼以前从未踏足过这栋建于二十世纪二十年代、后院面朝河边的U型别墅。安东尼娅领着他转了一圈,带他看了新泳池,然后从厨房拿来两个装着冰块的杯子,两人喝起酒来。布林克曼心想,她的生命力真旺盛。他坐在半阴半亮的地方讲起了他的游轮之旅。她很喜欢笑,笑声清脆、欢快。她问他有没有兴趣游个泳,说水里很清爽,对他的健康有益。但他不想让她看见自己的身体,不想露出胸前的灰白汗毛,还有老年斑。"我受不了氯消毒剂的味道。"他说。他的额头上汗珠密布,他必须去一下洗手间。她给他指了路。沿着走廊穿过屋子,左边第三个门。

洗手台的置物架上,放着香水瓶、产自西西里岛的甘油皂和一个贝壳。他用手指摸了一下贝壳粉色的内侧,触感光滑,还有一点温热。布林克曼在洗手盆前弯下腰,让冷水顺着头流过脖子,直到感觉好受了一些。等他回到泳池,安东尼娅已经坐在池边,双脚伸进了水里。阳光毒辣难耐。

"这会是一个美丽的夏天。"她回过头来说。

"我得先走了。"他说。

回家后,他在自家阳台上看到她躺在池中的黄色充气垫上,一只手浸在水里,双眼紧闭,涂了防晒油的身体隐隐发光。

布林克曼几乎每天都去安东尼娅家串门。他早上在咖啡馆吃早餐,中午就去她那里,每次都会带些小礼物,甜食、杂志、图书等。两人一般都在泳池边消磨时光,安东尼娅说,她很高兴他能过来,他是一个很好的倾听者。她跟他讲了她的人生:父母是大学教师,她是家里唯一的孩子。她经常提到自己的父亲,他比布林克曼还要年轻一些。她说,和布林克曼一样,父亲是一个沉默寡言的男人,还写了一本关于佛罗伦萨文艺复兴的权威著作。小时候,她经常跟随父亲去佛罗伦萨,花很长时间参观博物馆和教堂。她读大学时认识了现在的丈夫。对她而言,这场婚姻就是一种解脱。她忍受不了男人,而婚姻能保护她免受其扰。她光着身子躺在泳池边的石头板上,他则表现得若无其事。这是心照不宣的约定,他心想。

安东尼娅丈夫每天通常很晚才下班回来,要回家前还会给她打个电话。布林克曼从未碰见过他。周末他不时会见到那个男人在修理汽车。他还在车库里搭了个维修室。布林克曼问起来，安东尼娅便回答，修车能让他放松。

每年盛夏，安东尼娅都会回娘家待上一周。她启程的三天后，一个周日，那辆捷豹汽车停在她家的入口处，被两个千斤顶撑起，旁边的水泥地和草坪上散放着工具。车子的两个前轮已经被卸下，靠放在墙根。那个男人躺在发动机舱下，布林克曼只能看见他的双腿和亚麻布鞋。

"早上好。"男人说。他躺在一块带滚轮的木板上，从车底滑出来，站起身。他的脸上和双手都沾满了机油。"我还是不跟您握手为好。"

他看起来像一名机长，布林克曼心想。

"我从安东尼娅那儿听了很多关于您的事，很高兴认识您。"接着，男人又指着眼前的汽车说，"这该死的车，油底壳裂了。"

"这辆车很优雅，"布林克曼说，"祝您修得顺利。"

"周日愉快，"男人说，"希望很快能再见面。"他再次躺回木板上，滑到发动机舱底下。

布林克曼一脚踩在车子的保险杠上，铬金属外壳反射的阳光晃了一下他的眼睛。他用尽全身的力气往下压，两个千斤顶折断，整个车身砸在了男人身上。

他的死相很难看。后来法医告诉办案人员，这种意外经常发生。胸腔承受的巨大压力将血液挤压到头部和脚部，不计其数的毛细血管爆裂，皮肤看起来就像被无数小虫咬伤了一样。男人脸部肿胀成绛紫色，皮肤上还留下了螺丝、卡圈及金属零部件的压痕。他是窒息而死。

布林克曼转身朝自家房子走去，抚摸着前院的杜鹃花。那是埃米莉种的，当时她说，秋天是最适合种杜鹃的季节。

葬礼在两周后举行。布林克曼曾在同一座教堂、穿着同一件西装聆听为埃米莉举行的安魂弥撒。他坐在安东尼娅的后排，她多次回头来看他。

接下来几周，他细心照料她，帮着办理政府部门的手续，开车载她去市里，一直不停地安慰她。他们经常一起吃晚饭，她讲述了很多关于她丈夫的事情。春天到来时，布林克曼提议一起去撒丁岛游玩，他在那里租了一栋海景房。"不要一个人待着，两个人更好。"他说。

布林克曼自始至终没被调查过。警方认定那是一起意外。他只在很多年后的一个夏日午后同自己的律师说过一次。他说，他不曾感到后悔或自责，甚至没有睡不好，也没有任何心理困扰。这时，阳台门开了，安东尼娅过来问他想不想一起游泳。她说，水里真是太舒适了。

矮小的男人

施特雷利茨四十三岁，未婚，无儿无女，并且个头矮小。他的手掌很小，脚也不大，鼻梁更是不高。他平时会穿特制厚底鞋，能让他增高五厘米。他的客厅里摆放着一系列矮个子人物的传记：拿破仑、恺撒、墨索里尼、萨德侯爵、康德、萨特、卡波特、卡拉扬和爱因斯坦。他读过所有关于矮个子男人的研究报告，知道矮个子普遍寿命更长，婚姻更美满，患睾丸癌的概率也更低。他甚至能精确地说出演员汤姆·克鲁斯（一米七〇）、达斯汀·霍夫曼（一米六七）和歌手普林斯（一米五七）的身高，还把亨弗莱·鲍嘉（一米六七）参演的所有电影都看了个遍，将他的照片贴在浴室的镜子上。《夜长梦多》是他最喜爱的电影，他对片中谈论鲍嘉身材的两段对话烂熟于心：

　　玛塔·威克斯："你的身高不怎么样呀？"
　　亨弗莱·鲍嘉："怎么说呢？我已经尽力了。"

几分钟后，鲍嘉首次和劳伦·白考尔碰面。

白考尔:"听说你是私家侦探?我都不知道这个职业真的存在,还以为是小说编的,就是那种老在酒店里探头探脑的矮个子油腻男。你看起来一团糟,我说得没错吧?"

鲍嘉:"我确实不高。下次我会踩着高跷,打个白色领带,带上网球拍再过来。"

白考尔:"恐怕这也没什么用吧。"

鲍嘉在影片中当然是抱得美人归,但白考尔说得对,施特雷利茨心想,无论做什么都没用。施特雷利茨尝试了各种方法,但还是吸引不了女性。他买了一辆价格远超消费能力的小轿车,出入酒吧会所,花了不少钱给人买饮料和香槟,最终却一无所获。女人们并不拒绝他的宴请,但最后都跟其他男人走了。有一段时间,他转而专注于知识女性,于是在业余大学选修了哲学和文学,参加作品朗诵会,频繁出入电影院和歌剧院,结果还是无功而返。他同时注册了四个约会交友账号,照片颇受女性欢迎,他们在线上的交流也十分顺畅。不过一旦提及他的身高,对方立即就兴致索然了。如果他一直对自己的身高只字不提,那么到了彼此初次见面共进晚餐时,他马上就能感受到对方的失望。尽管如此,女人们依然会表现得体面而友善,但最终还是会说,他不是自己的理想型。她们会告诉他,这不是因为他的身高,当然不是,身高不重要,重要的是其他方面,比如"内在品质"。说这些话时,她们总是露出同情的目光,这是他所憎恨的。

施特雷利茨住在柏林的克罗伊茨贝格区,是一家超市的副主管。他住房租低廉的公寓，每年圣诞节都去奥地利的蒂罗尔度假一周，夏天就到西班牙的特内里费岛待上两周。他攒了一些钱，有一辆四年车龄的宝马轿车，还在一家健身房注册了会员。

这个周六，他又来到了住所对面、几乎每晚都去的土耳其饭馆，点了煎羊肉、沙拉和啤酒。然后，他从公文包取出笔记本电脑，浏览了一遍超市这周的订货情况。饭馆老板给他端来了饭菜，两人还短暂地寒暄了一会儿。施特雷利茨合上笔记本电脑开始用餐。他吃得很慢，毕竟晚上也没什么事可做。吃完饭后，他又喝了三杯拉克酒，一种土耳其的茴香味烈酒。

隔壁坐着两名男子，施特雷利茨常在饭馆里碰到他们。其中一名男子十分壮硕，脖子上文着黑色的狼；另一名男子则身材高大，戴着羊毛帽。两人小声地交谈着。高大男子用脚把桌下的运动手提包推向文身男子。文身男子提上包，站起身，走出了饭馆。只见他穿过狭窄的街道，走向施特雷利茨住的那栋房子，然后消失在大门后。几分钟后他两手空空地回来了，重新坐回饭桌。两人看起来松了一口气。文身男子从外套里掏出一支电子水烟抽了起来。一刻钟后，他们结账离开。两人在大街上告别，走向相反的方向。

施特雷利茨在克罗伊茨贝格区住了很久，知道这背后藏着什么猫腻。这两名男子将他住的那栋楼当作了藏毒点，这种地方通常被称为"地堡"。施特雷利茨又要了一杯烈酒，想再仔细地思考一下。如果打电话报警，他还得接受询问，名字会在卷宗上留档。之前他因为超市发生的偷盗案经历过类似情况，已经受够了。他最好还是先观望一下。等过几天毒贩们找到了新的藏毒点，这件事就翻篇了。

施特雷利茨将手中的酒一饮而尽，结了账，回到自己的住处。他坐到沙发上，随手打开了电视，但心思根本不在眼前的影片上。于是他拿起手电筒，下楼来到地下室，从一处杂物间里堆放的木板、建筑废料及旧油漆桶中，翻出了那个黑色运动手提包。施特雷利茨拉开拉链，见里面有五个包裹，每个约重一公斤，被玻璃纸薄膜层层密封。这些包裹闻起来有股混杂着汽油、酸醋和回潮石灰粉的气味。施特雷利茨把包裹放回原地，思来想去很久，最后离开房子，回到饭馆，一直等到店里只剩他一个客人。

饭馆老板笑着走过来，问："还没吃饱？"

"不是。"施特雷利茨回答。他已经认识饭馆老板很多年。

"那您想要喝一点什么？再来点特制的拉克酒？"

"好啊。"

饭馆老板取出一瓶没有标签的酒，斟满两个杯子在他对面坐下。

"这是我妈妈自己蒸的酒。"饭馆老板脱下围裙，将其搭在一把空椅子上。

"谢谢。"施特雷利茨说。两人一饮而尽。老板继续给他添酒。

"最近工作怎么样？"

"还是老样子。"

"女人缘呢？"

"就那样吧。"施特雷利茨耸了耸肩。老板笑了起来。

"我可以问您一件事吗？"施特雷利茨说。他感到胃里的酒精一阵灼热。

"什么？"

"我记得饭馆几年前有一次突击搜查。后来大家都说，那是在搜查毒品。"

"他们什么都没有发现。"老板说着，准备起身离开。

"请先不要急着走，"施特雷利茨说，"我想打听的根本不是那件事。您是我唯一能问的人。"

"是吗？"

"一公斤可卡因售价多少？"

老板挑了挑眉。"这要看品质，两万到三万欧元之间吧。"

"两万欧元？"施特雷利茨十分惊讶。

"没错。但是您要一公斤可卡因干吗？"

"没事。"

"您为什么问这个？"

"就是问问。"

老板又把杯子斟满。两人沉默地喝着酒。

"我想卖掉它。"过了一会儿施特雷利茨才说。

"你有一公斤可卡因？"老板盯着他。

施特雷利茨点头。他现在有点兴奋了。

"我可以给人打个电话。"片刻后老板说，又把酒杯斟满。

"给谁？"

"一个熟人。"

"这个熟人,您信得过吗?"

"我当然信得过,他就是干这个的。"老板大笑,施特雷利茨也跟着大笑起来。施特雷利茨心想,这是两个男人之间的交易,而且他们俩在这一带都有点地位。他感觉酒劲上来了。

"您抽多少佣金?"施特雷利茨问。

"百分之二十,"老板突然严肃起来,"但这不是闹着玩的。一旦开始,你就必须做到底。"老板开始用平语称呼施特雷利茨,说明把他当自己人了,他为此感到自豪。

"那个熟人多久会过来?"

"我给他打个电话,他会说什么时候过来。你先把那一公斤货带来,我们再看着办。"

"没问题。"

"你真有一公斤?"

"五公斤。"施特雷利茨说。

"五公斤?"老板深呼一口气,"我不会问你从哪里来的,但如果有麻烦,那是你的麻烦,跟我无关。你确定还要做?"

施特雷利茨点点头。老板站起身,先是到旁边的房间取来一个小笔记本,然后戴上老花镜,在手机上输入号码。他先讲了几句土耳其语,中途看了施特雷利茨几眼,又继续往下说。最后他问施特雷利茨:"我的朋友十分钟后到,可以吗?"

"可以。"施特雷利茨说。

"我们在厨房碰头。你走后门吧,我去把店门关了。"

施特雷利茨喝完了杯里的酒,站起身,这才意识到自己醉了。他穿过街道,回家取了辣椒喷雾,这是他平时去公园跑步时带在身上防狗的。回到地下室的杂物间,他坐在一块木板上,又一次打开手提包。东西还在。他等了几分钟,想让自己清醒一下,然后才拿起手提包。

街道对面,饭馆门前正站着那个有着狼文身的壮硕男子。他一动不动,一直盯着施特雷利茨。两人就这么僵持了一阵,施特雷利茨抢先跑开。他的车子就停在街尾约五百米处。文身男子怒吼了一声。施特雷利茨一边奔跑,一边从夹克里掏出车钥匙,按下遥控,把宝马车的锁打开,随即打开车门,把手提包扔到副驾驶座上,然后钻进车里。文身男子一直在咆哮,他满脸通红,大汗淋漓,整个人快要扑到车上。施特雷利茨发动汽车,猛打方向盘。文身男子拉开驾驶座车门,往施特雷利茨的脖子抓去,施特雷利茨则拿起辣椒喷雾,对着文身男子的脸一阵狂喷,接着猛地踩下油门。文身男子不得不放开手,前臂重重撞在车门框上,疼得他大叫。车门砰地关上了。一些喷雾留在车内没散开,施特雷利茨的脸被烧得灼热,皮肤红肿,眼泪直流。他不断地打喷嚏,狂吐口水,从后视镜看到文身男子正躺在马路上,蜷缩着身体抱紧左腿。施特雷利茨的视线模糊起来,车也横冲直撞,剐蹭到两辆停在路边的汽车。他踩住油门不放,飞驰穿过十字路口,而车子失了控,正面撞上了高架桥墩。冲击力把他整个人从座位上震起来,一头磕到了前挡风玻璃上。他昏了过去。

十七个小时后,他坐在了初级法院的一位侦查法官面前。侦查法官说,手提包里装有四点八公斤高纯度可卡因,而且,他还随身携带武器——那支辣椒喷雾。她给他念了法律条文,说他即将面临不低于五年的有期徒刑。他现在可以做出陈述,但也有权保持沉默。

施特雷利茨戴着一个肉色颈托,他的脖子还在疼,眼睛依旧红肿。他说他需要再考虑一下。法官对他下达了涉嫌毒品犯罪的羁押令。

施特雷利茨被带到了看守所。他看过关于监狱的电影,片中有嗜虐成性的狱警、用金属器皿盛装的食物,还有在澡堂遭到强暴或被自制凶器刺死的囚犯。但这些事情都没有发生。他被关押在单人间,然后一切都变了。他人生中第一次如此受人敬重,羁押令就是他的身份证:携带四点八公斤可卡因,驾车逃亡,拒不认罪。在这里,施特雷利茨不是小毒贩,而是受到尊敬的人物。没有人再拿他的身高开玩笑,没有人再提"矮子""侏儒""地精"之类的词语,也没有人再说"你长大后就会明白"之类的话。一名囚犯早在超市认识了施特雷利茨。他到处散布传言,说施特雷利茨只是把超市当作贩毒生意的幌子。施特雷利茨没有反驳。有人问他怎么一直都没被发现,他只是微微一笑,希望这样看起来更有神秘感。

开庭前六周,施特雷利茨收到了一个刑事处罚令,针对的是他出逃时的醉酒驾驶行为及后续造成的交通事故。他的血液中测出了千分之一点六的酒精含量。处罚并不重,交九十天罚金,每天三十欧元,吊销驾照一个月。法警提醒说,如果有需要,他可以在两周内提交异议书。施特雷利茨挥手拒绝了。他说,跟毒品犯罪相比，这都不算什么。

羁押四个月后，庭审开始。施特雷利茨对带他上法庭的法警说，这是他第一次出庭。

"大多数时候很无聊，"法警说，"内容千篇一律。"

"现在都已经十一点半了，但我的传票上写的是九点。"施特雷利茨疑惑地说。

"这很正常，延迟开庭是常有的事。"

"会有很多人旁听吗？"施特雷利茨问。

"没有。你的案子没什么特别的。另一个法庭在审理杀童犯，那边听众很多。"

施特雷利茨有点失落。

走进审判庭后，他才发现法官、检察官和他的辩护律师都没有穿长袍。现场没有听众。检察官正拿着一瓶矿泉水喝。

"施特雷利茨先生，请入座。"首席法官说，"我们没有启动诉讼程序。"

施特雷利茨摸不着头脑。

"您在六周前收到过醉酒驾驶的处罚令，对吗？"首席法官问。

施特雷利茨望向他的律师。她向他点点头。

"是的。"施特雷利茨回答。

"而且您没有提交异议书？"

"对。"施特雷利茨感觉自己可能做错了什么。

"我们今天早上才得知这件事。"

"我很抱歉。"施特雷利茨说。

"我先跟您解释一下,"首席法官说,"或许您知道,我们的法律不允许对同一个人的同一罪行进行两次判罚。"

"我知道。"

"这在拉丁语里叫作'ne bis in idem',翻译过来就是'一事不再理',即任何人都不得因同一罪行而被多次判罚,这是保证诉讼公平的基本原则。就您的案子而言,情况是这样的:初级法院已经对您醉酒驾驶的行为做了判罚。今天本应审判毒品犯罪一案。这是两个犯罪行为。但实际情况没有那么简单,因为我们在法庭上谈论犯罪行为时,指的是罪犯实施的、所谓连贯的生命体过程。比如,如果您先偷了一辆车,然后开着车去抢劫银行,整个过程我们称之为一个犯罪行为。尽管偷车和抢劫银行在现实生活中是两件事,但我们只能将其看作一个行为进行审判。您能听明白吗?"

"我也不知道。"施特雷利茨说。

"我们现在认为,不能把醉酒驾驶和毒品犯罪分割开来,因为驾驶行为是用于运输这批毒品的。两者在法律上被视为同一犯罪行为。您已经被判罚过,我们现在无法再次对您进行审判。"

施特雷利茨呆呆地看着首席法官。

"您可以让律师再跟您解释一遍。总之,因为初级法院的同事犯了个错,这场审判无法进行了。根据《刑事诉讼法》第二〇六a款第一条规定,本庭宣告该诉讼程序终止。初级法院颁发的羁押令亦被撤销。"

全体法官离席。律师把手搭在施特雷利茨的肩膀上。她比他还高一个头。

"发生了什么?"施特雷利茨问。

"您的运气很好,"律师说,"现在您自由了,祝贺您。您只被判了较小①的那个罪。"

---

① 德语中描述身高的"矮"和尺度大小的"小"为同一个词。——译者注

潜水员

耶稣受难日

她很熟悉这座教堂,熟悉里面的一排排木质长椅、石灰粉刷的墙壁,还有高大的窗户。她首次参加圣餐礼是在这里,举办婚礼也是在这里。她正坐在第三排,每次都坐同样的位置。她的儿子一周前跟着外祖父母去滑雪了。

"这是耶稣受难的时刻。"神父说。

今天是耶稣被钉死在十字架上的日子。教堂里没点蜡烛,没有焚香,祭坛上空无一物,连祭坛屏风也被合上了。神父身穿深红色的法衣。她一直都喜欢做弥撒、跪拜、起身、祈祷,一成不变的流程总能让她获得内心的安宁。

她又想到了自己的丈夫。他们十七年前在公司相识,那是一家汽车零部件供应商,是这一带最大的企业。她当时在总秘书处工作,而他来自北德,瘦瘦高高,年轻稚嫩。在亲眼见到他之前,她就被他简历上的照片吸引了。照片上的男子五官端正,胡子修剪得干净光洁,发线分得整整齐齐。他的简历完美无瑕,没有错别字，纸面也很整洁。这一切都让她喜欢。

他入职时，她向他表示了祝贺。两人相约在公司食堂吃过几次午饭，不久后，他就邀请她一起看电影。第一次约会的晚上，他穿了一件崭新的针织袖口麂皮夹克，身上散发出香皂和薄荷脑的香气。她触摸了他那双白皙的手。四天后，两人睡在了一起。

他在公司一路升职，从车间领班一直做到总工程师。他们结婚前，她父亲曾提醒道，这个男人不是本地人，而这里的山脉与焚风都会改变人的性情。尽管如此，他们还是结了婚，并在父母的农场修建了一栋房子，从那里可以眺望草地和田野，还能看见阿尔卑斯山。她在这个村子上的小学，初恋是旅馆老板的儿子，最要好的闺蜜是面包店主的女儿。她感到很惬意，一切好像都在朝着好的方向发展。

"作为人的基督，担下了所有的罪孽。"神父说。她前排的长椅上坐着药剂师，她在数他光头上的老年斑。代祷之时，一个婴儿哭闹起来。她没有转过头去，那样不太合适。但她内心感受到了一丝温暖，因为想起了自己的儿子。

孩子的出生改变了一切。丈夫陪着她进了产房，那是他自己的要求。医生没太留意他。她后来才得知，丈夫是亲眼看着她的阴道张开的，也必定闻到了分娩时她的血液、尿液和粪便的气味。医生把孩子放在她的肚子上。丈夫说，孩子全身都沾满了胎脂。胎脂，这是他后来经常提到的词。

她抱着婴儿回家后，丈夫表现得非常体贴，包揽了购物、做饭、打扫卫生等家务。孩子夜里哭闹时，他还会把孩子抱到她身边。可也是从那时起，他晚上进门前都会在大门口脱鞋，擦干净鞋底，再把鞋放在一块抹布上。他从此不再在裤袋里放硬币，说那是很多人摸过的。情况越来越严重。他反复在夜里惊醒，大声呼喊，全身冒冷汗。他说，梦到了自己的趾甲，全是黑色的，硕大无比，直勾勾地盯着他。

同房也变得困难起来。他不愿意跟她在床上做，不想弄脏床单。他说，浴室才是最合适的，瓷砖更容易清洗。有那么一段时间，她一直顺着他，但很快意识到，他连碰她都是在勉强自己。一天夜里，她发现他坐在浴室地板上，背靠暖气片，脖子上缠着一根绳子，正一边用手机播放色情片，一边手淫。她想赶紧关上门走开，但他请求她留下。高潮过后，他说，他也没办法。他脑海里总是浮现出儿子的脑袋从她身体里钻出来的场景，还有她大腿间儿子湿漉漉的黑发。

他越来越沉默寡言。从公司回来后，他就坐在家门口的长椅上，一坐就是几个小时，一动也不动，只是将下巴搁在蜷缩的双膝上，望着远处的山。她想跟他说话，但他没有回应。只有躺在床上时，他才偶尔开口，说一些她无法理解的阴暗话语。他提到没有眼睛的深海鱼，还有无尽冰封的星球。

公司发来的第一封警告信提到，他错过了一个重要日程。第二封则说，他将自己锁在办公室里长达几个小时。她去肉铺时，听到邻居在议论自己的丈夫。然后，潜水服事件就发生了。

弥撒结束后，所有人都来到教堂墓地。她和神父握了手。回家的路上，她发现许多人家前院的黄花九轮草和栎林银莲花都开了。天空浅蓝，春日和煦，微风吹拂过来，头发挡住了她的脸颊。

丈夫悬吊在一根绑在浴室横挡暖气片的绳子上，半坐着，屁股离地几厘米，身上穿着一套黑色潜水服，那是他们去马尔代夫度蜜月时买的。潜水服上到处都是小块的切片奶酪，粘在衣服的橡胶材质上，尸体旁则散落着玻璃纸包装袋。一张透明的保鲜膜包裹住他的脑袋，整张脸被拉平了，看起来很奇怪。他的生殖器从潜水服的一个破洞里垂出，看起来像一只动物。

她先用毛巾盖住生殖器，然后坐在浴缸边上，一时竟然感受不到时间的流逝。接着她跪坐在尸体旁，把头埋进他的臂弯，并将他脸上的保鲜膜揭开，伸手抚摸他的头发。她先是把奶酪块都捡了起来，有的都已经融化，又花了快两个小时才把潜水服脱下并把他搬到床上。她筋疲力尽，还有一些生气。给他盖上被子后，她躺到他身边，哭了快二十分钟，然后才睡过去。

等她醒来，头脑已清醒不少，这才终于反应过来发生了什么。她洗了很长时间的热水澡，化了妆，穿上新衣服，到客厅给家庭医生打了个电话。

医生注意到死者眼球上有呈点状分布的淤血，脖子上有勒痕，说他必须报警，因为这不是自然死亡。他们在厨房等待着，一直到当地的刑警赶来。那时已经过了午夜。

到警察局后，她的鞋带和腰带被没收了。女警官说，这是防止她自杀。她还必须把大门钥匙、手表、项链、婚戒及手提包放入一个红色塑料盒，接着全身都被用扫描仪检查了一遍。

她在接受讯问时反复说，自己是在床上发现丈夫死亡的。负责审讯的警官还很年轻，被安排在假期执勤，因为他还没结婚，也没有孩子。他认为，她是趁丈夫在床上熟睡时把人勒死的，然后她去洗了澡，给家庭医生打了电话。浴室里的浴巾都还湿着，他觉得她没有必要再撒谎了，只要说明为何这么做。她不再回答问题,于是被带回了拘传室。

圣周六

警察局是一幢建于六十年代的水洗石建筑。她被带到会谈室与律师见面,那里的桌子、椅子和电脑都被塑料布遮着,屋子里有股颜料和油漆的气味。她跟警察说,她想洗澡。警察抱歉地说,现在不行,因为整栋楼都在装修。她的手铐已被摘下。

当屋子里只剩她和律师时,她把跟警察说过的内容又重复了一遍。律师看着她,一边听,一边将钢笔夹在手指间来回转动。他告诉她,其实不让辩护律师知道真相通常会更好,这样一来,律师才更容易在起诉书里发现漏洞,找到证据链不完整及不合逻辑的地方。但这次的情况不同,已经有太多证据指向她。她会被羁押至开庭,即使几个月后无罪辩护成功,她在村里也已名誉扫地。

她向窗外望去,沉默不语,脑子里想到的却是,复活节篝火将在下周一点燃,阴暗的冬季也即将结束。她把手平放在桌面的塑料布上,一直摩挲,直到上面看不见一丝褶皱为止。突然间,她语速飞快地讲起话来,提到她的婚姻、丈夫和儿子。"他变得很奇怪。"她说。她不知道原因,或许只是因为山上吹来的焚风。她把发现丈夫死亡的真实过程讲了出来,说她不想让村里人知道内情,她还要在那里生活。仅仅出于这个考虑,她才把丈夫搬到了床上,希望避免陷入丑闻,否则就永远摆脱不了流言蜚语了。律师没有打断她。她自顾自问道,她的丈夫究竟怎么了?说着便开始哭泣。律师抬起头,说:"有些人是会做出这样的行为。"他递给她一块手帕，说羁押令将在明天下达，因为她今天才刚被逮捕。他明天会去跟法官面谈。

后来，一名警官把三明治、酸奶和饮料端进她的拘传室，对她说，现在只有冷食，食堂也关闭了。他又俯身道，本来不该向她透露的，但凶杀案调查组刚在她家车库里发现了一个装着潜水服的黑色塑料袋。大家都在等待法医的鉴定结果。

她没有碰那些食物，一整夜几乎都没有合眼。

复活节

她坐在法官办公室外的木质长椅上。律师轻声跟她交谈。他说，男性勃起时，膀胱后的腺体早在射精前就会受到刺激，分泌出含有极少量精子的液体。法医在潜水服中发现了这种液体的痕迹。她无法集中精力听下去，他的话让她很不舒服。律师继续说，现场找到的绳子与尸体脖子上的勒痕吻合，奶酪、玻璃纸包装袋及保鲜膜上也都检测到了死者的指纹。鉴定结果对她有利。尽管如此，检察官还是申请了羁押令。这里很少发生命案，她想要交由侦查法官裁决。

法官穿着灯芯绒夹克，内里搭配格子衬衫。她想，他的衣着不像法官应有的样子。她想象着他下班后的日常生活，比如怎样解决午饭，怎样送孩子上学，夜晚又是否会坐在电视机前。法官问她是否要做出陈述。她摇摇头。律师又把案件经过报告了一遍，她认真听着，但觉得这一切听起来都遥远而不真实，她的丈夫就像是个陌生人。她想回家，却不知道家在哪里。

法官把法医请进办公室。法医作为鉴定专家宣了誓。法医说，死亡原因很清楚，男人的颈动脉被绳子勒住，因此窒息而死。为何会有人对自己做这种事，目前还没有准确的研究结果，但大脑缺氧能够增强性高潮的快感这一点，早已为人所知。这也许跟大脑的边缘系统有关，也可能跟脊髓有关。这种做法已经延续了几百年，不仅古希腊人懂得这些，古罗马时代的花瓶上也有用勒脖子的方法增强快感的图画。

"他估计经常这么做，我们在他的喉头发现了旧伤。"法医说。

"为什么要包保鲜膜？"法官问。

"这应该跟恋物癖有关，也许奶酪、保鲜膜及潜水服橡胶材质的味道能够让他勃起。无论如何，我们可以排除保鲜膜令其窒息的可能，因为上面有透气孔，可以呼吸，孔洞边上还沾有死者的唾液。"

"用上软奶酪及潜水服这些东西，难道不怪异吗？"

"这种事经常发生。几个月前，我们在一个塑料袋里发现了一名男子。他穿着女式内裤，双腿被捆绑，整个人都密封在塑料袋里。为抽干袋里的空气，他借助了吸尘器，通过电线把按压式开关安装到塑料袋中，这样就可以自己按启动键。整套装置十分复杂。这名男子唯独犯了一个错，就是吸尘器的吸力过大，短短几秒内空气便被迅速吸完，塑料袋紧紧地吸附在他身上，让他无法摸到开关。吸尘器持续运转，于是该男子窒息而死。"

法官点点头。"那据您目前掌握的情况，本案具体是怎么发生的呢？"

"本案当事人把绳子固定在暖气片上，另一端绕着脖子，在身体缓慢下滑的同时进行自慰。绳子闭合收紧，只要再多加一点勒力,颈动脉就会闭塞。"

"死亡的过程很痛苦吗?"

"不会。整个过程十分迅速,根本没有时间产生窒息感。颈动脉完全闭塞后,再过十五秒人就会失去意识。如果勒力一直保持不变,十到十二分钟后就会脑死亡。"

"您刚才说死者此前可能经常这样做,那为何这次失手了呢?"

"这存在很多种可能。如果他悬吊在暖气片上的时间过长,就可能连解绳套的力气都没有了。也许他尝试过自救,只是因为双脚打滑,在瓷砖地板上滑倒了。也有可能是他太快就陷入了昏迷状态。这种性刺激的方法风险极高,可还是有很多人不断尝试,因为那能让他们更强烈地感受到自己的存在。对于有过这类性体验的人来说,他们再也不会经历性高潮,因为他们本身就是性高潮。他们反复尝试,有点类似成瘾性疾病。"

"就是说,如果我没有理解错的话,没有证据显示这是他杀。"法官说。

"不能完全排除其死亡过程中有他人介入的可能性,但这一点完全无法证明。所以没错,从法医学角度来看,我们判断这是一起意外。"

在场者都面面相觑。律师在笔记本上记录着,法官对着书记员口述了总结陈词。

"如果没有其他问题……"法官看了看检察官和辩护律师,两人均摇了摇头,"那我现在允许法医鉴定专家离场。非常感谢您今天抽时间过来,祝您假期愉快。"

法医收拾好文件夹,离开了法官办公室。检察官说,她要求撤回对羁押令的申请。法官点点头，从办公桌的抽屉里取出一张绿色纸条并在上面签了字，然后说，她自由了。

复活节星期一

祭坛又铺上了圣餐布，祭坛屏风也已经撑开，圣母玛利亚怀里抱着耶稣圣体。做弥撒之前，邻居们在教堂墓地为她逝去的丈夫哀悼，下午还会去她家喝咖啡。丈夫的葬礼将在两周后举行，她会和神父一起挑选吊唁词，准备一场隆重而严肃的诵读。没人知道她曾被关押过，以后也不会有人知道，这是律师向她保证的。这天早晨，她就站在浴室的横挡暖气片前，心想，丈夫已经不在了。

弥撒令人愉快，她感觉教堂比从前更加明亮了。"你因恩典而得救。"神父说，随后为整个社区祈福。所有人都起身唱诵，那首赞歌是她从小就会的。此刻，她决定原谅自己。她只是压了一下他的脑袋而已，直到他不再挣扎，细长又白皙的双手静静地落到地板上。今日是救赎之日。"求主怜悯。"她想到的只有这句。最后，她跟着哼唱起复活节星期一的复活之歌。

臭鱼

在他住的社区,家长都不送孩子上学。几公里外的西城区则是另一番景象。汤姆见识过一次。在那里,家长会帮孩子从车里拿出书包,亲亲孩子的脸颊,然后陪着他们走到学校门口。家长们看起来很相像,孩子之间也差别不大。

但在他生活的社区,居民来自一百六十个国家。这里的生存法则不同,孩子们的童年也结束得更早。

同每天早上一样,他们在面包店门口碰头。汤姆的同伴聊到一个女孩子,说泡妞真是不容易,一不小心就搞砸了,把女孩子吓跑不说,还被她们在背后当笑话讲。汤姆点点头,但心里不关心这些。他之前本该去超市偷香烟的,其他人都在外边等着。但他没有成功。

汤姆和他的伙伴总是结伴上学,还有其他小孩。他们在谈论锻炼胆量的事,表情很严肃,还把声音压得很低。汤姆感到害怕。

孩子们管那个男人叫臭鱼。平常大家经过他家门口时都绕道而行。臭鱼总是坐在屋檐下的藤椅上，就算下雨下雪也不例外。上一次战争中，一枚炸弹炸毁了这栋房子前面和侧面的房屋，只有后方幸免于难。房门前长满杂草，堆放着废弃的汽车轮胎和长满霉菌的木板，还有一个没有把手的十字镐头和被撬开的配电箱。房子的墙体发霉，半地下室的窗户也破破烂烂，周围还散发着鱼粉、煮焦的牛奶和汽油的味道，天气炎热时，臭味甚至能飘到学校那边。关于臭鱼的故事有很多。有人说，臭鱼因犯谋杀罪被多个国家通缉；有人说，他看到臭鱼从河里钓鱼，然后活生生地把鱼头咬了下来；还有人说，臭鱼在地下室煮牛奶喂城里的老鼠。还有传言说，他有一把学校的钥匙，夜里会穿过学校走廊，用舌头舔学生们的金属储物柜。

汤姆一路上都在祈祷，希望臭鱼今天不在家。但臭鱼还是像往常一样坐在那里，戴着一副黑色墨镜，夹克上有几个破洞，裤子也很脏。但他把鞋子擦得锃亮，那双鞋看起来质量很好，只是跟他本人完全不搭，也与这里的臭气不搭。

他们在房子前面停了下来。汤姆哀求道："我可以再去偷一次香烟，这次一定能拿回来整整一条，我保证。"这句话他已经在脑海里练习很多遍，但说出来后并没有达到他想要的效果。其他人拒绝了他。"太晚了。"他们说。汤姆现在必须到臭鱼那里去，至少走到篱笆后面五步，然后大声喊出："臭鱼！"否则，汤姆就是个胆小鬼，从今往后大家都可以这样叫他。

汤姆把书包交给其他人。"如果臭鱼杀了我，他们会把我的东西交给妈妈。"这么想着，他穿过敞开的庭院大门，数着步子朝房子的方向走去，数到第五步时停下了脚步。臭鱼一直都没动。汤姆快要受不了这里的臭气了。石地板上的青苔十分潮湿，尽管天气很炎热。

他深吸一口气，闭上眼睛大喊道："嘿，臭鱼！"接着一下子就明白过来，这个做法是多么愚蠢。他想立刻补上几句其他的话，比如友好的问候。但他什么也想不出来，大脑一片空白，嘴里也发干。

男人抬起头来。汤姆从他的墨镜镜片上看见自己的影子，也看到了男人光头上的汗珠。男人拿下眼镜。汤姆看着他的动作，想要逃跑，身体却不听使唤。臭鱼是个盲人，他左眼泛白，眼球坏死，另一只眼睛却一直盯着汤姆。那只眼瞳孔边缘发散，虹膜内有蓝色丝状物，它越瞪越大，仿佛当下所有的声响、颜色甚至臭味都消失在其中——它吸收了一切。汤姆头晕目眩，全身颤抖，然后眼前突然浮现出南极洲，那是学校世界地图册里的画面：雪原，冰河，还有冰封的瀑布。他不知道时间过了多久。最后，臭鱼又把墨镜戴上，头埋了下去。汤姆感到手脚一阵刺痛，然后他看到了那个东西。臭鱼的膝盖上放着一块掰开的巧克力，跟汤姆的妈妈在楼下果蔬店里买的一模一样。尽管他才十一岁，这一刻他也明白了，根本不存在什么秘密，这个男人既不是杀人凶手，也不会直接咬掉活鱼的头。他只是膝上放着一块巧克力的失明老人。

汤姆走向他，脚步变得轻盈起来。

"我太愚蠢了。"他轻声说。

"是的。"盲人说。

"对不起。"汤姆等待着，但盲人沉默不语。

"我现在要走了。"过了一会儿汤姆说。

盲人点点头。

汤姆转身离开。突然间,他听到同伴们的呼喊,一块石头从他身旁飞过。汤姆看不清是谁扔的,只见石块砸到老人的脑袋,黑色墨镜被打歪,挂在一只耳朵上,镜片碎裂了。老人用手护住脸,血从指间流下,密集飞来的石块砸遍他的全身。

还在上第一节课时,警察就来到了教室。一个邻居目睹了孩子们跑向学校的过程。他描述了这群孩子的衣着打扮,提到有一个没背书包的孩子曾向老人走去。

在警察局,女警官不断讯问汤姆,他们为什么要这样做。她给他看了从医院拍的照片,盲人整个脑袋都包着纱布绷带。汤姆什么话都没说,因为这个社区里没有人会跟警察说话。半个小时后,女警官不得不作罢。她在报告里写道,汤姆"疑似带头人"。他的妈妈把他从警察局领回了家。

孩子们没有被起诉,因为年纪还太小。只有青少年福利中心找父母谈了话,将他们的住房及家庭情况写入报告,建了档案。班主任对学生进行了警告。放长假之前,一位身穿警服的年长警官来到教室,做了一场关于青少年暴力犯罪的讲座。他给大家分发传单,那些传单后来被胡乱丢在了校园里和大街上,随处可见。

几个月后,老人的房子被拆除,那里将要建一个带停车场的购物中心。臭鱼这个名字在学生们的记忆中停留了一段时间,最后也被完全淡忘了。

湖景屋

　　费利克斯·阿舍尔出生时，腹部就有一片小小的红色斑点。父母觉得，这是一种过敏反应。他们的朋友们则说，婴儿出现这种情况，可能和洗衣液或牛奶有关，过段时间便会自动消退。然而，斑点并没有消失。新生儿毛细血管扩张、充血，血液不断流动。出生十八周后，费利克斯几乎整个上身、脖子和右脸都被"染"成鲜红色。这是鲜红斑痣，一种微小的遗传缺陷。

　　费利克斯的母亲当时三十九岁，父亲四十三岁，两人都是二婚。他们供职于慕尼黑的一家公用事业公司，父亲担任能源供应技术员，母亲则是会计。费利克斯是他们的独子。

　　费利克斯四岁时第一次到爷爷家。爷爷于二十世纪二十年代出生在上海，他的父母在那里的德国医学院当医生。后来他搬到香港定居，通过进口德国工业设备积攒了一笔财富，妻子去世后就搬回了德国。他在上巴伐利亚买了一栋房子，位于慕尼黑南边约六十公里处。这栋房子原是一座建于十七世纪的奶制品作坊，此前归一家修道院所有，一直被称为湖景屋。房子坐落于一个小村庄外的小山丘上，外形是朴实无华的正方形，墙体厚实，有十九个房间，可以从那里远眺湖面。一到焚风天气，从这里一直到阿尔卑斯山脉的景色都呈现出一种深沉浓郁的蓝色调。一百年前，瓦西里·康定斯基、弗朗茨·马尔克、保罗·克利和洛维斯·科林斯都曾在附近写生。后来的厄登·冯·霍尔瓦特和贝托尔特·布莱希特也曾居住于此地，托马斯·曼的《浮士德博士》就是以附近的一个村庄为背景而创作。

爷爷家的窗帘总是半拉着，室内光线柔和、微暗，房间里寂静无声。地上铺有暗色木地板，墙上糊着淡黄色的中国风壁纸，上面是印有橘子树、樱桃花、苹果花、欧亚鹤、蜻蜓和异域珍禽的风景画。家具都是二十世纪二三十年代的，来自原英国驻上海的官邸。家里没有电视或收音机，只有一台木质唱片机。图书室里放着两把磨损严重的皮椅，一张套着浅绿色亚麻沙发套、已经久坐凹陷的沙发，一张可用于抽烟和休闲的小桌，以及一个竹质书报架。大多时候，爷爷都坐在那里阅读。他喜欢穿白色的三件套亚麻西服，抽埃及进口的椭圆柱香烟。费利克斯就坐在他面前那张褪色的丝绸地毯上玩耍，把上面的图案当成迷宫游戏。

爷爷把费利克斯的房间安排在二楼，还送了他一辆玩具火车，带有铁质的黑色火车头和两节深绿色车厢，透过车窗能看见里面的乘客。爷爷每天夜里都打开床头柜的旋转夜灯，灯影投在墙上，呈现出老上海的图景：正在卸货的船舶，用长烟斗抽烟的中国人，还有一只头戴蝴蝶结、走街串巷的小狗。

随着年龄增长，费利克斯开始为身上的红斑感到羞耻。别的小伙伴都拿这个嘲弄他。父母带着他四处寻医问药，他不得不一次次脱光衣服接受检查。然而，在经过激光治疗、涂抹药膏和打针之后，红斑依然没有消失。只有爷爷跟别人不一样。他给费利克斯讲中国人的故事，说那里长着三个乳头或六根手指的人都会受到敬重，因为上天必将赋予他们非同凡响的人生。爷爷说，他的红斑实际上是一幅隐秘的地图，只要费利克斯仔细观察，就能读懂这幅地图。他肚脐上方的红斑是灵兽的王国，神龙、美人鱼、刀枪不入的英雄均栖居于此；胸膛的红斑则是智者的王国，绝顶聪明的人物都聚在这里，为世界的发展出谋献策；而脸颊上的那一小块红斑看起来跟家门口的湖泊有几分相似，那是最重要的地方，是家的幸福所在。

爷爷每天都从家散步到村里，夏天总戴着一顶编织草帽。村民们都认识他，对他彬彬有礼。费利克斯觉得在爷爷身边很有安全感。爷孙俩总是坐在湖边的同一张长椅上，爷爷会闭上眼，握着费利克斯的小手，让他给自己描述看到的东西：一个干枯的鸟巢，一只船桨被折断的小舟，一辆手推车在草地上留下的几处车辙。爷爷会给他讲述在上海时的童年往事：正午的暑气，傍晚的琥珀色灯光，绵绵的雨季，美丽女子的晚礼服，以法语命名的酒店，还有水乡、斗鸡比赛和染上鸦片瘾的民众。费利克斯渐渐地将眼中所见和耳中所听联系起来，眼前的油菜花地、三叶草草坪及湖岸的芦苇丛，就这样同上海街头的气息、市场的叫卖声及翡翠绿的棕榈树交织在一起。只有在湖景屋前，身处阿尔卑斯山下的静谧景色中，他才能够获得安宁。

爷爷逝世时，费利克斯·阿舍尔十四岁。他此后的人生都平淡无奇。正如很久以后，那位法官所说的，他这一生"遵纪守法"，"没出过问题"。他先上文理中学，然后服兵役，再上大学。二十六岁时，他受雇于汉堡一家保险集团，三十五岁成为理赔部门副主管，四十二岁升任北德地区总经理，四十六岁调任伊斯坦布尔。再过三年，他成了阿拉伯地区总经理。他在工作上勤勤恳恳。他光顾妓院，因为不想勉强别人接受他的外貌。有一次，在保险集团研讨会上被问到人生目标是什么时，他毫不犹豫地做出回答：他想有一天搬回湖景屋居住。在他现在住所的床头柜上，一直摆着爷爷的照片。

阿舍尔五十四岁时，母亲离世，父亲也已逝世十二年。他回去参加母亲的葬礼。"到了中年，人总会被死亡环绕。"神父说。这句话烙印在阿舍尔的脑海里。

在回伊斯坦布尔的途中，他一直心神不宁。回到公司后，他工作的热情日渐消退，行事变得马虎，也无法集中精力。夜里他一直在想，自己虚度了这一生。

两个月后，他跟税务顾问一起分析了自己的财务状况。他从母亲那里继承的财产、父母名下的房产加上公司的遣散费足以让他衣食无忧。他又考虑了两个月，然后向公司申请提早退休，接着变卖了伊斯坦布尔的家具，将父母在慕尼黑的公寓出售。母亲逝世六个月后,阿舍尔成了自由无拘的人。他搬进了湖景屋。

父母还在世时,爷爷的老旧家具和藏书都被堆放在阁楼。他们还撕下褪色的壁纸,把房间粉刷成白色,在地上铺了地毯。他们很少来湖景屋,只会在周末或假期时过来小住。

阿舍尔请人将老旧家具搬下楼,让村里的木匠修缮了木质百叶窗和架子,还翻修了桌子和写字柜,重新给地板打磨抛光。他花了几个星期在网上找壁纸,终于找到伦敦的一家供应商,在那里买了几卷二十世纪二十年代的壁纸,看起来与老旧的中国风壁纸颇为相像。他还把皮椅和亚麻套沙发清洗干净,甚至请了慕尼黑的一家工作室将木质唱片机修好。

一年后,除了新购置了几件舒适的现代家具,他几乎完全把房子恢复成了爷爷生前的样子。

接下来的几年,他都在湖景屋和村里度过,几乎不外出旅行。到了夏天,他上午在面包店吃早餐,夜晚就到集市广场的小餐馆或冰咖啡馆待着。他和当地居民交朋友,为志愿消防队捐款,参加村里的节庆、基督圣体节游行及传统服饰俱乐部的推介活动。阿舍尔处处表现和善,平易近人,正如村里人所说,他融入了这里。他偶尔还是会去慕尼黑看话剧或电影,回来时经过那段没铺柏油、通向湖景屋的路,总要在车里停留几分钟,关掉车灯,等待一切重归平静。

阿舍尔搬到这里五年后，村民大会决议将湖边废弃的渔民平房卖给了一名投资人。这些平房归村里所有，已经空置多年，投资人获准拆除房子，在该区域修建简单的度假屋。村里希望借此带动旅游业，复兴村里的零售业和餐饮业。

该区域位于湖边，离阿舍尔的房子很近。听到这一计划时，他陷入绝望。他去找村长商量，逐个劝说当地议会成员重新投票，向每个人解释这里为什么必须维持一切不变。劝说不管用，阿舍尔就委托律师，提起诉讼，结果败诉了。没有人能够理解阿舍尔为什么如此激动。从那以后，阿舍尔都去隔壁小镇购买食物，并且只允许清洁女工和饮料配送员踏入他的家门。

施工在年初启动，阿尔舍就坐在湖景屋门前的长椅上观察着。只要道路入口处堵塞超过半个小时或施工队早晨七点前开工，他就打电话报警。起初，村里的年轻女警官会过来一探究竟，但她很快就明白，阿舍尔只是在小题大做，于是再也不理会他的来电。

度假屋很快便建好了。那是一种木质结构的小型别墅，每栋有三个房间，外墙涂了红蓝绿三色油漆。房子在三个月内就售罄了。然后，一些年轻的父母开始带着孩子来这里欢度周末与假期。

阿舍尔性情大变。清洁女工时常听到他自言自语，连续几个小时喋喋不休地咒骂。他疏于打理生活，食量骤减，不再光顾理发店，也开始不脱衣服便入睡。有时候，他整天都躺在床上。他买了一个望远镜，制作了详细的记录表：哪家人晚上十一点后还在度假屋门口喧闹、哪家人没有做垃圾分类、哪家人在周日修剪草坪、哪家孩子午休时间大声吵闹。他把记录表发给警察、州县政府部门和州长。可即便他的投诉有时候不无道理，也没人理会。

直到夏末的一个周日傍晚，阿舍尔再也无法忍受了。度假游客口中的夏日湖畔狂欢节到了，整个周末都喧闹不休。组织者甚至往他的信箱里塞了一封邀请函。整整三天，湖边小道塞满了挂有慕尼黑车牌的汽车。人们在沙滩上架起音箱，举办盛大的篝火晚会，跳舞，呼喊，放声欢笑。

这个夏季的每一天，阿舍尔都在思考应该怎么办。家里的地下室存放着爷爷的枪柜，里面放着两把生锈的手枪、三把步枪和八包弹药。这些枪支都没有登记，是爷爷不知何时用集装箱从中国一次性运回来的。

阿舍尔从枪架上取下一杆二战时期瑞士军队使用的卡宾枪。他还没荒废在联邦国防军服兵役时掌握的枪法。他先拆卸枪支，清理干净后涂上润滑油，再填装弹匣，上膛。他举枪瞄准门口，一直大声地自言自语道："真是受够了。""现在做个了断吧。"

他拿起一瓶杜松子酒，坐到门前的长椅上慢悠悠地喝着。步枪就靠放在他旁边的墙根上。等天色足够昏暗，他戴上了从厨房拿的粉色洗碗手套。因为长期在保险理赔部门工作，他了解罪犯可能犯下的所有失误。他沿着小道走向湖边。那里只有一栋房子还亮着灯，其他几家人早已返回城里。

阿舍尔穿着靴子，径直朝木门踹去。这栋房子的主人是个酒店经理，已婚，有两个孩子和一条狗。经理的妻子穿着浴袍来开门。她二十九岁。看到指向她的枪口时，发出尖叫，条件反射般扭头就跑。子弹从腋下射入，穿透两片肺叶和心脏。她倒在地上。阿舍尔跨过她，去其他房间检查。她的丈夫带着两个孩子先回了慕尼黑，她想留下来再收拾下房子。

尽管受了重伤，她还是努力地爬到门口。阿舍尔站在她身后，再次扣动扳机。"一不做，二不休……"他喃喃道。子弹从第六及第七节颈椎间穿过。他拉着女人的双脚，将尸体拖回屋里，然后熄灯，往外走去，关上了门。

回到湖景屋的地下室，他在工作台上将步枪切割为三截，随后又脱光衣服，将衣服、洗碗手套及靴子都塞进了垃圾袋。他冲了个澡，然后穿上干净的衣服鞋子，驱车几公里到达穆尔瑙沼泽区，那是一片广袤的沼泽地。他把三截步枪及弹药分别扔进不同的沼泽坑，并焚烧了衣物。

尸体直到周三才被发现。丈夫联系不上妻子，这才开车回到度假屋。该市凶杀案调查组的警官先是怀疑丈夫，后又怀疑是抢劫谋杀，但都查无所获。他们调查了这家人是否树过敌，也没有进一步发现。住进其他度假屋的几家人被一一传讯，所有人都具备不在场证明。连阿舍尔也被作为证人询问。他说，他什么都没看见，什么也没听见。只有村里那名年轻的女警官记得，阿舍尔曾因反对修建度假屋发起过诉讼，还一直在投诉抱怨。检察官申请对阿舍尔的房子进行搜查，但侦查法官驳回了，说："这只是一个十分站不住脚的猜测。"

作案五天后，阿舍尔夜里喝醉酒，在地下室的阶梯上摔倒了。他髋部骨折，脑袋磕到石阶上，大约昏迷了三十分钟。等他醒来，身体已无法动弹。直到次日清晨，清洁女工才发现了他，赶紧打了求救电话。年轻的女警官驱车来到湖景屋，通知了救护车，亲眼看着阿舍尔被抬上车运走。然后她独自在地下室逗留了几分钟。枪柜半敞着，她拉开柜门，见柜里铺着绿色绒布。其中两个枪架上挂着步枪，最后一个枪架空空如也，但是枪托的压痕在绒布衬里上清晰可见。她将情况报告给了凶杀案调查组。

这一次，检察官获得了搜查许可。阿舍尔住进医院后，司法鉴定部门的侦查人员对整个房子进行了搜查，排除了两把步枪作为凶器的可能，发现的弹药也与射杀女人的弹头不符。阿舍尔的清洁女工作为证人被传讯。她说，这个柜子一向是锁着的。警方将这一点认定为间接证据。清洁女工还被问到，阿舍尔是否性情大变。"他一直自言自语，经常过量饮酒，但他从未对我有过恶意。"她说。

警方确信,阿舍尔必定与那起谋杀案有关,但他们的调查毫无进展。检察官最终申请监听阿舍尔的病房,办案人员希望他会跟访客谈起谋杀案。法官有些犹豫,但还是批准了。趁阿舍尔进行髋部手术时,一名警员将监听设备安装在了他的病房里。

连续几天,警方都在听阿舍尔的自言自语:抱怨髋部骨折、头痛、伙食糟糕、护士笨拙、医生无能。没有人来探望过他。就在办案人员打算放弃时,阿舍尔夜里突然提到了谋杀案。他说:"早就该这样做了。""现在终于消停了。""真该把房子也烧了,这些蠢货。"当时,病房里只有他一个人。

阿舍尔立即遭到逮捕。警察审讯时播放了录音带,对他说:"这就是供词。"他们想知道作案的枪支和子弹藏在哪里,让他都供出来,这样对他更好,因为他无论如何都脱不了干系了。阿舍尔一直说自己是无辜的。五个小时之后,他要求见律师。法官对他下达了涉嫌谋杀的羁押令。

阿舍尔在牢房里做告解。他对神父说,他也无法理解自己,不知道自己做了什么。"我是有罪之人。"他说。

他被捕四周后,侦查法官开始进行羁押审查。法官提醒他可以保持沉默,然后跟阿舍尔的律师及检察官讨论了很久,其间谈到了沉默权、日记、监听手段及最高法院可能做出的裁决。

阿舍尔试图回忆起被他射杀的年轻女人。她的头发是什么颜色的？她说了什么吗？她的脚趾涂了红色指甲油，这个他还记得。他突然感到害怕，心里生出一种轻微但不可捉摸的恐惧感，他也不知道自己在害怕什么。接着，他站起身。律师轻声示意他坐回去，但阿舍尔一直站着。他想说些什么。

"我……"他口中发干，身体无法动弹。他心想，要是现在待在湖景屋该多好。从前那里十分单纯，一片宁静。

"请问怎么了？"法官问，语气十分友善。

"我……我……"阿舍尔感觉不舒服，髋部又疼了起来。他希望律师能够说些什么，但没有人开口。法官看着他。阿舍尔低头看着地板，不知道该怎么办。然后，他又坐了下来。

法官摘下老花镜，放在面前的桌上。"阿舍尔先生，您想要跟我们说些什么？"

"没什么，抱歉。"

"有人来医院看望您吗？"法官问。

"我的委托人已经说过，他选择保持沉默。"律师大声说。

"不，没有人来看过我。"阿舍尔回答。

"您有时会自言自语吗？"法官问。

"是的。"

"在医院也这样？"

"我想是的。"阿舍尔说。

"好的。"法官边说边点头。他又戴上了老花镜，在笔记本上写下一些东西。律师还在陈述。她的声音令人不适，阿舍尔想。检察官一直在打断她，两人之间的争执越发激烈。她拿出一沓材料，放到桌上推向法官。阿舍尔听见那是判决案例。过了半个小时，法官说，他已经听取了所有的论据，必须慎重考虑一下，当天的羁押审查就到此为止。

第二天，阿舍尔再次被领到法官的办公室。律师这次将头发扎了起来。阿舍尔想到了年轻女人的颈部。她身穿绿色浴袍，浑身散发着刚洗完澡的清新气息。直到她倒在血泊里，他才看到她下身穿着白色内裤。他到自己的座位坐下。

"人的思想是不允许被监听的，"侦查法官说，"不同于日记，自言自语是语言化的思想，不应该公布给任何人，也不能被留存。这属于个人隐私。法治国家与非法治国家的区别在于，不允许为了追查真相而不惜一切代价。法治国家都给自身设限。我们知道，这种限制有时令人难以忍受，但我们不能采用病房的监听录音带，因为人的思想必须是自由的，无论何时都不能被国家监控。在本案中，没有其他证据表明被告人有重大嫌疑，因此本庭决定撤销羁押令。他持有枪支及弹药，犯了非法持有枪支罪，但这不足以构成持续羁押的理由。"

检察官被激怒了。他提出抗诉，申请在上级法院做出裁决前继续羁押阿舍尔。

"不行。"法官平静地合上了面前桌上写着阿舍尔名字的红色档案夹，"我的裁决与联邦最高法院的持久性判例一致。我不认为上级法院会做出其他判决。因此，我拒绝您的申请。"

两个小时后，阿舍尔通过侧门离开了拘留所，大批记者围堵在正门口。他与律师约好在一个公交车站碰面。

"您先不要回村里，"律师说，"等这阵风头过了再说。"她把他带到法院附近的一家旅店，安置在一楼的一个小房间。阿舍尔将装有随身物品的行李包放到地上，打开电视。当地新闻正在报道他的案件，他看到了村子、度假屋及湖景屋的照片。阿舍尔上床躺下，解开衬衫纽扣，手指在身上的红斑上游走。

夜深时，他坐在阳台上，见那些看完了最后一场电影的观众从对面的电影院走出来。阿舍尔想，他们现在一定都跟朋友们待在一起，谈论着电影、工作或其他事情。然后他们都会回家，回到自己的房子或公寓去。

六年之后，阿舍尔因肝癌在一家医院去世。他再也没有踏足村里。他曾数次想要卖掉湖景屋，卖掉这栋被当地人称为凶手之屋的房子。一位远房亲戚成了阿舍尔唯一的继承人，对方只在很小的时候见过他一次。她住在马德里，用不上这栋房子，就把它捐给了村子。楼上的两层被改造成了一间当地历史博物馆，一楼则租给了一个饭店老板。他在那里开了一家餐厅，餐厅的网站上写着，食客可以到阳台上享受湖泊的静谧，观赏蔚蓝的乡景。

苏博尼克

塞玛的父亲十八岁时离开土耳其来到德国，很快便在鲁尔区的一个采煤场找到了工作。十九岁时，他在父母的安排下跟一个家乡的女孩结婚，二十岁就当了爸爸。他对自己工作的这个国家知之甚少，也不会说当地语言，想着反正有朝一日会返回家乡。他总说，他们村边的亚拉腊山是挪亚方舟搁浅的地方。他把钱都攒了起来，打算为家人在村里建房子，还把建房规划书保管在楼上客厅的柜子里。

塞玛是他的大女儿。但是她跟家乡的女孩不同，她不愿意戴头巾，他不得不强迫她这么做。而无论对于父母的传统习俗还是宗教信仰，塞玛都提不起兴趣。她曾说，外面必定存在一个与他们生活的地方全然不同的世界，她想要经历更多。比起妹妹们，父亲对她更加严厉，因为他想让她迷途知返，为她感到担忧。她三天两头就被禁足一次，零花钱总是遭到扣减，还必须打扫家里、清洗父亲的汽车。但她生性坚韧，将这一些都忍受了下来。她十六岁时从实科中学转到文理中学，高考结束后，她告诉父母,自己打算去另一座城市上大学。父亲厉声呵斥她,说如果她现在离开,他就把她逐出家门。他还想要打她,好在母亲挡在了中间。塞玛第二天去火车站时,母亲偷偷跟了上来。在火车上,母亲抱紧塞玛,把身上所有的钱都塞给了她。"一切都会好起来的,他很快就会消气的。"母亲说。但塞玛知道,事实并非如此。

到了柏林,她在父亲的一个哥哥家借住了八周,其间会去他的餐厅帮忙,等顺利拿到法学院的录取通知书后,就搬进了学生宿舍。接下来两年,她把从前不能做的事——"恶补"回来:酗酒、吃摇头丸、吸食可卡因,经常在次日清晨才离开夜店。她对上课没有兴趣,想要过另外一种生活。有时她会给母亲打个电话,聊上几分钟,但从不讲自己的事。直到一次派对后,她赤身裸体地在两名陌生男子中间醒来,却想不起自己身在何处,这才感到后怕。她不想失败,不想在父母面前丢脸,也不想让自己失望。她开始努力学习。

不上课的时候,她就去刑事法庭旁听庭审。有一次,她见识到了一名年长律师的出庭现场。他的委托人因为逃税被起诉。搜查过程中,办案人员在保险柜里发现一盒伟哥和穿戴式假阳具。一名警察在法庭上拿此事进行调侃。年长律师放下手头的文件,抬头问道:"通过贬低他人的弱点来抬高自己,您这样做合适吗?"只是这样一句话,声音很轻,几乎没有情绪起伏,内容也跟此次审判与委托人的罪行没有关系。但是,整个审判庭顿时鸦雀无声。塞玛想到了自己的人生。五年后,她来到这名律师的事务所应聘。

该律师事务所在业内有口皆碑。塞玛在庭审中见识过的那位年长律师是资深合伙人,早在四十年前就凭借庭审中的强硬作风声名鹊起。他的辩护方式在当时被称为"对抗式辩护"。如今,他那里的律师几乎只处理经济犯罪类业务,他们整日在办公桌前度过,每小时收费六百至一千欧元不等。参与庭审通常只是例外情况,大多数案子都是以协商及冗长的答辩状来解决。律所每年只会接一两件重罪案的辩护。大家一般称那位资深合伙人为长者。长者说,庭审是必不可少的。他相信,《刑事诉讼法》的奥义只有在法庭上才会显现,也只有在那里才具有生命力。

塞玛不怕面试。她曾以优异的成绩通过两次国家考试,担任过刑法学教授的研究助理,还在法制报刊上发表了十四篇有关判决案例的评述。她的博士论文研究的是欧洲人权法院关于审前羁押的判例。她的阅历已足够丰富。

律所的办公室经理请她来大会议室。他是个光头,肤色浅粉,说话时会露出门牙。她打听了一下资深合伙人,但办公室经理解释说,合伙人不负责律所的运营管理,对聘任律师、秘书、见习律师及实习生等事一概不管。

办公室经理把她的所有经历都过了一遍:实习情况、毕业成绩、法官及检察官的评价、博士论文及个人爱好。他的面试中规中矩,中途提了几个想让塞玛感到压力的问题:"什么东西是金钱无法交换的?""您最不想被问到的问题是什么?""您最大的缺点是什么?"她不慌不忙,礼貌友善地一一作答,觉得这些问题有些幼稚，但没有让对方察觉。办公室经理很少跟她对视，总是盯着她的胸部。塞玛了解这样的男人。

二十分钟后，长者还是来到了会议室。

"请不要被我打扰到。"他边说边穿过会议室，坐到了会议桌的另一头，"谁把花放在那里的？"

"新来的女秘书。"办公室经理回答。

"为什么？"长者问。

"因为这样会显得更友好……"

"我不想要这样，"长者打断他，"这里是律师事务所，不是时装精品店。"他把花瓶推到一边，然后说，"请您继续吧。"

长者靠着椅背，闭上眼睛。塞玛知道，他正集中精力听他们说话，她在庭审上见识过。办公室经理又提了几个无关紧要的问题，然后就再想不到其他内容了。

长者睁开双眼。

"您结束了吗？"他友好地问。

办公室经理点点头。

"好的。我可以问个问题吗？德莱……女士，"长者不知道怎么念她的姓氏，"抱歉，您可以再说一遍您的姓氏吗？"

"德莱登科布杜卡迪尔。"

"德莱登……"

"您可以叫我塞玛。"她说。

"谢谢，请您原谅，"长者说，"您知道吗，塞玛，我不相信证书。一名法律工作者能否胜任刑事辩护律师的工作，只能通过庭审证明。我认识一些很会写文书但庭审实践糟糕透顶的法律工作者，也认识一些只懂《刑事诉讼法》但业务能力出众的辩护律师。我看了您的简历，它给我留下深刻的印象。里面提到的古兰经学校，您能介绍一下吗？"

塞玛望着长者。这个问题令她猝不及防。她犹豫了一下。

"我上的是天主教小学，"她说，"但从八岁起的每个周末，也就是周六和周日，我都要去古兰经学校上课，从上午十点上到下午六点。这是我父母的意思。那位霍加……"

"您的宗教老师？"长者问。

"是的。霍加说，如果我们不戴头巾，就会被送入地狱炙烤。如果违反其他神圣规定，也会遭受同样的下场。我小时候很害怕。"

"您的学校有体罚吗？"长者问。

"有的。"

"什么样的惩罚？为什么会被罚？"

"大部分时候是因为不专心听讲。老师会用木棒敲学生的指头和脚踝。不算很疼，就是让人感觉很丢脸。这也是老师想要的效果。"

"您在这所学校学了些什么？"长者问。

"《古兰经》。根据规定，每个信徒一生中必须至少通读一遍《古兰经》。我在学校通读了五遍。我们上课用的是土耳其语，但读《古兰经》用的是阿拉伯语。"

"您什么时候离开那所学校的？"

"十七岁。但这一切没有结束。我父亲只是一名矿工，但他还是为我聘请了私人教师，一个嘴里总是含着水果糖的男人，土耳其语讲得很差劲。"

"为什么？"长者问。

"父母希望我成为一名学者。这是霍加的建议,他认为我有天赋。我本该去上研究伊斯兰教法的学校。这被视为一种荣誉,特别是对女孩子来说。"

"那您是怎么做的呢?"

塞玛停顿了一下,然后答道:"我一直在等待。"

"我不明白。"长者说。

"从十二岁开始,我就每天都跟自己说,用不了多久我就成年了。高考结束的第二天早上,我终于做了自己一直想做的事情——把头巾扔进垃圾桶,直到今天都没有再戴过。那天一早我还给私人教师打了电话,告诉他以后都不用再来了。吃早餐时我跟父母说,我要去上大学。父亲勃然大怒。他认为,我已经比他走得更远了,不该再异想天开。他想要我去牙医诊所当助理,他十分尊重这个职业。我很喜欢我的父亲,他是个勇敢的男人,心胸开阔。但我们不是一个世界的人。"

"然后呢?"长者问。

"我搬了出去,在很长一段时间里过着双面人生。在父母眼里,我还是那个规矩的土耳其女孩。但实际上,我的生活跟其他年轻女孩没什么两样。父亲无法忍受我在酒吧打工、穿短裙或者交德国男朋友。"塞玛意识到,自己讲了很多本来不打算讲的内容。长者望着她。她没有闪躲。

"您为什么读法律专业?"他问,声音很轻柔。办公室经理已经提过这个问题,她也做出了回答,谈到了社会的基础、责任担当、教育理想以及对法律的热爱等。每一个论证听起来都令人信服,但她现在却沉默不语。

"为什么,塞玛?"长者又一次轻声问道。

"我绝不允许别人主宰我的人生。"她也轻声答道,"法律一定会保护我。"

长者从外套口袋中取出一个银色烟盒,弹开盖子,又缓缓地合上。办公室经理想要说点什么,但长者摇了摇头。

"如果您愿意,这个职位就是您的了。"他说,"请把预期薪水及入职时间告诉我们。"

长者站起身,走向门口,然后又回头看了一眼。

"谢谢您,塞玛,您很有勇气。"说完,他就离开了会议室。

一周后,塞玛开始在律所上班。前四个月里,她一直忙于阅读卷宗、撰写批注,有时候还跟着律师去参加会议。她负责的诉讼案包括贪污腐败、拖延破产申请、背信罪及内幕交易。卷宗长达数千页,律师答辩状也有足足数百页。律所的分工专业且高效,同事之间也和和气气,男士都穿灰色或黑色西装,女士则身穿相同颜色的职业套装。

塞玛很少见到长者。他大多时候都在外出差。他的委托人是大公司的董事会成员、银行家、知名音乐家或演员。这跟她想象的工作内容完全不同。这不是她想要的人生。

每周一上午九点,律师们都会一起讨论律所当下正在处理的案件,除了出庭、生病或休假的律师,每个人都必须到场。长者却很少参会。但这天早晨,他和办公室经理在其他人到达前就坐在了会议室里。

塞玛穿着一件长款彩色帽衫,坐在一众身穿西服及职业套装的同事中间,蜷起双腿,将下巴放在膝盖上。她想,自己的深绿色连裤袜跟会议桌深绿色的油毡桌面十分相配。她喜欢这条连裤袜,因为她喜欢包装上的文字:不透视。

"我们接手了一名新客户,"长者说,"此案涉及人口贩卖、卖淫等指控。被告人已被侦查羁押了九个月,公诉程序上现已获准进入庭审。前任辩护律师已经在委托人的请求下终止代理,改由我接手。当然,我无法亲自代理,必须由你们当中的某人接手,哪怕大家手头都有很多案件在忙。被告人是我职业生涯中第一位委托人的侄孙。"

律师们低头不语。塞玛早已知道,没人愿意接手这样的重案。大家都说,接这种案子不利于律所的名声,毕竟为抢劫犯、皮条客及强奸犯辩护令人恶心。经济犯罪类案件虽然更具挑战性,但是委托人也没那么让人不适。

"谁愿意接手这个案子?"长者问。

"我有一桩涉税刑事案要处理,抽不开……"他们中资历最深的律师回答。他穿着昂贵的深蓝色马海毛西装。

"不对,"长者打断他,"您已经不需要操劳了。这个案子今早已经结案,无任何附加条件。祝贺您。"

身穿马海毛西装的男人低头看着会议桌——就像害怕被老师点名的学生一样,塞玛心想。那一瞬间她才明白,她是多么自由。会议桌边坐着的十四名律师,都是能力出众的法律从业者和不可多得的律界人才。他们思维敏捷,有能力为每一位有需要的委托人进行辩护。他们崇尚自由主义,具有国际视野,精通英语、法语与西班牙语,其中一位梳着精致偏分发型的年轻律师甚至还会讲一点中文。他们关心时事政治,喜欢滑雪、打高尔夫球,读过一些重要的经典名著。他们屋里的家具是包豪斯灯饰、伊姆斯休闲椅及柯布西耶躺椅,连家庭话题都是关于学校的素食配餐、父亲的陪产假及幼儿园里的伊斯兰祈祷室等。他们做垃圾分类,每隔四年就将选票投给一个中产阶级政党。但是他们并不自由,而且永远无法获得自由。这才是长者招她进来的原因。她与这桌人格格不入,就像年轻时曾为恐怖分子辩护的长者也不属于这个圈子一样。

"我愿意接手这个案子。"塞玛说。

长者看着她,点点头说:"这个案子会很艰难,也会异常辛苦。庭审会旷日持久,十分考验人的抗压能力。"

"我还是要接。"她说。

"可以,那就这么定了。"长者微笑着说。

接下来就是常规的会议内容,塞玛却几乎听不进去。

检察院调查了三年之久,卷宗将近一万页。起诉书中提到,委托人是黑帮头目。该黑帮从乌克兰和罗马尼亚拐卖女性到柏林,在那里经营妓院,并强迫那些女子卖淫。

但对他的调查取证却异常艰难。很长一段时间里,警方甚至连他的照片都没有。那些被拐卖的女性不愿意或者无法指证他。调查工作跨越四个国家,直到一个电话号码不断出现在警方的视线中。警方相信,那就是主犯的号码。

调查历时两年半后,警方在一次交通检查中搜查一辆被盗车辆时，偶然拘捕了一名男子。车内副驾驶座上放着的正是那部被追踪的手机。办案人员因此认定该男子就是主犯。羁押令已签发，但警方后来却找不到直接证人。为防止男子被释放，检察院只得提起公诉。尽管证据链薄弱，但法院仍然批准该案进入庭审程序。

对被告人进行首次羁押探视时，塞玛是和长者一同前往的，之后她就要独立处理案子了。在看守所等待委托人的时候，长者问她是否害怕。她回答"不怕"，但这不是实话。

男子身穿牛仔裤、黑色T恤和运动鞋，长相俊朗，举止彬彬有礼，这让塞玛颇感意外。他看起来十分尊敬长者。

长者请塞玛总结了卷宗的内容。她在前一天夜里做了排练，想要表现得专业而老练。等塞玛结束总结，口译员也翻译完毕后，委托人问，这是否就是对他的所有指控。塞玛给出了肯定的回答。委托人还想知道她会如何为他辩护。他往后靠在椅背上，塞玛看到了他T恤下沿露出的文身。卷宗里有他上身及双腿的照片，他的胸前以醒目的颜色文了一只双头鹰，腹部则是一对硕大的人眼。他的后背文有莫斯科的圣瓦西里主教座堂、纽约的自由女神像、美元钞票和斯大林头像。肩膀和右侧大腿上则分别文了星星和一个拿钓鱼竿的裸体女孩。所有文身都粗糙拙劣，是他在库页岛监狱让人文的。卷宗提到，这些文身说明他是俄罗斯黑帮的高级成员及强奸犯。长者指出，这不符合实情。文身根本不代表什么，因为俄罗斯每个监狱都有自己独特的标志，乌拉尔地区就跟西伯利亚的不同。长者继续解释道，这些图案都是用电动剃须刀、小刀或生锈的肮脏铁钉刺上的，很多囚犯因此感染了破伤风或梅毒。而真正重量级的黑帮老大根本不会有文身。

塞玛向委托人逐一讲解证据细节，指出了侦查中的小错误以及卷宗中前后矛盾之处，建议他在庭审中保持沉默。三个小时后，狭窄的牢房里空气混浊，大家都感觉到了疲倦。

离开的路上，长者称赞她做得很好。她就该如此保持距离，即便有时很难做到。

"虽然外表上看不出来，"长者说，"但他却是个非常危险的人物。"

案件于六周后开庭。办案人员汇报了一整天，先是宣读并口译来自俄罗斯和罗马尼亚的文件，接着播放了一些电话录音。在休庭间隙，首席法官说，公诉方没能让她信服。按照塞玛的提议，委托人一直都保持沉默。

到了第八天，检察官迟到了半个小时。他手上拿着一小沓文件，说，警方昨夜询问了一名女性证人，不过目前为止暂时只有十分简略的书面证词。说着，检察官把几页材料递给首席法官和塞玛。

他说："负责询问的警官今天早上已经将证人带到这里。她正在走廊上等候。我们担心证人会因为恐惧而再次消失。因此，我建议今天就询问证人。"

塞玛表示抗议。她需要时间准备。她必须先仔细阅读证词，再与委托人进一步交流。

"只有两页半的内容,律师小姐。"检察官说。

"您需要多长时间?"首席法官问。

"至少两天,"塞玛说,"您知道的,我得去牢房探视我的委托人,我每次还都需要带口译员。"

首席法官点头。"法庭也需要一些时间,"她说,"另外,我们也理解检察院的难处。因此,我们休庭至下午两点,随后开始询问证人。"她对塞玛说:"这期间,您可以跟被告人及法庭口译员留在这里准备。"

休庭期间,塞玛给委托人读了证词,口译员逐句翻译。委托人耸了耸肩,表示对证词无话可说。

下午两点,庭审继续。年轻女子在法官席前面的证人席落座,身旁是口译员。她只敢看着首席法官,说只要被告人还在庭上,她就无法做证。她对他心有余悸,而且羞于在公众面前陈述这些事。检察官申请让被告人及公众离席。塞玛再次抗议,首席法官暂停了庭审。

几分钟后,众法官从会议室回到审判庭。首席法官宣布,她同意检察官的申请。被告人站起身,朝证人的方向微笑着点了点头,脖子上青筋暴起。两名法警将他带回拘传室。公众也陆续离场。

证人开口了,一开始有些卡顿,但逐渐顺畅起来。她提到自己在罗马尼亚农村的家庭,还有和父母生活在一起的妹妹。被告人曾向她承诺,要是去柏林给老年人当护工,她可以挣到很多钱,每个月九百欧元,相当于在家乡整整一年的收入。她跟父母谈过之后，就跟被告人走了。被告人魅力十足，样貌俊朗，而她那时还太年轻，不会辨识男人。他们一跨过边境，被告人就没收了她的护照，对她说，这个你再也用不上了。

他们在柏林市郊的一处简易房屋中过夜。屋里十分肮脏，墙体潮湿发霉。在那里的第一晚，他就告诉她要为他工作，说加上吃饭和住宿，这趟旅途花销很大，而她很漂亮，可以工作"抵债"。她想要逃跑，但大门已经被锁死。

第二天早上，她朝他大声吼叫，说要马上回家。他十分镇静地说，那现在只能用"苏博尼克"的方法了。她在学校听过这个词。"苏博尼克"，原意是自愿劳动，例如一起打扫校园或教室。但被告人说的"苏博尼克"根本不是这个意思。他起身开门，引进五个男人。她感觉他们都是建筑工人，穿着肮脏的工作服，浑身散发汗臭。这五个男人扒光她的衣服，将她绑在床上。她竭力反抗，但无济于事。五个男人一次又一次地强奸她。偶尔暂停休息，喝酒，看电视，然后继续。他们把啤酒瓶捅入她的下体，往她身上撒尿。在她的记忆里，整个过程持续了好几个小时。

不知过了多久，被告人回来，把五个男人打发走了。

"如果你不按我说的做，就会一直受'苏博尼克'的折磨。"他说。

她说她会自我了断，被告人却大笑起来。

"我认识你的妹妹。她多大了？七岁还是八岁？她的年纪对男人来说是有点小，但或许也足够了。我们可以试试。"他原话就是这样，每个字她都还记得。她没有其他选择，只得屈从。

被告人将她带到柏林的一处公寓。她跟六个女人和一名看守在那里住了两年。那些女人都和她有着同样的遭遇。她每天要和十到十二个男人做性交易。每小时付三十欧元，客人就可以对她做任何事。她从中拿不到一分钱，而且每周只能在看守的陪同下离开住所一次，去购买食物和化妆品。她通过广播和电视学习德语，但再也不想用这门语言说话。

关于男人的某些要求，她到现在仍无法启齿，不能告知法官，也永远不会向其他人讲起。如果她们拒绝这些要求，被告人就会用"苏博尼克"作为威胁。有一次他抓着一个女人的头发，将她拖进车里。其他所有人都站在窗前看着。那个女人再也没有出现过。

这是一次十分漫长的证词供述。首席法官就细节、地点、时间、人名、被告人的汽车及电话号码进行了提问。她从文件夹中拿出警方拍摄的照片给证人看，上面是那处公寓、房间、街道及其他嫌疑人。证人回答了所有问题。

"您是怎么逃出来的？"首席法官问。

"我生病了，瘦了十八公斤，一有男人碰我，我就会大喊大叫。我再也无法忍受下去。被告人又用'苏博尼克'警告我，但对我来说已经没什么用。我完全崩溃了。被告人毒打了我一顿，我没屈服，他就用刀插入我的右眼。我失血过多，他们不想要一具尸体，那名看守便将塑料袋缠在我的脸上，把我载到医院，丢在医院门口。我的脸变成这样，对于男人已经没有任何价值。"

"后来呢？"

"在医院，医生也没有办法救回我的右眼。警察来问了我一些问题，但我坚持说是自己不小心撞到了一块玻璃。等我感觉好一点之后，就马上返回了罗马尼亚的家里。现在已经过去两年了。"

"您是怎么来到法庭的?"首席法官问。

"罗马尼亚警察带我来的。虽然我从未提过在柏林的遭遇,但这件事在家乡那边已经传开了。几周之前,两名警察来到村里,想找我谈话。他们说,德国警方需要我的协助,还说一名皮条客在柏林遭到起诉,而他正是从我们这里拐卖女性的。警方会询问所有离家很久的女人,确认该男子是否就是拐卖她们的皮条客。警察向我展示了被告人的照片。就是他没错。我想了很久要不要出来作证,最终还是给两名警察打了电话。他们安排了所有行程。我昨天跟其中一名警察来到了柏林。"

"您为什么决定出来作证?"首席法官问。

"为了其他女孩子。这座城市还有很多这样的公寓。我不知道在哪里,但我听别人说过几次,肯定没有错。"

首席法官感谢她出来作证,说她知道这对证人意味着什么。

"不,"证人摇头,"您不会知道的。"

检察官和塞玛都没有提问。首席法官解释道,证人不必进行宣誓,因为她是一名受害人。"作为证人,您现在可以离开了。非常感谢。"首席法官说。

证人站起身,转过头来。塞玛看见了她的伤疤,从额头经过脸颊再到下巴,覆盖整个右脸,右眼是白色的。证人从地上拿起手提包,走向门外。

首席法官请法警将被告人从牢房带出来,向他转述了证人的证词。直到很久以后,所有人才意识到他们犯了个怎样的错误。

庭审结束后，塞玛走向城市快铁站。那是周五傍晚。她多希望自己是另外一个人，一个在站台等车、在咖啡馆看报或赶路回家的人，一个对法庭上的事一无所知的人。回到住处后，她被一种不真实感笼罩。她浏览了几个月以来的私人邮件，因暖气费与房东产生的纠纷、新手机的订单及朋友发来的沙滩度假照，感觉仿佛是另一个人在过着她的人生。她尝试入睡，凌晨三点又起身去了以前经常光顾的夜店。那里的人穿着鲜亮的彩色T恤，墙上投影着视频。一个年轻人向她兜售小塑料袋装的致幻蘑菇。她买了一袋，开始伴随着出神音乐[①]跳舞。

第二天中午，她在家里的阳台上醒来，身上只穿着一件T恤。她记不起自己是怎么回到家的了。

周一，塞玛开车前往法院，走进首席法官的办公室。

"我想解除委托关系。"她说。

"遵从您的意愿，"首席法官说，"但我会将您指派为被告人的义务辩护律师。"

"您不能这样做……"塞玛说。

"我当然可以，而且也会这么做。"首席法官打断她，"我不会因为您想要退出而在开庭第九天中断审判。也不会要求那名证

[①] 译自"trance"，二十世纪九十年代于德国兴起，听了会有"出神""催眠"的感觉。

人重新出来作证。"

她友善地看着塞玛。

"这是您出庭的第一个大案子吗?"她问。

"是的。"塞玛说。

"我理解您。但律师都要经历这个过程。"

"我不想再为这个人辩护了。"

"非常抱歉,但这不由您来决定。您不能就这样退出,除非您能证明您与委托人的关系会带来致命后果,让我甚至都不能指派您为义务辩护律师。您不喜欢委托人,或者他对您心有不满,都不是退出的理由。您已经向我明确表达了您对委托人的反感,单凭这一点,我已经可以认定您违反了律师义务守则。但我不会这样做,因为这是您代理的第一起案件。"

塞玛沉默不语。

"我希望您继续全面而有条理地为您的委托人辩护。他享有每一个被告人都拥有的权利。我们明天在审判庭见。"首席法官说。

被告人被判处十四年零六个月监禁,只比最高量刑少了半年。塞玛下午就提出了上诉。

上诉理由很难写。德国联邦最高法院不会对被判刑者的犯罪事实进行复核,也不关心原判决是否基于真相,只要事实审[①]

[①] 指着重于审查案件事实的审判程序,与"法律审"相对。

法官采信证据的程序合法即可。证据不允许存在自相矛盾、事实不清或出现漏洞等情况。量刑的轻重也是由事实审法官决定，因为只有他们见过被告人和证人。联邦最高法院的法官不会重复诉讼程序，也不会再询问证人及鉴定专家。除非判决出现法律性错误，即违反了法律时，联邦最高法院才会撤销判决。这种情况极其罕见，大多数的上诉申请都会被驳回。

塞玛收到了邮寄过来的刑事判决书。接下来，她有一个月的时间撰写上诉理由。她每天在事务所的图书室待上十五个小时，关掉手机，不跟朋友见面，也不再查看电子邮件。长者一次又一次地通读她写的东西。"还是不行，"他总是说，"应该写得更清楚一点。句子太复杂，没人读得懂您想要说什么。我感觉您自己都没有完全弄懂这是怎么一回事。您还要多思考，直到您的表达变得简单易懂。"他的批评很尖锐，但她在那段时间学到了很多。

短短几个钟头的睡眠时间里，塞玛都会梦到上诉程序。三周半后，她找到了一个破绽。证人陈述证词时，首席法官将被告人请出了审判庭，当然，她有权这样做。但在被告人重新回到审判庭之前，首席法官就准许证人离席了，这是不对的。被告人是作为主体而非客体参与诉讼程序的，因此有权利及义务参与庭审过程。他能够且应该参与决定是否准许证人离席。但在本次审判中，被告人无法这样做，因为他当时不在场。这并非首席法官故意剥夺被告人权利。但这不是重点。法律是严苛的。

四个月后，联邦最高法院撤销了这项判决，该案必须由另一个刑事审判庭组织重审。

证人没有出席新一轮庭审。法官对她下达了羁押令。警方也找不到她。她在罗马尼亚的父母说,她没有从柏林回来。据警方的匿名线人称,这名年轻女子在首次出庭作证后就被人杀害,尸体被扔到了垃圾堆里。但这一点也无法被证实。几天之后,法官宣布被告人无罪释放,因为仅靠其他证据不足以做出有罪判决。

庭审结束后,塞玛将笔记本电脑和纸质材料装入手提包,辞别了委托人。她和两名追踪报道该案的法庭记者简单谈了几句,就从正厅的楼梯下楼离去。

走在大街上,她想着可以给谁打个电话,但想不到任何人。她搭车来到克罗伊茨贝格区的土耳其甜点店,买了用糖浆、柠檬汁、玫瑰水和开心果制成的绿色甜点——土耳其夜莺巢果仁蜜饼。店里站着一个小男孩,穿着非常白净、精心熨烫过的衬衫,正在专心地观察三面墙上的玻璃橱柜,里面摆满了甜点。他约莫七八岁,手上只有一个硬币,花了很长时间思考到底买什么。其间他不时指向某份甜点,店主便回答他一个土耳其单词,小男孩满意地点点头。塞玛站在收银台边看着他,突然间感觉自己老了。

她离开甜点店,搭车回到律所,叫上长者。他们一起步行穿过小小的公园,路过喷泉和过去几周总坐在那里讨论案子的长椅。天气晴朗,气候温和,这是一个美丽的春日午后。两人在广场的咖啡馆坐下,听着周围刀叉相碰的声响、食客们的交谈,还有游乐场上孩子的欢笑。

"事情和我想象的不一样。"塞玛说。

他们点了咖啡,从袋子里拿出她刚买的甜点来吃,直到嘴巴和舌头全被糖浆黏住。

网球

她深夜才回来，为了不吵到丈夫，就睡在了客房。她在一家新闻杂志社任职，刚到委内瑞拉做了为期一周的摄影报道，这时正站在厨房敞开的冰箱前，盯着那双自己都不喜欢的赤裸的脚，还能看见薄薄皮肤下的血管。她心想，这双脚看起来比她更老。

她骑着自行车下了山坡，前往俱乐部，后颈在阳光下显得比平常还要纤细，瘦削的肩膀在洗得褪色的T恤下高隆起来。她找到他打球的网球场，让自行车倒在栅栏边的草地上。车把早已没了把套，插到土里，泥土陷进车把，后来慢慢风干，骑行时又掉落出来。几年前，他本想送她一辆新的自行车，但是她一直割舍不下旧物。

她向丈夫打了个招呼，然后躺在草地上闭目养神。很长一段时间里，她都只能听到网球撞击地面的声响，还有运动鞋摩擦沙地的声音。当年他们两人还彼此心意相通时，她试过打网球，但他认为她不适合这项运动，说她缺乏球感。这让她觉得，让他和自己打球是强人所难。

她知道丈夫一定会赢,他从不输球。他五十七岁,她三十六岁,他们已经结婚十一年。早上,她在丈夫的床上发现了一条珍珠项链。她将项链揣在裤兜里把玩,珍珠质地光滑、硬朗。她试图想象那个陌生女人的模样,但想象不出来。

过了半个小时,她骑车来到湖边。只有泡在湖水里,她才能什么都不想。她起身躺在湖岸码头温热的木板栈桥上,风轻拂她的皮肤,一片凉意。随着太阳越来越火辣,她骑车回家,给他带了白色山桃,就放在写字桌上敞开的购物袋里。她打开笔记本电脑。新闻杂志社的部门主管写来一封邮件,让她去俄罗斯出差,在那里做一期《无毒之城》的摄影报道。主管为又要派她出差而感到抱歉,但任务紧急,签证也已为她办好。她给杂志社打了一通电话,一边说,一边把玩项链,珍珠撞到木桌上,发出清脆的声响。她给丈夫写了一张纸条,说她现在得补个觉。但她彻夜未眠。

次日清晨,她很早就站在家门口等出租车。司机将行李箱搬进后备厢,她则从后排上车。十分钟后,她让司机折返,说落了东西在家。家里还是一片漆黑,她轻轻打开大门,从口袋里掏出项链,放在了楼梯最高的一级台阶上。珍珠项链在黑色花岗岩地板上闪闪发亮,表面完美无瑕。他会明白的,她心想,然后关掉了灯。直到抵达机场,她才发现自己忘了带手机,但再回去已经太迟了。

杂志社的口译员到叶卡捷琳堡机场接应她,然后把她带到了戒毒所。那是为瘾君子修建的简易建筑,位于城市边缘,看起来就像一出老旧电影里的战地医院:瘾君子睡上下铺,屋子里散发着大蒜、汗液和尿液的臭味。戒毒所的负责人是一个粗脖子的短发男人。他说,只有用强硬的手段才能帮助这些人。瘾君子会把含有可待因的止咳糖片舀在勺子里烧煮,再将融化的液体注射到静脉里。他们的身体慢慢腐败,皮肤和骨头都被磷、碘和金属侵蚀,肌肉逐渐变黑、硬化。这种毒品被称为"鳄鱼",因为它能使皮肤变成鳞片般的死皮。止咳糖片比海洛因便宜,哪里都能买到。

她拍了一些自己都知道质量差到没法用的照片。大雨中,一个老人坐在口译员的车前,头埋在双膝之间。她叫来口译员,问老人为何不回家,外面太冷了,他这样会生病。雨水从老人脸上流下,他先是没有回话,只是抬头看着她,过了一会儿才说,"鳄鱼"吃了他女儿。女儿已经死了四天,他今天刚到城市殡仪馆辨认尸体。

"为什么会发生这样的事情?"他问。

这句话听起来像在提问,老人似乎也在等待一个回答。雨还在不停地下,雨水渗入他的衣领。她说服他同她一起返回酒店。一路上,他都将额头紧贴着车窗。他头发稀疏,发色灰白。

回到酒店,她让服务员拿来毛巾。老人擦干头发,将湿透的外套搭在膝盖上,喝了点热茶和伏特加后,逐渐平静下来。水滴顺着座位滴下,将地毯染成深色。老人说,能一边喝着热茶一边跟人说说话,感觉好多了。这是他很久都没有过的体验。他提到了自己的女儿。她的左腿和右臂已被截肢,四肢早就腐烂,但还是没有停止烧煮止咳糖片。他的儿子在车臣战争中丧生。"得了斑疹伤寒。"老人说，儿子死的时候才十八岁，连心上人都还没有。女儿或许是因为没办法接受这个事实，谁知道呢？他们从不敢碰触这道伤疤。

"生命真的只有一次。"老人说完后，问能不能再多要一杯热茶和伏特加。她本想给他钱，但老人不接受，说："我不是乞丐。"他告诉她，家里搭了个窝养了四只兔子，皮毛顺滑，他每天都会喂它们吃菜叶。他不需要金钱施舍，只想有个人一五一十地跟他解释，这一切是怎么回事。他一点都理解不了。

后来，她送他回家。老人的兔子窝安置在公寓楼顶，他想带她去看。尽管天气寒冷，他还是脱下衬衣，把一只兔子抱到怀里，说兔子的身体很暖和，他能听到兔子的心跳，比人类的要快很多。老人家胸前的毛发灰白，看起来就像兔毛一般，也像极了屋顶上这片阴雨连绵的天空。

那天夜里她睡得很沉，一夜无梦。醒来时，房间里一片沉寂，空气混浊。她开了窗，闻到这座城市烧煤炉散发的硫烟味。她没有吃酒店的自助餐，咖啡的气味让她感到恶心。

口译员过来接她，带她各处游览，去大教堂、马戏团和歌剧院。在一家博物馆的收银台前，她忘了拿找回的零钱，也很多次都没回答口译员的问话。

返程的航班订在了晚上。她坐上飞机时，心情畅快。在将要熟睡过去之前，她回想起那次在法国南部的度假之旅。当时她去商店为丈夫买烟，他就在观景塔前的停车场等她，穿着白衬衫，袖子高卷，双手插在阔腿裤的口袋里。她回来时，他正仰头靠在观景塔的墙壁上。那时候她还很爱他,曾相信一切都会很好。

回到法兰克福机场,她的兄弟正在等她,尽管她并没有让他来接机。"你的丈夫现在进了医院。"他说。丈夫还在昏迷中,没有人能联系到远在俄罗斯的她。

三年后,她参加了丈夫所在俱乐部的网球联赛,比赛过程中十分专注,击球力道既狠又准。她看似几乎没移动,却总是能正确地跑位,接球时几乎毫不费力。网球教练说,她天生就是打网球的料。

后来,她坐在家里的阳台上,丈夫也坐在身旁。那是一场意外。黑暗中,他没有留意那串珍珠项链,一脚踩在上面滑倒了。他的脑袋磕到花岗岩楼梯,造成重度创伤性脑损伤,大脑皮层功能受损。从此以后,他几乎讲不了话,无法再独立进食、洗澡或穿衣。

天气预报说夜里会下雨,气温也要下降。她进屋为他取了条毯子。客厅沙发的上方悬挂着一张抱着兔子的老人的照片。这张照片获了奖,还登上了杂志封面。午后阳光透过落地玻璃窗洒落在照片上,灰暗的客厅被照亮,显得有些古怪。她在照片前脱下衣服,然后走向阳台,全裸地站在丈夫面前,双手交叉放在身后。在她身上,唯一的外物就是那个陌生女人的珍珠项链。

朋友

里夏德是我童年最好的朋友。十岁时,我们一起入读寄宿学校,床位相邻,两人都是第一次长时间离家。他是整个年级最有天赋的男生,学习成绩拔尖,在学校戏剧社担任主角,是足球队的中锋,甚至在滑雪锦标赛的客场比赛中取得了胜利。他看起来做什么都游刃有余,所有人都愿意跟他交朋友。他的家人住在日内瓦,祖辈是鲁尔区十九世纪钢铁工业的开创者。他们的姓氏被写进了我们的历史课本。

高考后,他先是进入牛津大学的三一学院攻读历史学,又去哈佛大学读了两年法律。之后,他搬到纽约,在一家为他们家族管理资产的银行工作。几年后,他结婚了,在泰国边上的一座海岛举办了一场沙滩婚礼,只宴请了为数不多的宾客。他的妻子雪莉来自波士顿,比他小五岁。在交换婚戒的仪式上,有宾客说雪莉长得像影星阿里·麦格劳,事实也的确如此。

父亲去世后,里夏德将公司股份全都转让给了哥哥,自己则与妻子住进了苏荷区的一栋房子。两人收集艺术品,筹办慈善基金会，常年在外地游历。我拜访过他们几次，两人十分恩爱。再后来，我却突然没有了他们的音讯，再也联系不上他们。

几年前，我去纽约处理一起引渡案。当时，我的委托人被卷入一连串金融诈骗案，美国和德国同时对他申请了本国刑罚权。经过无数次的申请与交涉之后，引渡柏林的请求出乎意料地获得了美国当局的批准。我有了一天的空当，便给里夏德定居在日内瓦的哥哥打了电话。他告诉我，里夏德四年来都住在一家酒店里，或许我可以在那里见到他。

我开车前往那家酒店，一个电梯服务员将我领到四十二层。我按了门铃，等了很久。那是一家豪华酒店，大理石地板上铺着厚实的地毯，走廊散发着清洁剂的气味，墙上挂着镜子和这栋老房子的建筑平面图，图纸镶在金框里。

一名年轻女子过来开门，她眼睛红肿，只有上身穿着一件短袖。她将门敞着，一言不发地走回卧室。里夏德瘫坐在沙发上，衬衫敞开，衣服一侧还撕破了。我从未见过如此消瘦的人。他看到我时，坐了起来，像个孩子一样，没有任何寒暄，立即跟我谈论起刚看的电视剧。茶几上堆放着数不清的各色药片，都装在玻璃纸袋里。

"真是个漫长的夜晚。"他说，目光呆滞。

他起身拥抱我，全身散发着汗臭和酒气，嘴角开裂，皮肤干燥起皮，鼻孔下还粘有一处凝结的血块。他的脑袋肿胀，显得有点太大了。

"我们出去走走。"他说，花了很长时间找太阳镜。

大街上空气沉闷。一个流浪汉正在消防栓边上洗脸。整座城市充斥着车辆的轰鸣声、短促的喇叭声、出勤警车和救护车的警报声。我们沿着六十三街往上走，里夏德一直跟跟跄跄。他说，麦迪逊大道拐角处的那家餐厅，是附近街区唯一一家提供像样咖啡的餐厅。

我们到里间坐下。这里好像所有人都认识他。罗克韦尔面包店的送货员送来吐司面包，堆放在柜台上方的储物架上。餐厅老板从背后踹了厨师一脚，因为厨师干活实在太拖拉了。此举惹得客人们哄堂大笑，还鼓起掌来。老板向大家鞠躬道歉，厨师在一旁咧嘴一笑。服务员给我们端来了两个纸杯，咖啡滚烫、浓烈。我们往回走去，穿过第五大道，在中央公园的一处草地上坐下。里夏德的手一直在抖，洒出的咖啡沿着他几天未曾修剪的胡须流下。他想要抬手擦拭，却把剩余的咖啡都洒到了衬衫上。一群穿着东哈莱姆正黄色T恤的女孩子正在做棒球赛前的热身运动，同时发出叫喊声，跟世界各地的学生都差不多。我们默默地观察着。

"就是那里。"里夏德突然伸手指向那边的一条小路。

"你指的是？"我问。

他没有回答，躺在草地上，很快就睡着了。他的嘴巴张开，脸色苍白，汗水浸湿了额头。

我后来叫醒了他，把他带回了酒店。那名年轻女子已经不在房间了。我跟他说，毒品会要了他的命，如果想活下去，他必须去戒毒所。他躺在沙发上,不小心拽倒了落地灯,试了两次都没有把灯架立好,只好作罢。他回答说,没有那么糟糕,然后又打开了电视。所有的瘾君子都会撒谎。

临走前,我找到了酒店经理,给了他一笔钱,请他不时照看一下里夏德,还给他留了里夏德哥哥的电话号码。我想,这是我唯一能做的事了。

两年后,里夏德给我写了一封邮件,说他现在在法国,问我能不能去看他。我知道诺曼底的那栋房子,小时候我经常去那儿。里夏德的妈妈那会儿总是坐在花园里,手里捧着一本书。她安静,瘦削,有一双深黑色的眼睛,即便盛夏也会穿着一件黑色羊毛衫。我很久之后才知道,她的大部分人生都在精神病疗养院度过。在海边那个花园里,我平生第一次见到柠檬树和橙子树。

我把车停在喷泉边,走过房子,径直往下来到花园。里夏德正坐在小凉亭里的藤椅上,膝上盖着格子条纹的毯子,身旁的桌子上摆着茶具和点心,还有插着椴桦枝条的花瓶。凉亭边立着一座铜铸的天使像,久经风雨,覆盖了一层绿锈。小时候,我们经常把铜像当作射箭游戏的靶子。

里夏德的脸还是那么憔悴,整个人瘦到颧骨都高隆起来。他把头发剪短了,戴着一顶粗呢鸭舌帽。

"你能过来真是太好了,"他说,"你是我几个月来的第一位访客。"他说话不再含糊不清,双眼明亮,又透露出一丝疲惫。

他的外套看起来似乎大了几码。

"你看到那只恐龙了吗?"他问。

"恐龙?"

"那个女护工。她严厉得要死。是我哥哥安排过来的。"

我们回忆着在这里度过的童年时光。我还能记起那位只剩一颗门牙的园丁,以及我们偷偷潜入村庄的经历,还有神父那位爱上了里夏德的漂亮女儿。所有回忆都平淡无奇,却又神圣无比。

"他们想要我去看精神分析师。"他突然说。

"你会去吗?"

"不会,"他说,"没什么可治的。我在日内瓦的疗养院待过,医生已经用尽一切办法。我不想再去了。谈话帮不了我。"

海上一片灰沉,夜里会下雨。那种淅淅沥沥的小雨只有这里才有。

"你还抽烟吗?"他问,"恐龙不让我抽。但我现在很想来一根。"

我递给他一根烟。他自己点上,深深吸了一口,随即咳嗽起来。他大笑,把烟在杯托上摁灭了。

"连一根都受不了。"他说。

"我也该戒了。"我应付道,只是想找些话说。

里夏德把脚搁到另一张躺椅上,将茶杯端到肚子上。

"我很久没有去过山下的村庄了。哥哥让人重修了教堂,我想去看一看,但去不了,恐龙连这个都不准。就像小时候父母总是说:只准待在花园里!"

我们都笑了起来,然后喝下已经放凉的茶,很长一段时间都没有再说话。

"发生了什么？"我最终还是没忍住问道。

"你还记得塔塔老头吗？"里夏德问。

"当然。"在寄宿学校时，我们抓住德语老师的发音缺陷不放，把他戏称为塔塔。他是一个醉心于里尔克诗歌的耶稣会神父。

"你肯定没有忘记那句诗：'有何胜利可言，挺住就是一切。'"

"当年我们都得背诵下来。"

"里尔克说的是战争，"里夏德说，"我不知道他是否相信自己写的东西。但无论如何，我现在才明白这是无稽之谈。挺住没有任何意义。什么意义都没有。"

这时飘来一阵浓郁的花香，玫瑰、郁金香，还有铃兰。

"你知道吗，"他说，"我真的很爱雪莉。或许称不上伟大的爱情，但我们心意相通，比我们认识的大多数夫妻感情都要好。我们那会儿想要孩子，但一直没成功。起初我们还会自我调侃，可渐渐地，雪莉越来越在意这件事。她开始根据自己的基础体温安排我们同房的时间，让我感觉极其别扭。我们看了很多医生，试了所有可能的方案。我检测了精子，烟也戒了。每次她一来月经，我们就又得面临失败的打击，而且一次比一次难受。在外人看来，这有些荒谬，因为除此之外，我们的生活没有任何不顺。但她变得越来越绝望，每天都在不停地哭。我们不再一起外出，不再去旅行，不再去音乐会，也不再看展览，只在家里做饭吃，生活变得单调而让人生厌。雪莉不想见任何来客，甚至辞掉了女管家，说：'我受够了这个女人。'后来，她觉得所有朋友都面目可憎。每次在街上看见一对夫妻，我都羡慕他们轻松的生活，羡慕他们可以拥吻或者一起去电影院。夜里我还会打开电视收看旅行纪录片。你能想象吗，我竟然看那种愚蠢的旅行纪录片和动物电影。"

"我明白你的意思。"我说。

"家里有个小房间,正对着后院,我们把这个房间叫作办公室,里面只摆了我的电脑、台灯和躺椅。有个小男孩每天都待在后院,半跪在晒热的水泥地上抚摸一只猫,一待就是几个小时。我不确定自己在那里观察了他多久。我想要回到正常的生活,你明白吗?我不能没有雪莉,我们一起经历了太多磨难,她跟我一样难受。我过于懦弱,不敢跟她说我们不能再这样下去了。出于恐惧、负罪感和愚蠢,我一直强忍着这种荒谬的生活状态。等到那个漫长而炎热的夏日终于过去,我们都感到筋疲力尽。突然间,这样的生活再也维持不下去了。"

"你做了什么?"

"我跟她说了。我曾向她保证不离不弃,但我真的做不到了。我不是她需要的那个男人。我们站在厨房里,面前放着她做的晚饭,没有争执,也没有大声说话。我们永远不会那样,那不是我们的风格。雪莉说,她理解我,然后哭了起来,无声而凄惨。她走进卧室,换上慢跑运动服。每当想要静一静的时候,她就会沿着大街一路骑行到中央公园,然后在那里跑上一个小时。"

里夏德又抽了一根烟,他咳嗽起来,但是这一次没有将烟掐灭。

"她被发现时,"他说,"头骨都碎了,体内百分之八十的血也已流光,阴道里还塞有枝条、树叶和泥土。作案的是两个男人,一个二十岁,一个十八岁。他们抢走了她的手机、项链和婚戒。我觉得他们也许本来没打算杀雪莉,这看起来更像个意外。后来,两人因谋杀罪被判刑。"

"这些我都没有听说过。"我说。

"雪莉在婚后保留了她的姓氏,报纸也只是匿名报道。哥哥设法阻止媒体插手,我不知道他是怎么做到的,但他在这方面很在行。我在原来的家里多住了几周,你知道的,处理葬礼、各种手续及吊唁探访这些事。可那之后我必须逃离这座囚牢,摆脱只剩我独自一人的精神世界。我住进了酒店,开始自暴自弃。那完全是我刻意为之。接下来的事情你也都知道了。"

"你去旁听庭审了吗?"

"没有。我不想和那两个男人待在同一个房间。我从律师那里拿到了卷宗和照片。这些资料都放在楼上的保险柜里。"

里夏德没有再说话。我能听见他的呼吸声,但无法直视他。

"'你离我好远啊。'这是她对我说的最后一句话。当时我透过厨房的窗户,看见她打开自行车锁,沿着大路一直往上骑。"

"发生这些事也不是你的错。"我说。

"没错,所有人都这么说,他们以为这些话能帮我走出来。但如果我当时把她抱到怀里,如果我说我们不分开,又或者如果我跟她一起骑车出门,她就不会出事。这是我的错,没有任何东西可以改变这一点,心理治疗和毒品都不行。她离开了,但又还在,这两种状态交织在一起,叫我无法忍受。"

他站起身,走到悬崖边上。我紧跟上去。我们一起望着悬崖下不断冲刷礁石的海浪。

"或许你是对的,没有什么罪行或罪责,"他说,"只是罪罚。"

两个小时后我离开时,我的朋友还坐在凉亭中,裹着毯子,一动也不动,什么话都没说。那是我最后一次见到他。两周之后，他将几克戊巴比妥钠兑在洗漱杯里喝了下去。没有人知道他是从哪里拿到这种药物的。他被安葬在纽约，就在他妻子身旁。

在诺曼底见面后几个月，我开始写作。我很难接受这一切。大多数人都不了解惨死是什么样子的，不知道死者的模样和气味，也不知道死者留下了哪些无法弥补的空白。我想起那些我曾为之辩护过的人，想到他们的孤独和疏离，以及他们对自身的恐惧。

担任刑事辩护律师二十年后，我只攒下了一个纸箱、一些杂物、一支不太好写的绿色钢笔、一个委托人赠送的烟盒，以及几张照片和几封信。我想，新的人生要是简单点该多好，但不管你是药剂师、工匠还是作家，人生永远不会变得简单。生存之道或许略有不同，但那种陌生与疏离感依然存在，随之而来的孤独及其所附带的一切，也永远不会消失。

图书在版编目（CIP）数据

恶行 /（德）费迪南德·冯·席拉赫著；黄超谟译
. -- 海口：南海出版公司，2024.1
ISBN 978-7-5735-0511-8

Ⅰ. ①恶… Ⅱ. ①费… ②黄… Ⅲ. ①短篇小说-小说集-德国-现代 Ⅳ. ① I516.45

中国国家版本馆 CIP 数据核字（2023）第 042973 号

著作权合同登记号　图字：30-2023-006

© Ferdinand von Schirach, Verbrechen (2009), Schuld (2010), Strafe (2018)
Simplified Chinese edition copyright © Thinkingdom Media Group Ltd., 2023
All rights reserved.

恶行

〔德〕费迪南德·冯·席拉赫 著
黄超谟 译

出　　版	南海出版公司　（0898）66568511
	海口市海秀中路 51 号星华大厦五楼　邮编 570206
发　　行	新经典发行有限公司
	电话（010）68423599　邮箱 editor@readinglife.com
经　　销	新华书店
责任编辑	侯明明
特邀编辑	孙　腾　敬雁飞
营销编辑	杨美德　柳艳娇
装帧设计	李照祥
内文制作	贾一帆
印　　刷	山东韵杰文化科技有限公司
开　　本	1168 毫米 × 850 毫米　1/32
印　　张	12.5
字　　数	289 千
版　　次	2024 年 1 月第 1 版
印　　次	2024 年 1 月第 1 次印刷
书　　号	ISBN 978-7-5735-0511-8
定　　价	59.00 元

版权所有，侵权必究
如有印装质量问题，请发邮件至 zhiliang@readinglife.com